FVA

Guðmundur Óskarsson

BANKSTER

Roman

Aus dem
Isländischen von
Anika Lüders

FRANKFURTER VERLAGSANSTALT

Titel der Originalausgabe
BANKSTER

Published by agreement with Ormstunga Publishing, Reykjavik

Dieses Buch ist publiziert worden mit der finanziellen Unterstützung von Bókmenntasjóður / The Icelandic Literature Fund.

Bókmenntasjóður
The Icelandic Literature Fund

FSC
www.fsc.org
MIX
Papier aus verantwortungsvollen Quellen
FSC® C014496

Deutsche Erstausgabe

Herstellung und Schutzumschlaggestaltung: Laura J Gerlach
unter Verwendung von © iStockphoto.com/Paul Vachier
Satz: psb, Berlin
Druck und Bindung: GGP Media GmbH, Pößneck
Printed in Germany
ISBN: 978-3-627-00177-3

I

Vorwort
(Sechs Telefonate)

20:47 Uhr Donnerstag 2. Oktober 2008

– Hi!
– Grüß dich, mein Lieber.
– Hi hi.
– Wo bist du?
– Bin mit ein paar anderen nach der Arbeit noch was trinken gegangen.
– Und, viel los bei euch?
– Schon.
– Ist in der Hauptstadt nicht Donnerstag, wie anderswo auch?
– ...
– Markús?
– Ja, dochdoch. Ist ja auch kein Besäufnis im Gange.
– Jæja. Und hast du gesehen ...
– Was?!
– Hast du Geir vorhin gesehen?
– Nein.
– Das ...
– Ich höre dich so schlecht!
– ...
– Warte!
– ...
– Papa, ich bin auf dem Weg nach draußen, warte mal!
– ...
– Wurde plötzlich so laut – was hast du gesagt?
– Ich wollte sagen, dass unser Ministerpräsident da wohl kaum eine Regierungserklärung abgegeben hat.
– Was dann?
– Viel eher eine Grabrede.
– Eine Grabrede!
– Nach was Besserem hat es sich nicht angehört.

– Was hat er gesagt?
– Es war eigentlich mehr der Ton als das, was er gesagt hat.
– Und wie war der Ton?
– Trauervoll.
– Trauervoll?
– Trauervoll, mein Markús.
– Hast du dir denn schon ein Schlückchen genehmigt, Papa?
– Nein, aber das ist eine teuflisch gute Idee.
– Spricht nichts dagegen, sich vorm Schlafen einen zu genehmigen.
– Spricht nichts dagegen.
– …
– Und geradezu notwendig, nachdem man sich das angehört hat.
– War sonst noch was Besonderes?
– Nein, wollte nur wegen der Rede mit dir sprechen. Ihr seid da ja mittendrin in diesem Wahnsinnsboom, der anscheinend gerade zusammenbricht.
– Kein Grund, so pessimistisch zu sein. Schon seit Juli letzten Jahres gibt es einen Abwärtstrend und …
– Trend?
– Ja, und wir müssten bald unten angekommen sein. Dann kann es wieder aufwärtsgehen …
– Die Glitnir-Bank ist schon unten angekommen. Macht ihr euch deswegen keine Sorgen?
– Sie müssen das vorher alles gut durchdacht haben.
– …
– Die Notenbank müsste einspringen.
– Und du?
– Was?
– Machst du dir Sorgen?

– Ich lasse mich von ihnen jedenfalls nicht unterkriegen. Die Landsbanki und Glitnir sind so unterschiedliche Unternehmen, beides Banken, aber so unglaublich unterschiedliche Unternehmen.
– Das wollen wir hoffen.
– Glauben wir es. So ist es halt.
– Jæja.
– ...
– ...
– Schneit es bei euch?
– Ab und zu, im Augenblick aber nicht.
– Hier ist es richtig stürmisch, furchtbar winterlich.
– Nur ein kurzer Herbst dieses Jahr?
– Gemessen am Zähneklappern.
– Geh wieder rein, wenn dir kalt ist.
– Werde ich tun, wir hören uns bald wieder.
– Ja, und ich gönne mir noch einen aus der guten Flasche.
– Hast du den Whisky nicht schon ausgetrunken?
– Gerade bei den Flaschenschultern angelangt.
– Na dann hau mal rein, aber lass es nicht die Runde machen. Ich schicke eine neue, sobald du mit der alten fertig bist.
– ...
– Wie bitte?
– Ja, würde ich wohl nehmen, noch so eine Flasche. Das Zeug ist wirklich gut.
– Super.
– Grüße von deiner Mutter.
– Okay, danke. Küss sie von mir auf die Wange.
– Mache ich.
– Und nicht heimlich auf den Mund, alter Mann.
– Nein, zuerst auf die Wange.

– Genau.
– So machen wir es.
– Ja, bye.
– Tschüss, mein Lieber.

– Hi.
– Grüß dich, mein Lieber.
– Was gibt's?
– Zunächst einmal, dass das Gleichgewicht, das mal im Telefonieren steckte, verlorengegangen ist, seit man immer gleich sieht, wer anruft.
– Welches ...
– Lach nicht. Sieh mal, ich habe angerufen, und du hast »Hi« gesagt anstelle des gewöhnlichen »Hallo« oder »Hier ist Markús«, und ich habe »Grüß dich, mein Lieber« statt »Grüß dich, mein Lieber, hier ist dein Vater« gesagt, bevor ich dann eigentlich fragen wollte, wie es dir geht, anstatt mich darüber auszulassen, wie sich die Technik verändert hat ...
– Es hätte aber auch Mama sein können, da steht nur »Eltern« auf der Anzeige.
– Ist ja auch egal.
– Jæja.
– Ja.
– ...
– Und, hast du die Mittagsnachrichten gehört?
– Meinst du das, was der Ökonomie-Professor gesagt hat?
– Ja.
– Nein, aber ich habe im Internet darüber gelesen.
– Was meint ihr?
– Wir Bankleute?
– Ja.
– Es ist gelogen, einfach *unglaublich*, dass es sich jemand mit einer Stelle an der Universität Islands er-

lauben kann, zu behaupten, dass die Banken im Land faktisch bankrott seien.

– Aber wenn es wahr ist?

– Ist egal. Es wird wahr, sobald die Leute es ernst nehmen.

– Vielleicht gibt es keinen Grund, es nicht ernst zu nehmen.

– Doch Papa, wir müssen zusammenhalten.

– Einige scheinen da nicht dran zu denken.

– Nur die Neurotiker.

– Vielleicht muss man nicht wirklich krank sein, um auf sein Geld achten zu wollen.

– Ein Bankensturm ist eine sehr ernste Angelegenheit.

– Bezeichnest du das als Sturm?

– Kaum. Aber das macht sich nicht so gut, alle Filialen voller aufgeregter Leute, die Geld in Plastiktüten stopfen.

– Im besten Fall haben die meisten ja vielleicht nur Schulden bei der Bank.

– Viele kommen, um abzuheben, was ihre Kreditkarte noch hergibt. Was soll das?!

– Kommen sie damit denn nicht durch?

– Sicher!

– Verdammter Mist.

– …

– Glaubst du denn, dass es euch genauso ergehen wird wie Glitnir?

– Mensch, die Unternehmen sind so unterschiedlich.

– Wie du schon immer gesagt hast.

– Ja.

– Hoffentlich auch unterschiedlich genug.

– Den Büchern nach sollten sie das sein. Unser Kapital ist zum Beispiel viel sicherer. 63 Prozent unserer Kredite sind durch Einlagen gedeckt. Das ist eine besonders hohe Rate, und die Bank ist daher nicht so abhängig ...

– Aber was macht ihr, wenn die Leute ihre Einlagen jetzt sofort haben wollen?

– Ein großer Teil davon ist gebunden.

– Wie groß?

– Ungefähr ein Drittel. Aber davon und von allem anderen einmal abgesehen, hält keine Geschäftsbank einen Ansturm ihrer Kunden aus.

– ...

– Das Modell geht davon aus, dass nur relativ wenige innerhalb eines bestimmten Zeitraums an ihr Geld müssen.

– ...

– So ist es halt.

– Ja, jæja. Genug davon. Wie sieht das Wochenende bei euch Eheleuten aus?

– Wir sind nicht verheiratet, Papa.

– Aber über die Möglichkeit habt ihr trotzdem schon mal nachgedacht.

– Ja, die Möglichkeit gibt es. Das Wochenende wird wahrscheinlich ruhig, entspannt und angenehm.

– Das ist gut.

– ...

– Ihr arbeitet jetzt also weniger am Wochenende?

– Ja, in letzter Zeit. Aber man hat jetzt ja sowieso immer den Computer zu Hause.

– Was für eine Hölle.

– ...

– ...

– Aber Papa, es gibt gerade ziemlich viel zu tun, sollen wir uns nicht besser später noch mal hören?

– Doch, unbedingt.
– Heute Abend oder spätestens morgen.
– Ja, gut, mein Lieber.
– Bye.
– Tschüss.

– Markús hier.
– Na sieh einmal an!
– War das nicht viel besser so?
– Doch, aber jetzt habe ich versagt.
– Nicht so schlimm.
– Jæja. Und von wo hole ich dich gerade her?
– Von der Arbeit.
– Wann gehst du essen?
– Irgendwann nachher.
– Ich habe gerade eine dermaßen leckere Scholle gegessen, das glaubst du nicht.
– Einer toten Scholle traue ich alles zu.
– Ich weiß. Und wie war das Wochenende?
– Ziemlich schön.
– Nichts Besonderes?
– Haben Leute getroffen, sind mal durch die Stadt geschlendert – halt diese traditionellen Wochenendsachen.
– Das ist ja auch am besten.
– Manchmal jedenfalls.
– Richtig.
– ...
– Spannend, auf den Ministerpräsidenten zu warten.
– Ich weiß nicht.
– Das ist eine Rede an die Nation, Junge.
– ...
– Geir sollte etwas zu sagen haben.
– ...
– So verbissen, wie sie am Wochenende getagt haben.
– ...
– Markús?

– Ja, nein, ich habe nur eben was gelesen, aber ja, sie haben getagt. Das war auch das Mindeste.

– ...

– Am Samstag sind Harpa und ich in der Sonne um den Stadtsee gelaufen, und ich glaube kaum, dass es am Konferenzhaus jemals lebendiger zugegangen ist. Ein Auto nach dem anderen und scharenweise Reporter, die alles verfolgt haben, was sich bewegt hat.

– Was, meinst du, kommt dabei heraus?

– Keine Ahnung – aber alles außer der Bekanntgabe eines gigantischen Vertrags mit ausländischen Notenbanken ist das Ende.

– Und glauben die Leute daran, an so einen Vertrag?

– Die Leute hoffen es zumindest. Es sieht halt gerade nicht so gut aus.

– Wie wenig gut?

– Was?

– Wie groß ist die Wahrscheinlichkeit, dass alles verloren ist?

– So um die 50 Prozent.

– Das ...

– So ist es halt.

– ...

– Aber es ist natürlich schwer zu sagen. Und ich möchte da eigentlich auch nicht weiter drüber nachdenken, in einer halben Stunde ist sowieso alles klar, und es bringt nichts, herumzuspekulieren.

– Du meinst, dass das Ergebnis vorliegt?

– Ja.

– ...

– Aber Papa, hier ist eigentlich gerade alles im Arsch, und ich kann kaum ...

– Kein Problem, wollte dich nur kurz hören.

– Okay, wir bleiben in Kontakt.
– Ja, tschüss.
– Bye.

– Hi.
– Jæja, mein Lieber.
– Genau, das kann man sagen – jæja.
– Wie geht es dir?
– Ich bin nicht sicher.
– …
– Vielleicht alles halb so wild. Das habe ich heute jedenfalls schon mehrfach gehört.
– Und sie haben die Bank einfach übernommen.
– Ja.
– Ein allerletztes Zucken des Rettungstrupps.
– …
– Kein Aktienkapital, keine Darlehen, nichts.
– Nur die Notstandsgesetze.
– …
– Versteht eigentlich keiner was davon.
– Man muss nichts mehr verstehen, wenn der Ministerpräsident Gott gebeten hat, Land und Leute zu segnen.
– Wahrscheinlich nicht.
– Die Aktien werden jetzt wohl kaum noch was wert sein.
– Nichts wert. Du hast es selbst gesagt, sie haben die Bank übernommen.
– Der arme Landsbanki-Bjöggi.
– Die arme Rentenkasse und du Armer und arme Mama und einfach alle.
– Das geht schnell, was?
– Das letzte Zucken ist halt ein Zucken. Ein Augenblick.
– Ja.

– ...
– Die Tanten haben letzte Woche Blutwurst gemacht. Morgens sind die Schafe noch im Stall aufgewacht, und am Abend froren sie schon im eigenen Magen in den Tiefkühltruhen der ganzen Stadt.
– ...
– Die Dinge ändern sich nicht nur bei uns schnell, Markús.
– Da sagst du was.
– ...
– ...
– Ich habe in den Nachrichten gehört, dass ihr vorhin eine Mitarbeiterversammlung hattet.
– Ja, die Minister haben vorbeigeschaut. Und hatten noch den nächtlichen Zauberstab in der Hand. Redeten davon, dass alle Angestellten und die Gehälter und so weiter bleiben, dieses ganze Gelaber.
– Ist es nicht so?
– Doch, du siehst ja, dass – ach, ich hab jetzt keine Lust, darüber zu reden. Wir haben schon den halben Weg zum Teufel hinter uns, in einem bremsenlosen ...
– Nein, neinnein. Jetzt bist du *idiotisch* pessimistisch, mein Junge. Sie werden die Situation in den Griff bekommen, die Genies, und wenn sie es nicht können, dann müssen wir es einfach selbst tun.
– Sagen wir das.
– Glauben wir es.
– Ganz egal. Mein Kopf qualmt schon richtig, Papa. Kann ich dich nicht lieber heute Abend anrufen?
– Doch, dochdoch, absolut. Aber versuch, nicht aufzugeben, mein Lieber.
– Standhaft in deinem Namen, Amen.

– So ist es gut. Grüß Harpa von mir.
– Okay, bye.
– Tschüss.

Zwei Tage später

– Hallo.
– Grüß dich, mein Lieber.
– Hi Papa.
– Jæja.
– Wie geht es dir?
– Ganz gut.
– Nichts Besonderes?
– Nein, alles beim Alten.
– ...
– Dein Onkel hat jetzt endlich den Schlittenanhänger fertig gebaut, hat verdammt lange gebraucht, aber jetzt ist er noch vorm Winter fertig.
– Das ist ja mal eine Neuigkeit.
– Ja. Hast du etwa den Neuigkeitsmangel hier in deinem Heimatort vergessen?
– Neuigkeitsmangel hätte ich jetzt auch gerne.
– ...
– Hast du gestern die Nordlichter gesehen?
– Ganz sicher nicht. Wieso?
– Sie waren teilweise so gewaltig.
– Ja, und sie sind es auch jetzt noch, wenn es nicht so schneit wie gestern.
– ...
– Du bist vorhin nicht ans Telefon gegangen.
– Das stimmt.
– ...
– ...
– Jæja, aber gibt es was Neues?
– Ich bin gerade nach Hause gekommen.
– So wenig zu tun bei der Arbeit?
– Wahrscheinlich nichts.

– ...
– Vorhin hatten wir wieder eine Mitarbeiterversammlung.
– ...
– Wurde ein neuer Organisationsplan vorgestellt.
– ...
– Meine Abteilung wurde einfach dichtgemacht.
– Gerade eben?!
– Ja, genauer gesagt, das ganze Unternehmen, in der Form, wie es ist – war.
– ...
– So ist es halt.
– Und hat man dir schon gekündigt?
– Ja.
– *Mein lieber Scholli.*
– ...
– ...
– Ich versuche gerade, ruhig zu bleiben und das zu kapieren.
– Du hast so einen Ausgang mal erwähnt, dass das möglich ist, aber vielleicht nicht ganz so – nicht so schnell!
– Im Nachhinein betrachtet ...
– Aber dieses Tempo, einfach erbarmungslos!
– Sie mussten anscheinend rationalisieren. Vielleicht war es am besten, es sofort zu tun.
– Jetzt hör aber auf.
– ...
– Aber trotzdem gut, dass das nicht völlig überraschend für dich kam.
– Das macht keinen Unterschied. Ich *war* nicht arbeitslos, aber jetzt *bin* ich es. Nichts macht es weniger trostlos.

– ...
– Nichts.
– ...
– So ist es halt.
– ...
– Jetzt werden bald sicher Tausende mit meiner Ausbildung und ähnlicher Berufspraxis auf dem Markt sein.
– ...
– Auf einem Markt, der kaum noch existiert.
– Vielleicht hättest du damals doch Isländisch studieren sollen, hier in der Stadt und in der Umgebung werden immer Lehrer gebraucht.
– Da sagst du was.
– Nein, ich rede einen verdammten Blödsinn, einfach das Erste, was mir eingefallen ist. So idiotisch, zu versuchen, im Nachhinein schlau zu sein.
– Und beschämend viele wollen jetzt im Nachhinein alles vorhergesehen haben.
– ...
– Fast jeder Zweite hat das anscheinend alles kommen sehen.
– Was mich interessiert – ich bin schließlich dein Vater: Wie trifft euch das finanziell?
– Eher schlecht!
– ...
– ...
– Aber du scheinst darüber lachen zu können, das ist ein gutes Zeichen.
– Ich weiß nicht, was das war – mir ist nicht nach Lachen zumute.
– Verstehe, das ist unglaublich. Aber pass auf, dass du nicht kaputtgehst, mein Freund. Es kann sehr schwer

sein, gebrochene Männer wieder aufzurichten.
– Ja, aber ich habe keine Ahnung – keine Ahnung, wie es weitergeht. Aber da sowieso alles zum Teufel geht, überlege ich gerade, einfach ein Video einzulegen, irgendein ganz blutiges.
– Ist Harpa nicht bei dir?
– Nein. Aber sie will nach Hause kommen, sobald sie kann.
– Ihr müsst gut zusammenhalten.
– Das machen wir, wir *Eheleute*.
– ...
– ...
– Hat sie ihren Job denn sicher?
– Diesen Ausdruck würde ich in Bezug auf Stellen im Finanzsektor heute nicht mehr verwenden.
– Nein. Aber grüß sie bitte ganz herzlich.
– Werde es ausrichten.
– Hast du es beim letzten Mal gemacht?
– Nein.
– Jæja, aber du versuchst, heute Abend daran zu denken.
– Ja.
– Und wir halten uns auf dem Laufenden.
– Klar.
– Tschüss, mein Lieber.
– Tschüss.

– Hallo.
– Hi Liebster, hier ist Mama.
– Hi.
– Ich habe mit deinem Vater gesprochen und wollte kurz einen Ton von dir hören.
– Wie gefällt dir dieser hier?
– Weiß ich nicht – noch nicht. Wie geht es dir?
– Papa hat dir wahrscheinlich schon alles gesagt.
– Ich weiß nicht.
– Wir wollen es hoffen, ich will das nicht alles noch mal erzählen.
– Das war auch nicht meine Absicht, ich wollte nur meinen Jungen hören.
– Okay.
– Und wie geht es dir?
– Normal halt, glaube ich – gemessen an allem.
– Ja?
– Betäubt und – anders kann ich das Gefühl nicht beschreiben. Das ist ein sehr unklarer Zustand.
– Gefühle, wahrscheinlich viele unterschiedliche Gefühle.
– So wird es sein.
– Und es ist wichtig, dass du ihnen Zeit gibst, bevor du wieder so viel von dir verlangst.
– Das sollte ich tun. Zeit werde ich wohl demnächst im Überfluss haben.
– Aber denk daran.
– Wie ich schon sagte.
– Gut, mein Lieber. Dein Vater hat gesagt, dass du Geldsorgen hast.
– Frag mich doch selbst, Mama.

– Hast du?
– Nein, ich denke nicht, nicht besonders. Sie sind halt Teil des Gesamtsorgenpakets. Aber jetzt mache ich mir Sorgen, weil *du* dich um mich sorgst. Das will ich wirklich nicht.
– Deine Mama denkt an dich, und du erlebst schlimme Dinge, natürlich werde ich unruhig.
– Trotzdem ... ich komme schon zurecht, Mama.
– Das ist gut zu hören.
– ...
– Aber wäre es nicht schön, Leber- und Blutwurst in den Süden zu bekommen, ein paar Würste? Es ist schon einige Jahre her, seit ich euch zuletzt was geschickt habe.
– Wir haben genug zu essen, Mama. Harpa hat noch einen guten Job und – sieh mal, wir sind nicht drauf und dran zu sterben.
– Das weiß ich, aber meinst du nicht, dass es schön wäre, für einige Mahlzeiten Blutwurst zu haben? Man kann auch Innereien bei Kerzenschein essen.
– Harpa und ich haben schon das eine oder andere Mal *Pâté de Foie gras* gegessen, auch bei Kerzenschein.
– Was?
– *Pâté de Foie gras*, Gänseleberpastete.
– Ach so. Die Aussprache war ein bisschen speziell, mein Markús. Hat sich dein Französisch schon verabschiedet?
– Es hat mich nie richtig begrüßt.
– Jæja, lass uns nicht über Französisches reden.
– Und auch nicht über Blutwurst, Mama.
– In Ordnung. Man ist einfach so durcheinander.
– Aber mach dir wegen mir keine Sorgen, mach das – auf keinen Fall. Das zieht mich dann erst recht runter.

– ...
– Wie läuft es denn beim Unterricht mit den Kindern?
– Sie lernen.
– Papa meint, dass ich besser Isländisch studiert hätte. Lehrer werden anscheinend immer gebraucht.
– So ein Unsinn! Man muss immer seiner Überzeugung folgen, und das hast du gemacht und dich dabei gut angestellt. In schweren Zeiten sollte man sich davor hüten, Dinge im Nachhinein zu bedauern, das macht die Zukunft noch schwieriger.
– Du hast dir wohl Doktor Phil angesehen?
– Doktor was?
– Genau den.
– Nein, wen?
– Nichts, war nur ein Scherz.
– ...
– Aber jæja, jetzt hast du wirklich einen Ton von mir gehört, Mama, hast dir milde Misstöne angehört und kannst dich jetzt ruhig entspannen.
– Dir geht es also einigermaßen, mein Lieber?
– Ja.
– Deine Mama ist richtig froh, das zu hören.
– ...
– ...
– ...
– Markús?
– ...
– ...
– Ich bin so müde, erstaunlich, wie lange ich es am Telefon ausgehalten habe.
– Jæja, dann ruh dich mal aus.
– Ja.
– Und ruf vielleicht mal deine Schwester an. Ich habe

heute Morgen mit ihr gesprochen, und sie hat sich Sorgen um ihren Bruder gemacht.

– Das werde ich tun.

– ...

– Ich rufe sie heute Abend an.

– Gut. Und Gott behüte dich, mein Lieber.

– Noch bin ich nicht eingeschlafen.

– Ganz unabhängig davon.

– Okay, dich auch.

– ...

– ...

– Tschüss, mein Lieber.

– Bye.

II

Das Buch

Vorgestern rief Vésteinn an. Wir haben nicht lange darüber geredet, wie es gelaufen ist, er wollte mich treffen. Gleich am Abend saßen wir im Café und haben die Situation durchgesprochen, er, auf den Tisch gesunken, und ich, völlig schlapp, die Arme hinterm Stuhlrücken verschränkt. Er machte sich offensichtlich Sorgen um mich. Ich habe versucht, ihn davon zu befreien, indem ich immer wieder gesagt habe, dass es mir erstaunlich gut geht. Wir haben so lange geredet, dass der letzte Cappuccino-Schluck eiskalt war.
Kurz bevor wir uns verabschiedeten, hat Vésteinn mir empfohlen, Tagebuch zu schreiben, um in diesen verrückten Zeiten das Leben in den Griff zu kriegen, man geriete so leicht aus dem Gleichgewicht und würde pessimistisch. Dann meinte er noch, dass ich die letzten Tage in der Bank ja in einem gesonderten Vorwort beschreiben könnte.
Etwas früher an diesem Abend hat Vésteinn von seiner Doktorarbeit erzählt – irgendwas über politische Konflikte in der Sturlungerzeit, sehr interessant, obwohl ich mich an den Inhalt nicht mehr wirklich erinnern kann – und ich vermute, dass der Historiker in ihm die Idee zum Tagebuch mit Vorwort hatte, vielleicht will er, dass ich etwas schreibe, das später als Zeugnis einer geschichtsträchtigen Zeit gelten kann. Wir haben ausgemacht, uns so bald wie möglich wiederzusehen, dann werde ich ihn mit der Vermutung konfrontieren, dass er solche Hintergedanken hatte.
Die Idee kam mir trotz allem gar nicht so blöd vor, als ich mich gestern wieder daran erinnert und dieses Buch gekauft habe, das dickste im Laden. Ein Vorwort

über die letzten Tage in der Bank kann ich aber trotzdem nicht schreiben, in meinem Kopf sind sie nichts als ein grauer Fleck. Das Einzige, woran ich mich richtig erinnere, ist das Wetter, weil es sich nicht verändert hat: die ganze Zeit wolkenlos, windig und kalt.

Tag 3

Das ist das zweite Mal, dass ich Tagebuch führe. Mit zehn oder elf Jahren musste ich es zum ersten Mal als schreckliche Zwangsaufgabe für die Schule machen. Nach den Hausaufgaben sollten wir immer etwas über unseren Tag schreiben. Ich erinnere mich noch, dass es für jeden Tag eine Doppelseite gab. Oben auf der linken Seite war ein verschnörkelter Rahmen für eine Buntstiftzeichnung, wie für ein Sofagemälde. Unter dem Rahmen stand »Liebes Tagebuch«, und der Rest der Doppelseite war voller Linien. Ich weiß noch, dass das Tagebuch für Jungs – das einzige, das es in Finns Buchladen gab – blau und das für die Mädchen rosa bedruckt war, und ich weiß auch noch, dass ich immer alle Linien auf der Doppelseite vollschreiben wollte – die unbedeutendsten Tage haben sich unter den kleinen Buntstiftbildern ausgebreitet.

Tag 4

Tag vier? In der Tat folgt er auf Tag drei und zwei, aber mal ganz davon abgesehen, ob das für mich ein Neu-

anfang ist oder nicht, habe ich den ersten Eintrag unbewusst so getauft.
Tag vier nach der Umstrukturierung heißt mit richtigem Namen 13.10.2008 und ist ein Montag. Harpa ist wie an jedem Werktag um 6:55 Uhr aufgewacht. Sie wollte eigentlich leise aufstehen, aber als sie sah, dass ich wach war, ist sie zu mir gekrochen, und wir haben in stiller Umarmung dagelegen, bis der Wecker wieder geklingelt hat.
Ich habe den Duschgeräuschen zugehört, gehört, wie sich der Wasserstrahl verändert hat, als Harpa sich darunter gestellt und das Wasser aus ihren Haaren gestreift hat, gehört, wie die Wassergeräusche durch den Seifenschaum dumpfer wurden. Ich konnte nicht liegen bleiben und lauschte daher nur kurz.
Nachdem Harpa zur Arbeit gegangen war, stand ich lange mitten im Wohnzimmer und starrte auf die Fensterscheiben. Es war zu dunkel draußen, um etwas anderes als das gespiegelte Wohnzimmer zu sehen, und mich mittendrin.

Tag 5

Gestern habe ich schon morgens in das Buch geschrieben. Nicht gerade bemerkenswert, selbst wenn danach nichts Besonderes mehr passiert ist.
Als ich vor der ersten Folge der letzten *Sopranos*-Staffel saß, habe ich über Harpa unter der Morgendusche und übers Auf-die-Wohnzimmerfensterscheiben-Starren geschrieben. Bis in den Nachmittag hinein habe ich mir die komplette Staffel angesehen, und heute

Morgen wieder bei der ersten angefangen, um dann die ganze Serie in der richtigen Reihenfolge zu sehen. Harpa hat sie mir im letzten Jahr zu Weihnachten geschenkt, im Auftrag des Kerzenschnorrer-Weihnachtsmännchens. Sie meinte, wir würden ... jetzt schaudert es mich, wie sich unsere Zukunft verändert hat. Mein Kopf ist voller unrealisierbarer Pläne. Es gibt so viele Dinge, die ich gedanklich noch nicht weiterverfolgt habe, die ich loswerden und vergessen muss – alles – ich muss alles neu denken. Aus irgendeinem Grund ist mir heute eingefallen, dass Harpa und ich uns vor genau sieben Jahren auf dem Oktoberfest der Uni kennengelernt haben. Das ist meine Torchance: Ich sollte sie sofort anrufen, bevor sie es tut. Dann steht es in diesem wichtigen Erinnerungsspiel nur noch 5-2 für sie.

Tag 6

Doch, das ist ein neuer Anfang, ein neues Leben, eine komplett neue Existenz, nachdem die Zukunft ausgelöscht worden ist.
Alles ist unklar. Aber es wird sich alles klären, oder was? Unklar bedeutet keine Klarheit, zeitlose Dunkelheit. Vielleicht werde ich nie weiter sehen, als der Text in diesem Tagebuch reicht? Ob sich alles klärt oder nicht ... Natürlich wird klar werden, wie es weitergeht, da freue ich mich nur nicht gerade drauf, als hätte ich Angst davor, dass dieses neue Leben etwas von mir verlangt, das mir unmöglich ist.

Tag 7

Am siebten Tag ... Da ich keine Welt erschaffen habe, darf ich mich jetzt nicht ausruhen, zumal es auch nur ein Donnerstag ist.
Gegen Mittag hat es geklingelt. Das passiert nur selten, wenn wir niemanden erwarten. Es war Guðni. Ich hatte ihn nicht erwartet. Er hatte mich übers Telefon nicht erreicht. Ein paar aus unserer Abteilung – bei der alten Landsbanki – wollen sich jede Woche treffen und zusammen essen. Er war auf dem Weg dorthin. Ich wollte auf keinen Fall mit, wollte mich nur kurz mit ihm über die allgemeine Lage und unsere Situation austauschen, dann verabschieden und mich wieder mit der Fernbedienung aufs Sofa hauen. Wir haben ein paar Worte gewechselt, bis ich ihm auf die Schulter geklopft, ihn gebeten habe, den anderen Grüße auszurichten, und Anstalten machen wollte, die Tür zu schließen. Guðni stand still in der Tür, er sagte nichts, steckte aber die Hände in die Hosentaschen und machte ein Gesicht, aus dem ich lesen konnte, dass es ihm wirklich wichtig war, dass ich mitkomme. Und als er dann sagte, dass ich mich nicht so anstellen solle, er reinkam, den Flurschrank öffnete und mir den dicksten Mantel in die Hand drückte, musste ich nachgeben. Aufdringlichkeit ist eine ganz neue Seite an Guðni, diesem nervenschwachen braven Mann, den man irgendwie nicht enttäuschen möchte.
Als wir ankamen, waren schon fast alle da, saßen an einer großen Tafel, und bevor ich mich versah, umarmte ich Leute und küsste parfümierte Wangen. Ich bekam einen Platz an der Ecke. Gemessen daran, wie eng es war, sind offensichtlich mehr gekommen als

erwartet. Die Leute waren gut drauf, und manchmal wurde laut gelacht. Anton saß am anderen Ende des Tischs und gab lustige Geschichten zum Besten, wie auch einige andere, die noch ihren Job hatten. Wir haben uns wie immer begrüßt, als wäre nichts passiert (Anton: Coozo! Ich: Tony Capisce!). Aber ich saß isoliert in meiner Ecke und habe kaum etwas gesagt, nur automatisch beim größten Gelächter mitgelacht. Ich nahm nichts außer diesen Gesichtern wahr, die ich früher täglich gesehen hatte. Vielleicht lag es am Licht da drinnen, vielleicht an der Müdigkeit, aber es kam mir so vor, als hätte ich sie jahrelang nicht gesehen.
Jahrelang? Alles ist so anders, eigentlich müsste mehr Zeit vergangen sein, seit wir so großmännisch gedacht haben, eher zehn Jahre als zehn Tage.
Die Zeit vergeht im Moment so schnell, dass alles fast im selben Moment, in dem es passiert, Geschichte wird.

Tag 8

Es ist noch nicht Mittag, und ich liege schon vor der Mattscheibe und schreibe. Der Abspann läuft. Ich habe mir *Rocky Balboa* angesehen (Never give up and never stop believing). Wachstumshormone sind kein Jungbrunnen, mein lieber Sylvester, es sei denn, Jugend äußert sich durch Lächerlichkeit.
Gestern habe ich Vésteinn angerufen und ihm vom Tagebuch erzählt. Er hat sich wahnsinnig gefreut und mir jede Menge Tipps gegeben, musste aber zugeben, dass er selbst kein Tagebuch führt. In einer Woche wollen wir uns treffen. Gerade ist er nach Edinburgh

geflogen, um seine Freundin zu sehen. Sie ist zum Promovieren dort, Biologie – nein, eher Psychologie.
Wenn Harpa morgens aufgestanden ist, schaffe ich es immer noch nicht, liegen zu bleiben. Heute Morgen bin ich hinter ihr her und habe versucht, frisch und fröhlich zu wirken. Hoffentlich fällt ihr nicht auf, wie schwer mir das fällt. Während sie unter der Dusche stand, habe ich Müsli und Dickmilch für sie gemischt. Sie hat am Küchentisch gefrühstückt, mit nichts an außer ihrem schwarzen Winterbademantel. Ich stand am Waschbecken und sah sie an. Wir schwiegen. Sie war noch in ihrer Morgenstarre und kaute langsam, die Hand mit der Schale auf dem Schoß und die Beine übereinandergeschlagen. Als ich die Gänsehaut an ihren Waden sah, wollte ich was sagen, habe aber weiter geschwiegen, Toastbrot gegessen und Kakao getrunken. Sie hat eine perfekte Haut: hell, aber gesund, vorne an den Schienbeinen glänzend glatt, an Waden, Fußrücken und Zehen etwas matter. Sie erstaunt mich immer wieder und macht mich schweigsam, wenn ich sie so vor mir sehe.
Harpa hat über DIE SITUATION geredet, als wir beim Kaffee saßen. Das interessiert mich kein bisschen, und als das Gespräch für mich lang genug gedauert hatte, bin ich runtergegangen, um die Zeitung zu holen. Als ich wieder hochkam, zog sich Harpa gerade an. Ich setzte mich an den Küchentisch, schenkte mir Kaffee nach und versuchte mich lieber an einem leichten Sudoku, als die Nachrichten zu lesen. Harpa schimpfte, wie sehr sie das Haareglätten hasse, sagte, dass sie dazu überhaupt keine Lust habe, ihr Haarschnitt aber nicht ohne funktionieren würde. Ich stand auf, ging ins Badezimmer und sah zu, wie sie einige Strähnen

einklemmte und das Eisen langsam nach unten zog, und zwischendurch sind meine Augen nach unten zu ihren Beinen in der lila Strumpfhose gewandert. Im Herbst hat sie sich zuletzt die Haare aufhellen und den Pony schneiden lassen, genau über den Augenbrauen. Ich habe sie gebeten, die Haare so lang wie möglich zu lassen, habe ihr gesagt, dass ihre Art, die Haare zurückzuwerfen, zu ihrem Charakter gehört. Geglättet reichen sie bis zu den Schulterblättern.
Harpa fragt immer, ob ich sie nicht eben zur Arbeit bringen und dann den Jeep haben will, um etwas zu erledigen, aber ich weiß nicht, was ich erledigen könnte. Obwohl ich ununterbrochen nach vorne denke, überlege, was ich tun könnte, mit wem ich sprechen sollte, zuerst ein paar Tage vorausdenke, dann eine Woche, und auf einmal einen Monat, habe ich keine Ahnung, wie ich den Jeep nutzen könnte, und sage dann, dass sie ihn unbedingt nehmen soll.
Dieser spekulative Schuss in die Zukunft verfehlt immer das Ziel, führt immer zu hoffnungslosen Ergebnissen – aber trotzdem ist es, als würde ich das alles nicht glauben, nicht glauben, dass alles auf dem Weg zum Teufel ist. Entweder bin ich wahnsinnig optimistisch – ohne zu verstehen warum –, oder ich lasse die Realität nicht an mich heran.

Tag 9

Harpa wollte wissen, was ich da eigentlich immer mache, wenn ich mich so abseits ins Wohnzimmer setze. Ich kaute auf dem Stift herum und sagte, dass ich mir Notizen mache. Zweifellos mache ich mir Notizen, zumindest wenn es gut läuft, aber noch bevor ich antworten konnte, hatte Harpa schon das Interesse an der Frage verloren und weiter zwischen den Sendern hin- und hergeschaltet. Erst bei Eurosport hat sie Halt gemacht, und jetzt sieht sie sich ein Tennisspiel an. Das hat sie mir verkündet, gesagt, dass sie zwei heißen Kerlen zusieht, die sich mit einem gelben Ball und zwei löchrigen Kellen vergnügen, und sie hat lauter gedreht, damit ich ihr Gestöhne hören kann. Sie ist schon ziemlich gut dabei. Wir hatten keine Lust zu kochen und sind essen gegangen, saßen fast drei Stunden bei Vorspeise, Hauptgericht, Nachtisch und Nach-Nachtisch. Vom Restaurant sind wir auf einen Mojito in die Bar geschlendert, aber da wir dort so viele kannten, wurden es zwei. Ich habe einen guten Bekannten getroffen und war ganz seiner Meinung, als er meinte, dass ...

Tag 10 – 10:37 Uhr

Das Nachtleben weckt oft das Miezekätzchen in Harpa. Da habe ich überhaupt nichts gegen. Als ich gestern so gesessen und geschrieben habe, ist sie auf einmal auf meinen Schoß gekommen, hatte die Bluse schon aus, nur um den BH musste ich mich selbst kümmern. Auch da habe ich nichts gegen, ansonsten wäre Tag 9 ein paar Zeilen länger geworden.
Jetzt sitzt Harpa im Bett und isst Rührei, das ich exakt à la Gordon Ramsey zubereitet habe. Ich höre es nicht, weiß aber, dass sie isst, während ich das hier schreibe,

dass sie wie immer wahnsinnig leise isst, weder die Gabel auf den Teller knallt noch den Orangensaft schlürft. Sie isst wie auf Samtpfoten.

Tag 11

Harpa wollte nicht unter der Decke hervorkommen. Sie meinte, dass heute Supermontag sei. Im Büro gebe es nichts zu tun, sie habe in der toten Zeit schon ausgemistet und den iPod bestückt, ihre Fotosammlung sortiert und zur Sicherheit auf CD gebrannt, Leute angerufen, die sie in letzter Zeit vernachlässigt hatte, ihre Facebook-Freundesliste verdoppelt, und auf den Flachbildschirmen an den Wänden würden anstelle von Finanznachrichten in Direktübertragung den ganzen Tag über Zeichentrickfilme laufen. Wir hatten schon fast eine Stunde auf meinem Kissen gelegen und uns mit müden Morgenstimmen unterhalten, bevor Harpa in die Gänge kam. Durchs Fenster konnte man hören, dass die Stadt schon wach war.
Kurz nachdem ich allein war, bin ich aufs Klo gegangen und habe die Klopapierrolle aufgebraucht. Es war die letzte. Den ganzen Tag über wollte ich mich aufraffen und in den Laden gehen, schaffte es aber erst, nachdem ich zweimal pinkeln war. Als ich nur noch ein paar Schritte vom Laden entfernt war, fand ich es plötzlich angemessener, im Supermarkt einzukaufen, zumal ich genügend Zeit hatte, aber da das Gefühl ziemlich schwach war, reagierte ich nicht darauf und ging weiter geradeaus. Schnell hatte ich mein eigentliches Ziel vergessen und lief meiner Intuition

folgend die Lækjargata in südlicher Richtung entlang und war schon eine ganze Weile im kühlen, aber schönen Wetter herumgelaufen, als mir das Klopapier wieder einfiel. Ich blieb auf der Stelle stehen und schüttelte all die schweren Gedanken über die Bankenpleite und das Laub von mir ab.

Für gewöhnlich fällt es mir auf, wenn die ersten Blätter von den Bäumen fallen, und dann sage ich im Stillen etwas zu mir, etwas über die Zeit und die Jahreszeiten, wie schnell der Sommer vergangen ist und wie langsam der Winter, und dann versuche ich, mir den Sommer, der schon fast vorbei ist, noch einmal zu vergegenwärtigen, die Sommer, die immer so schnell vergehen, dass all die Bilder im Gedächtnis unscharf sind – nur in diesem Jahr nicht. In diesem Jahr sage ich nichts zu mir. Die Straßen waren mit farblosem Laub bedeckt, das sich an den Bordsteinkanten und zwischen den Häusern angesammelt hatte, und unter den Ebereschen war ein feuerroter Fleck aus zertretenen Vogelbeeren. Auf genau so einem Fleck stand ich, als ich den Kopf hob und sah, dass alle Äste kahl waren, abgesehen von einer zerknüllten Plastiktüte, und ich fand, dass ich viel verpasst hatte, fühlte mich zerstreut und entwurzelt, schniefte und sagte ein paarmal zu mir selbst, dass der Winter in diesem Jahr aber wirklich Knall auf Fall gekommen ist.

Tag 12

Der Postbote hatte heute eine Lieferung für mich. Es waren die Blutwürste, die Mama uns versprochen hatte.

In den letzten Tagen hatte ich versucht, sie davon abzuhalten, aber jetzt sind sie doch hier.
Ich habe die Styroporkiste unbeholfen in den Kühlschrank gestopft. Harpa musste lachen, als sie nach Hause kam und sie so fehlplatziert im obersten Fach entdeckte. Ich trat in die Küchentür, entschuldigte meine stümperhafte Vorgehensweise, lehnte mich an den Türrahmen und sah zu, wie sie die Kiste herausnahm und die Tüte mit den Würsten in der Kühltruhe verstaute. Dabei fragte sie, ob ich nicht kurz in den Laden gehen und Steckrüben holen wolle. Ich war einverstanden. Harpa ließ aus jedem Beutel eine weiche Wurst auf einen Teller gleiten und spülte ihre Hände ab.
Dieser Abend sticht aus dem, was bisher im Tagebuch steht, hervor: Bis spätabends haben wir bei Kerzenschein fettige Leber- und Blutwürste mit gekochten Steckrüben gegessen und konnten dabei über die Zukunft sprechen, ohne einen Koller zu kriegen, ohne an die Gänseleberpastete zu denken, die wir vor ein paar Tagen beim Schein derselben Kerzen gegessen hatten.

Tag 13

Aus irgendeinem Grund waren wir beide davon überzeugt, dass die neue Staffel von *Grey's Anatomy* heute Abend anfängt. Während der Wettervorhersage hat Harpa trotzdem kurz im Videotext nachgeguckt, und da sahen wir, dass sie erst am nächsten Mittwoch beginnt. Ich würde nicht sagen, dass wir sehr enttäuscht waren, aber lustig fanden wir dieses Missverständnis

auch nicht gerade. Harpa schlug direkt vor, stattdessen ins Kino zu gehen, unser letzter Kinobesuch sei schon so lange her, wahrscheinlich war es im Sommer, als wir den neusten *Batman*-Film gesehen und im Dunkeln Heath Ledger betrauert hatten.
Wir sind gemütlich aufgebrochen und trotzdem rechtzeitig angekommen. Harpa hatte sich einen Schal um den Hals gewickelt und eine Pelzmütze aufgesetzt, so dass sie trotz der Kälte den ganzen Weg über warm blieb, sie hatte nur wie immer ein unglaublich rotes Näschen. Wir haben *Burn After Reading* gesehen. Mir hat es gut gefallen, und dir Harpa? Harpa, die sich zu mir geschlichen hat und mir grinsend beim Schreiben zusieht, bestätigt, dass auch ihr der Film gut gefallen hat, und sie besteht darauf, dass im Tagebuch steht, dass Brad Pitt ein geiler Hengst ist, selbst wenn er so lächerlich gemacht wird. Jetzt lacht Harpa und setzt sich mit dem leckeren Duft von Tee und ihr selbst aufs Sofa. Auf dem Weg sagt sie, dass ich wirklich ein *Nerd* sei. Das hat eine belebende Wirkung auf mich. Ich hoffe, dass sie nie aufhört, mir Spitznamen zu geben, dass sie nie anfängt, mich zu bemitleiden.

Tag 14

Heute Morgen hat Harpa mein Gesicht massiert und gesagt, dass sie sich nicht in einen bärtigen Affen verliebt habe. Ich entschuldigte mich damit, dass es schon so kalt geworden sei, war aber trotzdem frisch rasiert, als Guðni an der Tür klingelte.
Es saßen weniger an der Tafel als beim letzten Mal.

Anton war nirgends zu sehen, und ich habe mich die meiste Zeit mit Edda unterhalten. Zuerst haben wir uns nur über die Schwarz-Weiß-Fotos an den Wänden und die Penner unterhalten, die sich in ihren Schneeanzügen auf der anderen Straßenseite auf die Treppen gekauert hatten. Als Guðni aufschrie und fast auf die Beine sprang, weil jemand etwas über den Liberalismus gesagt hatte, haben wir aufgehört zu reden. Derjenige, der die Äußerung gemacht hatte, sprach weiter und sagte, dass jetzt bewiesen sei, dass diese Denkweise vor allem die größten Schwächen des Individuums hervorkehre. Ich hatte weder Lust, Guðnis allseits bekannte Antwort zu hören, noch mich in die Unterhaltung einzumischen, wandte mich wieder Edda zu und fragte nach den Pferden, ob sie in letzter Zeit wieder viel ausgeritten sei. Sie antwortete, dass sie das schon seit Jahren nicht mehr so oft getan habe ...
Nach dem Treffen meinte ich zu Guðni, dass ich nicht sicher sei, ob ich am nächsten Donnerstag dazustoßen würde, ich würde mir dort wie eine Witzfigur vorkommen und vor Unruhe kaum stillsitzen können. Ich habe nicht erwähnt, dass ich noch unglücklicher war als beim letzten Mal, und auch nicht, dass meine Nase ab und zu gejuckt und meine Augen gebrannt haben.

Tag 15

Der Lichtstrahl auf Viðey, die Friedenssäule: Warum kann ich dieses stilechte Kunstwerk nicht mit dem Weltfrieden verbinden, wie es alle anderen tun? Warum sehe ich immer nur Lennon und Yoko beim

Abendspaziergang in New York, mit den Händen in den Taschen und in ein Gespräch über ihren Sohn vertieft, als Chapman sie mit der Pistole einholt und abdrückt, bevor Lennon etwas über den Frieden in der Welt sagen kann, und ich sehe den Schrecken in seinem Gesicht und höre die Schreie um ihn herum, bis einen Augenblick später alles ruhig und schwarz wird – ein paar Augenblicke lang schwarz. Jedes Mal, wenn ich so richtig über die Friedenssäule nachdenke, ist es, als würde ich mit Lennon sterben; die Botschaft rauscht komplett an mir vorbei.

Später, wieder zu Hause.

Nach Harpas Anruf heute Morgen hätte ich das Treffen mit Vésteinn fast abgesagt. Sie hat ihren Job verloren. Ich habe gehört, wie flach sie geatmet hat, und ihr gesagt, dass sie sofort nach Hause kommen soll, aber sie konnte nicht, die ehemaligen Angestellten durften erst nach Hause gehen, nachdem ein Psychologe ihren Zustand begutachtet hatte. Um kurz nach zwei hat sie mit dem Psychologen gesprochen und ist dann nicht sofort gegangen, wollte noch bei ihren Leuten bleiben. Den ganzen Tag über hatte ich das Gefühl, abzustürzen. Ich darf mich nicht mehr von allem so überraschen lassen.
Als ich aufbrechen musste, war Harpa immer noch nicht da, und ich machte mich lieber auf den Weg, als weiter allein mit dem Laptop auf dem Schoß vor dem Fernseher zu sitzen. Vésteinn war gerade dabei, einen Hamburger zu essen und Bier zu trinken, als ich kam. Ich ließ das Tagebuch auf den Tisch fallen. Ich hatte es mitgenommen, um zu beweisen, dass ich schreibe,

und um Vésteinn die ersten Einträge lesen zu lassen. Er war sehr interessiert und las sofort los. Ich habe mir in der Zwischenzeit ein paar Pommes von ihm geklaut und seinen Gesichtsausdruck beobachtet. Als ich mir einbildete, dass er am Ende angelangt sei, lächelte er, er tat es genau in dem Moment, in dem ich mit einem Lächeln gerechnet hatte, und bevor er den Text in mehrfacher Hinsicht lobte, meinte er noch, dass er das Tagebuchschreiben nicht aus geschichtswissenschaftlichen Gründen vorgeschlagen habe. Ich erwiderte, dass ich wahrscheinlich einfach zu viele Präsentationen und Berichte verfasst hatte, die aus heutiger Sicht natürlich reine Lügenmärchen seien, aber Vésteinn zuckte nur mit den Achseln und erinnerte mich an die Artikel, die ich früher mal für die Studentenzeitschrift geschrieben hatte, bevor wir uns lange darüber unterhielten, wie wir Jungs vom Lande ganze Tage mit Büchern in der Scheune verbracht hatten.

Harpa hat sich nicht gemeldet, während wir dort saßen und ziellos und mit Zeitsprüngen erzählten, und ich habe erst wieder an sie gedacht, als Vésteinn fragte, wie es »deiner Harpa« nach den Kündigungen des Tages ginge. Da bin ich aufgesprungen, habe mit dem Handy gewedelt und bin zum Telefonieren nach draußen gegangen. Sie war schon ziemlich angetrunken und fragte, ob ich nicht zur Kündigungsparty »Gefeuert 2008« kommen wolle. Ich sagte ihr zuliebe zu.

Die restliche Zeit über versuchte ich, Vésteinn zuzuhören, während ich an Harpa dachte, einerseits zur Party wollte, andererseits aber auch nicht, am liebsten nur hingehen wollte, um sie abzuholen und den ganzen Weg bis nach Hause zu tragen. Trotzdem blieb ich

auf den Tisch gesunken weiter sitzen, bis wir uns plötzlich in einem lärmenden Vergnügungslokal befanden, ohne uns bewegt zu haben, nur noch Alkohol an den Tischen um uns herum, das Licht gedimmt, schwarzgekleidete Türsteher zur Nachtschicht. Wir hatten keine Lust, uns anzuschreien oder betrunkener zu werden, sind daher aufgebrochen, langsam die Straße entlanggelaufen und haben uns viel herzlicher als beim letzten Mal verabschiedet.
Auf dem Heimweg habe ich einen Abstecher auf den Arnarhóll gemacht und über das Stadtzentrum geblickt. Das mache ich manchmal, wenn das Wetter gut ist und ich nicht in Eile bin. Es hob meine Laune, die Bauarbeiten am Hafen zu betrachten, zu sehen, wie viel vom Alten schon abgerissen war, diesen ganzen Platz für die schöne Zukunft zu sehen - ach was, ich war einfach stolz auf diese Umgestaltung, an der ich einen gewissen Anteil habe, weil ich mich um die Finanzierung gekümmert hatte. Im Sommer fand ich es schön, die Touristenschwärme zu beobachten, die durch die engen Straßen liefen, während ihr Ausflugsschiff am Hafen wartete, so groß, dass es einen Schatten auf die Stadt warf. Aber vorhin, als ich das beleuchtete Grundgerüst der Konzert- und Konferenzhalle sah, die so vieles verändern sollte, die das Fundament der neuen Stadt und des Musiklebens auf Weltniveau werden sollte, war ich voller Leere, wenn das überhaupt möglich ist, und kurz darauf voller Traurigkeit, hatte einen Kloß im Hals und musste den Blick abwenden. Ich weiß noch, dass ich an einen Grillspieß gedacht habe, als ich drei kleine Wolken sah, die auf die Friedenssäule aufgespießt waren, aber als ich in der klirrenden Kälte das Tagebuch und einen Stift aus der

Tasche zog, kam kein Wort über einen Grillspieß – jedenfalls nicht zu jenem Zeitpunkt.

Tag 17

Harpa hat telefoniert, als ich heute Morgen aufgewacht bin. Den ganzen Tag über war sie immer wieder am Telefon, bestimmt auch während des Essens bei ihren Eltern. Gerade putzt sie sich die Zähne vorm Schlafengehen, morgen muss sie zu ihrer neuen Arbeit, sie ist jetzt Vertretungslehrerin an einer Grundschule.

Tag 18

Als ich ins Bett kam, habe ich Harpa gelobt. (Ich sagte in etwa: »Du bist unglaublich, Liebes, ohne zu zögern einfach so weiterzumachen.«) Sie hat nicht sofort geantwortet, und ich hoffte, dass sie schon schliefe: »Markús, wir haben unsere Jobs verloren, aber nicht unser Leben, und damit muss es weitergehen.«
Dem kann ich nicht widersprechen. Trotzdem ist da etwas, das mir sagt, dass das nicht so einfach ist. Natürlich müssen wir weiterleben, und ich würde nie sagen, dass die Arbeit mein Leben war, aber die Arbeit war ein Teil meines Lebens, mit dem ich sehr zufrieden war – ja, ich war richtig verliebt in mein Leben, besonders aber in die Zukunft, die noch folgen sollte.
Diese achtzehn Tage sind schwarz-weiß, tintenblau-

weiß im besten Fall, aber real. In den letzten Jahren hatte das Leben kräftige Farben. Jetzt bin ich morgens nach dem Aufwachen nicht mehr gespannt auf das, was kommt, freue mich nicht mehr darüber, an der Umsetzung eines großartigen Projekts beteiligt zu sein, sondern habe Angst davor, aufzustehen und mich Witzfigur im Badezimmerspiegel zu sehen.

Tag 20

Manchmal habe ich das Gefühl, verschwunden, in Luft aufgelöst zu sein. Ein unangenehmes Gefühl. Vielleicht bin ich einfach zu sehr daran gewöhnt, den ganzen Tag von Leuten umgeben zu sein und abends von Harpa umgarnt zu werden, dass ich nicht mehr so lange allein sein kann? Das ist alles andere als ausgeschlossen. Jedenfalls macht mich dieses Alleinsein manchmal unerträglich rastlos, weil ich es als aufgezwungen empfinde. Auch unter Leuten werde ich unruhig, kommt es mir vor, als hätte ich nichts zu erzählen, und dann will ich mich dorthin zurückziehen, wo ich unbehelligt schweigen kann.
Neulich habe ich mich ans Telefon gehängt und die Kontaktliste durchgeblättert. Dort stehen viele Namen, die ich anrufen könnte, aber nur selten komme ich übers »H« hinaus. Deshalb habe ich auch erst ein einziges Mal meine Schwester Helena angerufen, bis ich es heute noch mal gemacht und statt des gewöhnlichen Freizeichens einen Diskoschlager von Páll Óskar gehört habe, bis sie drangegangen ist. Sie war gerade aus der Schule gekommen, und wir haben uns darüber

unterhalten, wie es bei ihr läuft und was sie machen möchte, wenn sie mit der Schule fertig ist. Sie war sich sicher, dass sie nach Reykjavík an die Uni will, aber noch unentschlossen, in welchem Fach. Sie meinte auch, dass sie so schnell wie möglich ihre Sportmannschaft wechseln wolle, weil sie es leid sei, dass es so wenige Mädchen gäbe und sie mit den schlaffen Jungs trainieren müsse. Ich fragte, an welche Mannschaft sie denke; sie wusste es noch nicht, sie wolle erst noch mit den Fußballmädchen hier in der Stadt sprechen, da mehrere Clubs in Frage kämen.

Während unseres Gesprächs wollte ich sie ein paarmal nach ihrem Freund fragen, ließ es aber sein. Sie sind seit Sommer zusammen, und im Herbst hat mir Mama von der »veränderten Situation« meiner Schwester erzählt, aber ich wollte den Helden nicht gleich anerkennen, fand, dass Helena ihn an passender Stelle ins Spiel bringen müsse – am Ende habe ich dann doch nach ihm gefragt, wer er ist und wie es mit ihnen so läuft. Die Frage kam nicht wirklich gut an, und Helenas Stimme klang plötzlich anders, sie wirkte auf einmal einige Jahre jünger, hatte aber nichts dagegen, über ihren Villi zu reden. Sie seien »halt einfach happy«.

Als ich ihren Namen auf dem Telefondisplay gesehen hatte, musste ich daran denken, wie ich Helena zum ersten Mal sah. Das war im Juni 1990, sie war damals sieben Monate alt. Als Mama und Papa nach Kolumbien gefahren sind, um sie abzuholen, bin ich bei Oma und Opa geblieben. Ich weiß noch, dass Opa mit »dieser Vorgehensweise« nicht wirklich einverstanden war, ein Kind von so weit her zu holen, noch nicht einmal, als ich bei ihnen war und wir alle auf »die Prinzessin«

warteten. Ich hatte sie einmal im Wohnzimmer darüber reden hören, als ich nicht schlafen konnte und in den Flur gegangen war. Da sollte es noch einige Jahre dauern, bis man Opa sagen hörte, dass die Schönheit eindeutig von draußen aus der Welt komme.
Zwei Wochen nachdem sie sich in der Diele bei Oma und Opa von mir verabschiedet hatten, standen Mama und Papa wieder da, als ich außer Atem durch die Tür kam. Helena war auf Mamas Arm, von Papa, Oma, Opa und zwei Tanten umringt, und in dem Moment, in dem ich dazukam, bewegte sie ihren Arm, als ob sie mich begrüßen wollte, und alle lachten. Dieses Bild habe ich noch ganz deutlich vor Augen, die lachenden Erwachsenen, von hinten angestrahlt durch die offene Tür zum sommerlichen Garten. Ich bin zu ihnen gegangen und habe mich dicht an Mama gestellt. Papa hat die Hände auf meine Schultern gelegt und gesagt, dass sie nun endlich da sei. Ich hatte noch nie ein Baby gesehen, das nicht blass war, und da war nun meine Schwester mit schwarzen Locken und Augen, hellbrauner Haut und rosa Lippen, mit denen sie anscheinend noch nicht wirklich umzugehen wusste. Ich fragte Mama, ob ich sie anfassen dürfe. »Selbstverständlich.« Ich streckte mich hoch zu Helena, streichelte mit einem Finger über Stirn und Wangen und atmete ihren Duft, der auffällig süß war, was ich nicht kannte. Sie sah mich an und sabberte die ganze Zeit mit ihrer kleinen Zunge herum. Als ich den Finger zurückzog, sah ich ihn mir unwillkürlich an, als ob ich eine verfärbte Fingerspitze erwartet hätte. Mama sah mich an und lächelte, und ich schämte mich so sehr, dass ich Helena sofort küssen wollte und mich auf die Zehenspitze stellte. Mama beugte sich ein wenig zu mir run-

ter. Ich weiß noch, wie heiß ich ihre Stirn fand und wie laut ihr Atmen.

Tag 21

Drei Wochen, genau drei Wochen, seit ich die Bank das letzte Mal verlassen habe. Ich habe mich von niemandem verabschiedet. Noch nicht einmal den Rechner runtergefahren. Drei Wochen, und ich erinnere mich noch an jede einzelne Sekunde der letzten Minuten, bevor ich raus auf den Treppenabsatz vor dem Haupteingang getreten bin. Danach verschwimmen die Tage mit unzähligen anderen Tagen, an denen ich dort runter und raus auf die Austurstræti gegangen bin.
Schon seit Sonntag fühle ich mich komisch. Ich fand es unangenehm, wie wenig es Harpa anscheinend ausmachte, entlassen worden zu sein. Aber es sieht ihr nicht unähnlich, so nach vorne zu preschen, das habe ich mittlerweile verstanden, und es geht mir auch schon besser heute. Überhaupt klingt das mit der Witzfigur jetzt nur noch lächerlich, wo ich alleine hier zu Hause sitze, während Harpa Kindern Englisch oder Mathe beibringt. Gestern ist sie für den kranken Naturkundelehrer eingesprungen, und gleich nach dem Abendessen war so wahnsinnig viel Natur in uns ... Ich hoffe, dass der Naturkundelehrer noch oft fehlt.
Vorhin kam Guðni vorbei. Er wollte mich mitnehmen, »um die Truppe zu treffen«, aber ich habe ihn gleich an der Gegensprechanlage abgefertigt, gesagt, dass ich beschäftigt sei, was ich auch wirklich bin, damit

beschäftigt, meinen Lebenslauf zu schreiben. Harpa meinte, ich solle mich endlich darum kümmern und Arbeit suchen. Ich habe gesehen, wie wichtig es ihr war, dass ich sie ernst nehme. Nach ungefähr zwei Tagen Arbeit werde ich jetzt langsam fertig, dabei habe ich ihr noch nicht einmal erzählt, dass ich damit angefangen habe. Harpa ist am hübschesten, wenn sie ernst ist, sie wird abenteuerlich schön, wenn sie ein konzentriertes Gesicht macht und anfängt, über »richtige Akzentuierung« zu reden, besonders jetzt, wo sie aufgehört hat, ihr Haar zu glätten, und es sich um ihr Gesicht lockt, das konzentrierte, ernste Gesicht. Wenn sie das nächste Mal fragt, sage ich ihr sicher, dass ich fertig bin, dann bin ich lange genug egoistisch gewesen.

Tag 22

Heute Morgen hat Harpa den Skiurlaub erwähnt. Sie wollte gerade gehen, hatte schon die Tasche über der Schulter und die Türklinke in der Hand, als ich in die Küche kam und zugab, die Fahrt komplett vergessen zu haben, unglaublich, aber wahr. Harpa meinte, dass es für sie wahrscheinlich am besten sei, wenn sie das auch täte.
Ich bezweifle, dass in nächster Zeit viele Flugzeuge mit Isländern an Bord in die Ferien fliegen. Die einzigen, die von hier starten, sind Maschinen voller Pferde, Fischfilets und Touristen, die ein paar Tage zuvor gelandet sind. Deshalb weiß ich nicht, warum ich Harpa noch mal angerufen habe, nachdem sie gegangen war,

und sie gebeten habe, mit dem Stornieren zu warten, bis wir mit den anderen gesprochen haben. Sie meinte, dass wir selbstverständlich mit den anderen sprechen müssten, fand aber ganz eindeutig, dass wir beide stornieren sollten. Ich bat sie, trotzdem noch zu warten, und schlug vor, die Gruppe am übernächsten Wochenende zum Essen einzuladen.
Diese Skireise nach Italien ist schon fast eine Tradition. In den letzten beiden Jahren sind wir immer Ende November/Anfang Dezember gefahren, immer dieselben Pärchen, die sich sonst nur selten treffen. Beide Male waren toll, fünf Tage Frischluft und Ausschweifungen in Maßen. Im ersten Jahr habe ich einen unvergesslichen Waldspaziergang im Gelände hinter dem kleinen Hotel gemacht – ich kann kaum glauben, dass ich gerade von einem unvergesslichen Spaziergang spreche –, aber genau das war er, und ich habe ihn im letzten Jahr wieder gemacht, bin wieder vom Spazierweg abgebogen, weg von den orangefarbenen Dreiecken auf den Baumstümpfen, die aus dem Schnee herauslugten, habe mich bis zur Erschöpfung durch die Schneewehen geschlagen, mich auf den Rücken fallen lassen und tief den Tannenduft eingeatmet, so lange, wie ich mich getraut habe, bis mich die Dunkelheit aus dem Schneebett gescheucht hat.

Tag 23

Samstag und Monatsende. Das macht manchmal mehr Spaß, aber auch nicht immer.
Gestern hat Mama wegen Weihnachten angerufen,

wollte wissen, ob wir schon entschieden haben, wo wir feiern wollen. Ich erzählte ihr von unserem Plan, Heiligabend zu zweit bei uns zu Hause zu bleiben, es wie im letzten Jahr besprochen mal auszuprobieren. Eigentlich fand ich es aber noch ein bisschen zu früh, um über Weihnachten nachzudenken, was ich Mama auch gesagt habe. Das fand sie zu einem gewissen Teil auch, aber sie wollte uns sagen, dass wir im Westen willkommen seien, falls wir Ruhe und Entspannung suchten, mal wieder einen Gang zurückschalten wollten, und sie meinte noch, dass nach all den Jahren bei Harpas Eltern jetzt ja vielleicht die Zeit reif sei, Weihnachten einmal bei ihnen zu verbringen. Gut, von dieser Möglichkeit zu wissen, und sie klingt in der Tat ziemlich verlockend. Eigentlich würde ich lieber bei Mama in der Küche sitzen als hier schreibend im Wohnzimmer, und ich wünschte mir, zu Hause zu sein – ja, zu Hause, dieser Raum mit einem Radius von ungefähr zehn Metern um die eigene Mutter herum, der nichts mit einer Schlafstätte oder einem Aufenthaltsort zu tun hat.
Gestern haben wir zum Abendessen eingeladen: Harpa hat ihre Jugendfreundinnen angerufen, während ich neben ihr saß und alle Informationen mitbekam. Alle haben zugesagt, und alle wollen sofort den Skiurlaub stornieren. Ich dachte, dass ich froh sein würde, aber seit ich mich an die Spaziergänge im Wald erinnert habe, bin ich das nicht mehr. Unsere Reisekameraden sind eine tolle Truppe, so unterhaltsam, dass ich froh über meine Idee mit dem Abendessen bin. Darauf freue ich mich schon, als Schadensersatz.

Die Schrift im Tagebuch ist bemerkenswert. Sie sieht so unterschiedlich aus, als wäre ich verschiedene Menschen.
Vielleicht sind Handschrift und Denkgeschwindigkeit miteinander verknüpft, vielleicht herrscht zwischen ihnen ein Ungleichgewicht, so dass die Gedankenflut immer wieder die Kapazität der Hand sprengt?
Ich habe gerade hier und da ein bisschen im Buch gelesen, und plötzlich fällt es mir schwer, das Ding Tagebuch zu nennen. Zum Beispiel das hier, was ich für den heutigen Tag im Kopf habe: Gestern hat meine Handynummer nicht mehr funktioniert. Harpa hat zu Hause auf dem Festnetz angerufen, um mir zu sagen, dass da etwas nicht stimmt. Als ich in den verstaubten Telefonhörer sprach, hatte ich gleich eine Ahnung, woran es liegen könnte. Ich hätte die Handynummer von der Bank sicher behalten können, hatte aber keine Lust auf ein Versteckspiel und bin daher seelenruhig in einen Laden gegangen, habe mir eine neue besorgt, ein solides Guthaben gekauft und überlegt, wie lange es wohl reichen würde. Seit mehr als fünf Jahren habe ich keine Handyrechnung mehr selbst bezahlt. Bevor ich das alte Handy mit der neuen Karte ausrüstete, habe ich mir einen saftigen Hamburger und eine kleine Cola im Glas geholt, und während ich aß, tat ich so, als würde ich die neue Grapevine-Ausgabe lesen, hörte in Wirklichkeit aber einem Junkie zu, der sich mit dem Ladenbesitzer über seine Zukunftspläne unterhielt – für den kommenden Samstag.
So führt man kein Tagebuch. In dem Eintrag geht es noch nicht einmal um den Tag, nach dem er benannt

ist. Ein Tagebuch ist organisiert, ganze Tage werden in kurzen und zielgerichteten Sätzen abgehandelt, und es wird gewissenhaft das Wetter beschrieben. So sähe dieser Sonntag in einem Tagebuch aus: 02.11. Ich bin heute Morgen um kurz vor 10 Uhr aufgewacht – eigentlich zum ersten Mal schon in der Nacht, aber nur um aufs Klo zu gehen und ein Glas Wasser zu trinken. Als ich aufgestanden bin und aus dem Fenster geguckt habe, war es kalt und windig, raues Meer mit Schaumkronen auf den Wellen. So ist das Wetter den ganzen Tag über geblieben, bis auf mittags, als immer mal wieder plötzlich kurzlebiger Sonnenschein durchgebrochen ist. Das direkte Sonnenlicht ließ mich an den Sommer denken, vor allem daran, wie weit er noch weg ist. An Sommerabenden steht die Sonne im Norden, aber als Harpa und ich heute zum Kaffeetrinken gegangen sind, hat sie sich genau im Süden gezeigt. Solange uns netterweise keines der vielen Kinder im Café dazwischengefunkt hat, konnten wir uns über unwichtige Dinge austauschen, ansonsten haben wir geschwiegen, und ich musste gegen die Unruhe ankämpfen, die mich bei Kinderweinen immer befällt.
Tagebuch?

08.11. – Samstag

Ungetrübter Sonnenschein, scharfer Wind und Frost – perfektes Fensterwetter.
Ich bin vorhin trotzdem nach draußen gegangen, zu Ríkið, um Wein fürs Abendessen zu kaufen. Ich habe

mich vor den Regalen in Position gebracht, mich von Australien bis nach Frankreich vorgetastet mit einem Zwischenstopp in Italien und Spanien. Nachdem ich einmal durch war und nichts Passendes gefunden hatte, kratzte ich mich am Kopf und guckte unsicher durch die Gegend. Sofort kam ein cleverer Angestellter und bot mir seine Hilfe an, die ich ablehnte, ohne zu wissen, warum. Er bezog wieder seine Stellung am Sektregal, und mir wurde bewusst, dass ich mitten an einem Samstag der einzige Kunde im Ríkið an der Austurstræti war, und musste laut auflachen. Lange habe ich mich allerdings nicht gewundert, denn fast im gleichen Augenblick, in dem ich diese komische Entdeckung machte, hörte ich draußen eine laute Stimme. Ich guckte durch die Glaswand und sah, dass der Parlamentsplatz Austurvöllur voller eingemummelter Menschen mit Transparenten war, die ich nicht lesen konnte.

Ich wandte mich wieder dem Rotwein zu, ging direkt Richtung Frankreich. Da sind die Etiketten am schönsten, oft ein Schloss mit Zufahrt und Tor, die Schrift immer vertrauenerweckend und mit anmaßend begrenzten Informationen über den Inhalt. Es kam Bewegung in die Proteste, Schlachtrufe und Jubel schallten über den Platz. Ich trat näher ans Regal heran, um die Bilder auf den Etiketten besser sehen zu können. Es gab sicher einige, die in genau solchen Schlössern gewohnt hatten, umringt von Bediensteten, bevor ihre Köpfe in blutigen Bastkörben gelandet waren.

Während in mir das Luxusleben im Frankreich des 18. Jahrhunderts Wiederauferstehung feierte, klingelte das Handy, Harpa teilte mir mit, dass sie Rindfleisch gekauft habe. Wir hatten mittags von Lamm gesprochen, und Lamm hatte ich im Hinterkopf, als ich die Weine durchgegangen war. Aber da dort vor mir all diese feinen französischen Weine mit Rindskopf auf dem Preisschild standen, entschied ich mich schließlich für je zwei Flaschen von vier Sorten, acht Flaschen Revolutionswein. Der Preis spielte keine Rolle, bis Harpa mit dem Essen und Blumen nach Hause kam und fragte, warum ich denn keinen italienischen Wein gekauft hätte.

9.11. – Sonntag

Alle waren gut drauf, und das Essen ist großartig gelaufen. B. und T. hatten eine Flasche alten Cognac dabei und die anderen einen Blumenstrauß. Blumen und brennende Kerzen in allen Ecken. Zuerst lief Emilíana Torrini, später Skunk Anansie. Gegen Mitternacht kamen Mutter und Tochter nach oben, um sich über den Lärm zu beschweren.
Die Wirtschaft war kaum Thema, nur ein paar Minuten lang, als wir uns am frühen Abend in dieses Themengebiet verirrt hatten, aber einer von uns hat die Orientierung wiedergefunden und das Gespräch zurück auf unsere Italienreisen gelenkt. Die Zukunft war für mich schon so lange Nummer eins, zwei und drei, dass ich ganz vergessen hatte, wie schön es sein kann, wieder einmal in den Rückspiegel zu blicken. Jetzt ist auch genau der richtige Zeitpunkt, um die Vergangenheit aufleben zu lassen und sich zu erinnern, allein oder mit anderen in schönen Erinnerungen zu schwelgen. Sich frühere Skireisen nach Italien

ins Gedächtnis zu rufen, ist fast so schön, wie eine zu machen.
Gerade bin ich mit dem Aufräumen fertig geworden, habe alles in den Schränken und Schubladen verstaut, und trotzdem ist noch nicht Mittag. Harpa hat leise geschnarcht, als ich aufgestanden bin. Geschnarcht? Es sollte ein anderes Wort für ein so leises Schnarchen geben, für ein so friedvolles Atemholgeräusch mit sanftem Ausklang. Vielleicht nenne ich es »schnummern«, bis mir etwas anderes einfällt – ja, Harpa hat geschnummert, als ich aufgestanden bin, nachdem ich eine halbe Stunde gelegen und gehorcht und nachgedacht und befunden hatte, dass alles so ist, wie es sein sollte, nichts fehlt! Ich weiß nicht, warum ich so gut drauf bin.

11.11. – Dienstag

Ganz unten im Flurregal lag ein Roman vom Buchclub unter einem Stapel Werbebroschüren, die irgendwie dort gelandet waren. Er war noch eingeschweißt. Wir sind seit drei oder vier Jahren in diesem Club, und Harpa liest alles, was sie uns schicken, als wären die Bücher ein Heimstudium für sie, nur dieses Buch scheint ihr durch die Lappen gegangen zu sein.
Im letzten Sommer haben wir einen unserer ziellosen Spaziergänge durch die Stadt gemacht, hatten beide Sommerurlaub und sind besonders langsam geschlendert. Kann gut sein, dass es ein Montag im Juni, unser erster Urlaubsmontag, war, und wir in Sonne und sommerlich herausgeputzter Umgebung zur Ruhe

kommen wollten – genau, es war einer dieser Spaziergänge, ein wahres Dahingleiten, und plötzlich waren wir im Westen der Stadt und standen vor dem Verlag, der den Buchclub betreibt, das Logo war in die Glastür eingraviert. Harpa hat nicht gezögert und die Tür geöffnet. Drinnen übte sich eine Frau in hellblauem Kleid und gelber Strumpfhose auf grasgrünem Teppich im Minigolfen. Sie legte den Golfschläger beiseite und hieß uns mit Kaffee und Schokokeksen willkommen. Wir sind einen Moment geblieben und haben uns unterhalten. Als wir uns verabschiedeten, hatten wir alle Bücher gekauft, die vor unserem Beitritt in der Reihe erschienen waren. Sie füllten zwei schwere Tüten, die gerade so bis zu Hause hielten.
Als wir die Bücher am Abend aus den Plastikfolien befreiten, zeigte sich, dass versehentlich einige darunter waren, die wir schon besaßen. Harpa meinte, dass das überhaupt nicht schlimm sei, weil die Bücher so schön bunt seien und sich so gut in der schwarzen Regalkombination machen würden. Das fand ich auch, die Farben ließen das Wohnzimmer zweifellos lebendiger wirken. Und auch ein befreundetes Pärchen war derselben Meinung, als es irgendwann später im Sommer zu Besuch war. Sie traten einige Schritte von den Büchern zurück, um das Ganze besser überblicken zu können, sahen sich an und sprachen dann noch ewig über diese »lustige Lösung«. Kurz darauf sind sie in die Verlagsbuchhandlung gestürzt und haben sieben Sätze der Reihe gekauft, an die dreihundert Bücher, um die geschmackvollen Spiralwandregale zu füllen, die sie im Frühling erworben hatten und die sich in leerem Zustand bei weitem nicht so gut machten.
Ich habe das Buch gelesen, das ich heute früh gefun-

den habe. Ich hatte plötzlich Lust darauf, nachdem ich es ausgepackt und hier und dort ein paar Sätze gelesen hatte – es schien recht zugänglich zu sein. Und das war es auch, durch den ersten Abschnitt bin ich gestolpert und dann in die Buchwelt abgetaucht, habe nichts gemacht außer zu lesen und Kaffee aus der Küche zu holen, bis die Bohnen aufgebraucht waren. Zum Glück sind die Läden noch nicht zu – Harpa braucht ihr Morgentässchen.

15.11. – Samstag

Ich habe die Bücher im Regal nicht mehr wahrgenommen, sie waren keine Bücher mehr, sondern Teil der Kulisse. Deshalb war ich fast überrascht, dass ich einen Finger auf eines von ihnen legen und es herausziehen konnte, war überrascht, dass es weder aus Kunststoff noch aus Holz und auch nicht mit den anderen Büchern verbunden war. Das war am Mittwoch. In dieser Woche habe ich vier Bücher gelesen. Das ist sicher mein persönlicher Rekord – ich kann mich noch nicht einmal erinnern, jemals vier Donald-Duck-Hefte innerhalb einer Woche gelesen zu haben.

17.11. – Montag

In Hafnarfjörður haben sie gestern zur Fischsuppe eingeladen. Wir waren so viele, dass im Wohnzimmer gegessen wurde. Die Eltern mit ihren Töchtern, den

Schwiegersöhnen und einem Enkelkind rund um den gedeckten und kerzengeschmückten Tisch, neun Leute auf Stühlen und zwei Enkelkinder schlafend in der Diele. Schwiemu hat nach einem Geheimrezept der Familie gekocht und wurde dafür von allen mehrfach gelobt, jede einzelne Geschmacksfaser und Konsistenzeigenschaft wurde gepriesen.
Harpa und ich saßen neben Schwiegervater. Ab und zu suchte er die Hand seiner jüngsten Tochter, nahm und streichelte sie mit dem Daumen, während er etwas quer über den Tisch sagte, meist ging es um Dankbarkeit oder den Zusammenhalt, und manchmal fasste er meine Schulter, drückte und schüttelte sie leicht und klopfte mir dann auf den Rücken. Er machte das immer, bevor er den Suppenteller noch einmal auffüllte und mich aufforderte, ihm noch eine dicke Scheibe vom selbstgebackenen Brot zu schneiden, was ich widerspruchslos tat.
Ich merkte, dass ich jedes Mal unwillkürlich ein wenig von ihm abrückte, wenn der Mann seine Hände bewegte, nur ein kleines bisschen, und ich fühlte, wie sich mein Hals zuschnürte. Er ist eigentlich Schreiner, hat zwischen seinen Vierzigern und Fünfzigern aber Ingenieur gelernt, als sein Rücken nicht mehr mitspielen wollte, und arbeitet seitdem in diesem Beruf. Er hat wahnsinnige Pranken, und als arbeitsloser Schwiegersohn muss ich mich vor ihrer Kraft in Acht nehmen.

Meine Lebensroutine ist jetzt noch erbaulicher geworden, denn wenn Harpa nach Hause kommt, bin ich meist in der Stadt unterwegs. Ich bemerkte an mir immer wieder Anzeichen, dass es mir unangenehm war, Harpa zu Hause zu empfangen. Wenn ich ihre Schritte im Treppenhaus gehört habe, bin ich vom Sofa aufgesprungen, habe den Fernseher ausgeschaltet oder das Buch versteckt und »Hi!« gerufen, sobald die Tür zufiel, und gehofft, dass meine kaum benutzte Stimme nicht versagt. Alles war noch genau wie am Morgen, als Harpa die Wohnung verlassen hatte: Das Bett genauso ungemacht, nur ich lag nicht mehr darin, die gleichen Gläser und Teller in der Spüle und der Spülmaschine, die gleichen Ablagerungen in der Badewanne und der Staub auf den Fensterbänken ... Während sie ihren Mantel auszog, bin ich in die Küche gerast und habe einen Apfelrest und Verpackungsmüll weggeworfen oder eine halbleere Kekspackung weggeräumt und schmutzige Gläser und Tassen und vielleicht auch einen Teller in die Spüle gestellt und sie dabei gefragt, wie ihr Tag war: »Ganz großartig, diese Kinder sind so wunderbar«, und ich bekam Angst davor, ihren Tag dadurch zu entwerten, dass ich es war, der zu Hause auf sie wartete, weder großartig noch wunderbar.

Ich glaube, Harpa will, dass ich mich wie ein Mann um unsere Wohnung kümmere, wie ein Mann, der keinen Job hat und auch kaum auf der Suche nach einem ist, ich glaube, dass sie sich in Sachen Hausarbeit zurückhält, um mir die Gelegenheit zu geben, etwas zu tun, damit ich nicht völlig nutzlos zu Hause herum-

hänge, während sie arbeitet und danach ruhig und voller Zärtlichkeit wieder nach Hause kommt, mich umarmt und trotz des ganzen Mülls und der dicken Luft hier drinnen küsst.
Kaum etwas ist erbärmlicher, als die Enttäuschung im Gesicht seiner Liebsten zu sehen, umrahmt von den eigenen Händen und blondem Haar.
Es ist 17:49 Uhr. Harpa ist wahrscheinlich schon zu Hause. Die ganze Woche haben ein sauberes Wohnzimmer und eine saubere Küche auf sie gewartet, ein gemachtes Bett und eine menschenleere Wohnung. Die Wanne hat immer noch ihren Schmutzrand, und die Fensterbank ist noch staubig, aber wer weiß – vielleicht nehme ich ja morgen einen Lappen in die Hand.

21.11. – Freitag

Die Flutwelle ist vorüber. Die Wassermassen sind noch nicht komplett ins Meer zurückgeflossen, und das ganze Ausmaß der Zerstörung ist noch nicht abzusehen. Nein, keineswegs – zum Glück. Es gab keine Flutwelle, die jetzt auf dem Rückzug ist, sonst würde ich kaum hier stehen und diese klobigen Buchstaben aus der Dunkelheit saugen, hier am Meer, wo ich immer wieder den Blick hebe und die Lichter von Keflavík sehe, im Südwesten über dem Meer – in Richtung New York sehe, wo die Flutwelle, die es nicht gab, ihren Ursprung hatte.

Später

Bei meinem heutigen Spaziergang habe ich angefangen, über die Bankenpleite und die wirtschaftliche Situation nachzudenken, und meine Gedanken waren so schnell und zügellos, dass ich durch die Stadt und den ganzen Weg bis zur Küste im Süden Reykjavíks marschiert bin – nur der Atlantik konnte mich stoppen. Ich stand lange im Dunkeln auf dem Küstenkamm. Das Notizbuch steckte an seinem Platz in der Jackentasche.
Als ich schließlich nach Hause kam, die Zehen taub vor Kälte, kochte Harpa gerade. Sie rief »Hi«, aber ich antwortete nicht. Der Geruch erinnerte mich an alte Zeiten, und ich liebäugelte mit der Selbsttäuschung, mir vorzumachen, dass ich von der Arbeit nach Hause komme, dass wir beschlossen haben, heute etwas früher Schluss zu machen, zu kochen und genüsslich über uns und die Zukunft zu sprechen. Ich bückte mich und tat so, als würde ich meine Tasche ablegen und dort an die Wand lehnen, wo sie wirklich klaffend leer stand, zog die Schuhe aus und hängte den Mantel auf. Ich ging auf direktem Weg in die Küche und begrüßte Harpa mit einem zärtlichen Kuss. Nahm Mineralwasser aus dem Kühlschrank und setzte mich auf einen Stuhl am Esstisch, schaute zu, wie sie sich übers Kochbuch beugte, und fragte, was sie denn da koche. Sie nannte mir den Namen des Nudelgerichts. Ich fragte, wie ihr Tag gewesen war. Sie antwortete, dass er sehr schön gewesen sei, und ich meinte sofort, dass meiner das auch war. Sie wandte sich von Buch und Kochtöpfen ab und wollte irgendetwas aus dem Kühlschrank holen, machte das Gemüsefach auf und wieder zu, guckte in Tüten und warf sie entweder in den Müll oder legte sie zurück: »Ach, wir haben keine

Limetten. Vorm Servieren soll man Limettenschale über die Nudeln reiben. Ich war so sicher, dass wir noch welche haben, da habe ich noch nicht einmal nachgesehen.«

Wie ich den Alltag vermisst hatte, diesen alltäglichen Alltag, und während sie sprach, überkam mich ein Freudenschauer. Ich schlug vor, Orangenschale übers Essen zu raspeln, oder einfach nur Parmesankäse. Harpa meinte, dass schon genug Käse im Essen sei, Orangenschale sich aber gut machen könnte. Sie machte den Kühlschrank mit einer Orange in der Hand zu, hielt sie sich unter die Nase und ließ sie dort, als ihr Blick auf die Zeitungsausschnitte auf der Kühlschranktür fiel, und auch noch, als sie ganz vorsichtig und ohne mich anzusehen fragte, ob ich etwas wegen der Stellenangebote unternommen hätte, die sie am Wochenende dort unter den Magnet geklemmt hatte – aber obwohl sie so vorsichtig fragte, dabei an der Orange roch und ich mich auf den Kontrast zwischen Farbe und Oberflächenstruktur des Obstes und Harpas heller, glatter Haut konzentrierte, machten die Worte meine Selbsttäuschung und den entspannten Limettenalltag kaputt. Meine Zehen tauten gerade schmerzhaft auf, als ich aufstand und sagte, dass ich vorm Essen noch baden wolle.

22.11. – Samstag

Harpa saß längs auf dem Sofa mit dem Laptop auf dem Schoß, lauschte dem Fernseher und surfte die ganze Zeit im Internet, fasste sich ab und zu mit zwei

Fingern an die Unterlippe oder schnupperte an ihren Haaren. »Wir sind getaggt worden. Das interessiert dich vielleicht.« Generell muss man mir alles, was mit Facebook zu tun hat, zweimal sagen; was Harpa gesagt hatte, war da keine Ausnahme. Sie wiederholte es und meinte, dass es Bilder von der letzten Jahresfeier seien. Ich las weiter in meinem Buch, bis die Neugierde meine Konzentration zunichtemachte. Es waren rund fünfzig Fotos. Wir waren auf einigen davon zu sehen, manchmal bloß Schultern und Nacken, aber es gab auch einige gute Bilder von uns zusammen mit anderen oder nur von uns beiden, wie wir lachend, mit glänzenden Augen und gefalteten Händen über dem Festessen saßen. Harpa klickte weiter und fragte oft, ob ich von diesem oder jenem etwas gehört hätte. Die Antworten waren kurz. Ich dachte die ganze Zeit darüber nach, wie lange her es mir vorkommt, dass wir dort gewesen sind.

Es scheint einen Riss im Zeitkontinuum gegeben zu haben. Er umfasst drei Tage, der 6., 7. und 8. Oktober existieren nicht; dort, wo sie sein müssten, ist nur dieses Ereignis, das für die undefinierbare Zeit steht.

Ich sah mir die Leute und Harpa und mich auf den Fotos an, wie man sich die Mumien im *British Museum* ansieht, tastete mich zu Harpas Beinen vor, beugte mich nach vorne und studierte die Details. Viel verändert, nicht nur der Haarschnitt. Guðni erschien mir viel kräftiger als bei unserem letzten Treffen, geradezu glänzend fett. Ich war gerührt, nicht zuletzt von mir selbst, und versuchte, meine Gedanken über die Zukunft hervorzukramen, die ich in jenem Augenblick wohl gehabt hatte, an einem Tag im frühen März letzten Jahres, als Harpa plötzlich sagte: »Hör mal, Mama und Papa haben uns für morgen zum Essen eingeladen«, und ich anfing, über Schwiegervaters Pranken nachzudenken, nachdem ich »großartig« gesagt hatte, ohne die Augen vom Bildschirm abzuwenden. Ich schaute so lange nicht auf, bis ich es musste, weil Harpa aufsprang und sagte, dass sie Kaffee für uns machen wolle. Kurz darauf kam sie mit einer Schale dunkler Schokorosinen zurück und fragte, ob wir diesen Abend nicht einfach zu Hause bleiben und uns *La vie en rose* oder etwas anderes ansehen wollten. Ich war einverstanden, obwohl ich wusste, dass es immer, wenn sie fragt, ob wir uns nicht *La vie en rose* oder etwas anderes ansehen, bedeutet, dass wir *La vie en rose* sehen und nichts anderes. Wir haben uns diesen Film schon mindestens fünfmal angesehen – oder nein, die erste Hälfte habe ich mit Sicherheit schon fünfmal gesehen, das dritte Viertel dreimal und den ganzen Film zweimal, wenn man den heutigen Abend mitzählt. Die junge Edith Piaf müsste zu meinen Spezialgebieten gehören.

Jetzt schläft Harpa bei mir auf dem Sofa. Ich verstehe nicht, wie sie das schafft. Kaffee und Rosinen haben mich den ganzen Film über und die Minuten, in denen ich meinen Abend zusammengefasst habe, wach gehalten. Sie wollte nur mal eben die Augen zumachen und hat meine Brust gegen ein Kissen ausgetauscht. Als sie schon fast eingeschlafen war, hat sie ihre Beine an den Körper gezogen, weiter weg von dort, wo ich saß, sitze, und nun schläft sie auf ihren angezogenen Beinen und mit den Händen zwischen Kopf und Kissen und »schnummert« wieder. Sie war sehr müde, das habe ich an ihrer Stimme gehört. Wir reden manchmal beim Fernsehen, sprechen aber nicht wirklich mit-

einander. Es sind oft nur Bemerkungen, ein oder zwei in die Luft geworfene Sätze, und sie dürfen dort ungestört bleiben. Von heute Abend erinnere ich mich an: Ich: Tolle Farben. Harpa: So verzwickt. Harpa: In Paris sind wir jedenfalls schon gewesen. Harpa: So frei und clever. Harpa: Sie war wie ein Musikinstrument. Harpa: Eine kleine Amy Winehouse steckt in ihr, oder andersrum. Ich: Sie müssen noch *La vie en noir* über Amy drehen. Harpa: Wow, ich habe vergessen, dass sie bloß spielt. Ich: Bist du müde? Ich: Bist du eingeschlafen? Ich: Du bist eingeschlafen.
Als wir uns kennengelernt haben, ist Harpa in den Chor gegangen. Ich habe sie nie öffentlich singen gehört, bin aber oft von ihrem leisen Gesang in der Wohnung aufgewacht. Sie wollte nie ein Einzelkonzert für mich geben, und ich habe längst aufgehört, davon zu reden. Sie hat eine schöne Stimme, ganz glatt, ganz anders als das Gekrächze, das ich manchmal von mir gebe – trotzdem, vielleicht wecke ich sie eines Tages mit einem Lied, nur um ihr Gesicht zu sehen, wenn sie sich blinzelnd aufs Kissen stützt und fragt, ob sie wirklich geschlafen habe.

23.11. – Sonntag

Eigentlich ist Harpa kein Gewohnheitstier, eher im Gegenteil, aber zum Sonntagskaffee will sie immer ins gleiche Café. Als wir uns vorhin diesem Ort genähert haben, sah ich ungewöhnlich viele Buggys und Kinderwagen davor stehen und dachte an einen Motorradschuppen mit verkehrten Requisiten, *Silver Cross*

und *Teutonia* anstelle von *Harley Davidson* und *Kawasaki*, rückwärts an die Wand geschoben, um einen raschen Aufbruch zu garantieren, falls etwas passieren sollte.
Ich hatte keinen Hunger, habe nur meinen Cappuccino mit Haselnusssirup geschlürft und versucht, gegen den häuslichen Lärm anzureden: Gequatsche, Gelächter, Weinen, alles ganz natürlich, alles ganz positiv, und trotzdem ein bisschen wie in der Frühstückspause im Kindergarten, wie ich zu Harpa meinte. Sie sagte, dass das doch total schön sei, sah den Kindern und ihren Eltern zu und wollte ganz offensichtlich kein Wort mehr über meine Bemerkung verlieren.
Als wir wieder zu Hause waren, bin ich gleich hier ins Bücherzimmer gegangen, habe vorgegeben, ein wenig lesen zu wollen, und sofort das Notizbuch aus dem Versteck geholt. Ich habe keine Ahnung, warum wir dieses Zimmer Bücherzimmer nennen, selbst wenn es so auf dem Grundriss steht. Hier ist nur jede Menge alter Kram, den wir aus verschiedenen Gründen nicht wegwerfen wollten: Das weiße Ikea-Regal voller Schulbücher, das alte Schlafsofa, verschlissen, aber bequem, der mit lauter Kritzeleien und Flecken verzierte Schreibtisch aus ferienhausartigem Kiefernholz, der dunkelbraune orientalische Kleiderschrank, ein paar zusammengewürfelte Klappstühle, Plastiktüten und Kartons ...
Die Tür zum Bücherzimmer ist immer geschlossen. Wir wollten es als drittes Schlafzimmer nutzen, jedenfalls eher, als ein Fernsehzimmer daraus zu machen, aber wir hatten nie Bedarf, das kleinere Schlafzimmer hat für Gäste immer gereicht – wir nennen es das kleinere Schlafzimmer oder das Gästezimmer, nie Kinderzimmer, wie es auf dem Grundriss heißt.

Gestern bin ich mit zum Essen gegangen, obwohl ich heftige Kopfschmerzen hatte. Als ich es Harpa gegenüber erwähnte, erklärte sie sich bereit zu fahren und gab mir eine Schmerztablette.
Wir waren diesmal nur zu viert und konnten in der Küche essen. Nach dem Essen hat Schwiepa zwei große Bierdosen aus dem Kühlschrank geholt und gemeint, dass wir uns draußen ruhig eins genehmigen sollten. Da ich schon den Hinweg übernommen hätte, könne Harpa uns ja nach Hause fahren. Wir haben dieses Missverständnis nicht aufgeklärt, und ich bin ihm durch die Diele ins Wohnzimmer und die zwei Stufen runter in den Wintergarten gefolgt. Ich setzte mich ihm gegenüber an den kleineren Tisch – der andere ist zu groß für zwei Männer, die etwas zu bereden haben – und nahm eine No-Name-Zigarre an. Sie war ziemlich trocken, aber ich versuchte, sie genauso sichtlich zu genießen wie mein Tischgenosse, der anfing, über Handball zu reden, wie schlecht sich seine Männer angestellt hätten: »... aber das sind junge frische Kerle da in der Mannschaft, die werden aufsteigen, sobald sie keinen Schiss mehr haben.« Ich konnte dazu nichts Gescheites sagen, und er zeigte Verständnis für mein beschränktes Fachwissen, wir wechselten das Thema.
Irgendwann meinte Schwiepa, dass sich die Reisegewohnheiten des Landes in der nächsten Saison ziemlich ändern würden, es seien in diesem Herbst überhaupt keine Prospekte über Winterreisen nach Thailand, in die USA oder europäische Kulturstädte im Briefkasten gelandet. Das bestätigte ich, indem ich

erzählte, dass wir unsere Italienreise storniert haben. Das gefiel ihm, jetzt sei Zeit, zu protestieren und nicht in ausländischem Schnee Ski zu fahren. Das fand ich auch. Da fragte er, ob ich es auch richtig fände, dass man in der Notenbank und der Regierung mal so richtig aufräumt. Ich erwiderte, dass es irgendwann unweigerlich dazu kommen müsse, wichtig sei nur, dass man die Aufgabenliste klug aufstelle, damit der Gesamtzusammenhang nicht aus dem Fokus gerate, und dann redeten wir über den Gesamtzusammenhang, bis sich Schwiepa – als ob er sich für eine gigantische Informationsflutwelle rüsten würde – nach vorne beugte und nach der Landsbanki fragte, ob ich nicht einiges wüsste, das nicht bis in die Medien vorgedrungen sei. Ich antwortete, dass man sich natürlich um vieles hätte besser kümmern müssen, musste aber zugeben, dass ich von keinem Geheimnis wusste, das alles erklärt hätte, nur das, was ohnehin schon bekannt war – aber vielleicht war es das Bier, vielleicht war jetzt genug Zeit verstrichen, vielleicht wollte ich ihm auch nur keine weitere Enttäuschung zumuten, jedenfalls habe ich weitergeredet, gemeint, dass es ein paar Männern gelungen sei, eine Zukunft zu erfinden, eine gigantische Zukunft unter der Überschrift »Was kommen soll«, und dass diese Zukunft sich gut verkauft habe. Die Banken seien schnell gewachsen, nur eben in diese verfluchte Zukunft hinein, die eine waghalsige, aus einem Minderwertigkeitsgefühl heraus entstandene Erfindung war, sie seien in einen leeren Raum hineingewachsen, in dem es keinen Widerstand gab. Wenn man das im Hinterkopf habe, sei ganz klar, dass die Banken nicht auf die Wirklichkeit gebaut hatten, sie hätten sich in einer Zeit entwickelt, in der »Erfolg« die

Regel und »nach oben« der einzige Weg in die Zukunft waren, in die wir hineinkrochen und die mit der Realität oder einem realistischen Wert nichts zu tun hatte. In einem Zimmer, in dem keinerlei Luftzug weht, ist es möglich, hohe Kartenhäuser zu bauen, aber irgendwann brauche der Kartenhausbauer unweigerlich Sauerstoff, um weitermachen zu können. Und wenn er dann das Fenster öffne, vielleicht nur einen Spalt, dann immer mehr, und auch noch die Tür für ein bisschen mehr Sauerstoff gegen die Müdigkeit, dann dauere es nicht lange, bis er der Tatsache in die Augen blicken müsse, dass alles nur vorübergehend ist, dass es jederzeit passieren kann und es mehr oder weniger schmerzhaft ist, alles zusammenbrechen zu sehen. Ich sagte Schwiepa, dass es dementsprechend unweigerlich zu diesem Ende hatte kommen müssen. Wir räusperten uns ein paarmal und machten betretene Gesichter. Die Bierdose war fast leer, und die Zigarre hatte ich kurz vorher ausgedrückt, als ich sie so weit geraucht hatte, dass es nicht unhöflich wirkte.
Solange unsere Gespräche lebendig waren, kam es mir vor, als säßen wir zu viert am Tisch: Ich, Schwiepa und das, was vorne an seinen Armen ist, als ob er zwei große Vögel in den Händen hält, die langsam mit den Flügeln schlagen, sobald er die Hände hebt, um die Argumente seiner Rede zu betonen – aber zu jenem Zeitpunkt schwiegen wir und waren nur zu zweit. Er drückte seinen Zigarrenstummel aus, und ich kippte den letzten abgestandenen Schluck Bier in mich hinein, wir standen auf und gingen zu Mutter und Tochter ins Haus. Auf dem Weg habe ich einen langgezogenen Rülpser unterdrückt und mich insgeheim dafür bedankt, dass Harpa mehr nach ihrer Mutter kommt.

Ich habe das Gefühl, etwas zu bauen oder zumindest einen Gehweg aus kleinen Steinen zu legen, wenn ich Wort an Wort schreibe auf diesen tauben Linien. Ich kann nicht behaupten, dass ich sie im Hinblick auf ein Ziel, das ich im Sinn habe, zusammensetze, aber ich finde trotzdem, dass ich etwas tue, aufbaue, während das meiste um mich herum einstürzt. Ich stehe mitten in der Staubwolke, die die Katastrophe aufgewirbelt hat, beuge mich über das Notizbuch und schreibe für mich, baue aus dem Nichts, baue nichts, außer vielleicht das Gefühl, etwas zu bauen.

26.11. – Mittwoch

Gibt es eine eindeutigere Art, die Dunkelheit über uns anzuerkennen, als die Stadt einen halben Monat früher als sonst mit Weihnachtsschmuck und Lichtern auszustaffieren?

Später, nach einem tröstenden Irish Coffee.

Seitdem ich meine Sachen aufräume, das Bett mache und die Wohnung verlasse, bevor Harpa nach Hause kommt, kann man sagen, dass die Routine hypererbaulich geworden ist. Und vorhin, als ich die Kopfkissen geschüttelt, die Bettdecken glattgestrichen, die Tagesdecke darübergelegt und die Kissen in die Mitte geworfen habe, fühlte ich mich fast so, als hätte ich ein neues Leben begonnen, dieses neue Leben. Das Gefühl war wahnsinnig belebend, es hielt zwar nur einen Sekundenbruchteil an, brauchte aber ganze zehn Sekunden, bis es ganz verflogen war. Insgesamt habe ich es immerhin lange genug gespürt, um den Entschluss zu fassen, meine Bewerbung zur Post zu bringen – mit Erfolg, obwohl ich seltsam angespannt war, als die Frau am Schalter den Umschlag wog. Als hätte ich schon an Ort und Stelle mit einer Ablehnung gerechnet.

Es war klar, dass ich auf den Straßen in der Nähe der Bank bekannte Gesichter sehen würde, und als ich gerade aus der Post kam, stieß ich auf Anton. »Hi, Coozo, grüß dich ...« Er war kurz zum Kaffeetrinken zu Hause gewesen. Es war schon fast halb fünf, daher tat ich so, als würde ich auf die Uhr gucken, und fragte ihn, ob er aus seinem Stadtteil Hlíðar weggezogen sei. »Nein – wo denkst du hin!« Wir gingen die wenigen Schritte bis zur Ecke zusammen. Ich meinte, dass ich ihn schon längst habe anrufen wollen, er sagte dasselbe und dass wir uns so bald wie möglich mal wieder treffen müssten, und ich sagte, dass wir das tun sollten. So läuft das: Erklärungen, ein paar Worte, um sich auf dieselbe Tonlage einzustimmen, nichts weiter. Es war so kalt, dass wir nicht stehen geblieben sind, um uns zu unterhalten.

Anton ist geradeaus weitergegangen, und ich bin auf den Austurvöllur abgebogen, habe winzige Schritte gemacht und ihm den ganzen Weg bis in den Personaleingang hinein hinterhergesehen. Als er verschwunden war, blieb ich stehen. Ich hatte ein ungutes Gefühl, nicht nur aufgrund der Kälte, eher so, als wäre ich Zeuge eines Verkehrsunfalls auf dem Bürgersteig geworden. Ich fühlte mich schwach und setzte mich ins nächste Café, saß dort und starrte mit leerem Kopf auf den Austurvöllur. Eine halbe Stunde zuvor hatte es angefangen zu dämmern, der wolkenlose Himmel wurde dunkelblau und die hellsten Sterne fingen an zu funkeln. Da sah ich, dass in den Bäumen schon Lichterketten hingen, besorgniserregend früh, fand ich. Ich bestellte einen Irish Coffee, nachdem die Kellnerin mir auf die Schulter getippt hatte, um auf sich aufmerksam zu machen.

27.11. – Donnerstag

Kurz vor Mittag rief Guðni an, um herauszufinden, ob ich mittlerweile wieder daran interessiert sei, »die Truppe zu treffen«. Ich sagte, dass ich heute nicht könne, aber sicher bald mal wieder Lust hätte. Wir haben uns kurz unterhalten. Guðni wollte wissen, ob mir eine Wiederanstellung angeboten worden sei. Ich musste verneinen. »Jæja«, sagte er. »Mir auch nicht, aber ganz ausgeschlossen ist es ja nicht.« Kurz bevor wir uns verabschiedeten, fragte er, ob ich ihn lieber allein treffen wolle, ob es mir unangenehm sei, die ganze Gruppe zu treffen. Ich meinte, dass wir ja demnächst mal einen Kaffee trinken gehen könnten.
Ich weiß nicht, warum das so ist, warum ich Guðni und die anderen am liebsten nicht sehen will. Ich empfinde es einfach als unangenehm, es erinnert mich an vieles, mit dem ich nicht zurechtkomme. Guðni ist ohnehin ein Kapitel für sich, er ist so gestrickt, dass sein Körper sein geistiges Befinden widerspiegelt. Wenn er gestresst ist, wird seine Oberlippe feucht, und

man sieht, wie sich auf dem Kopf unter dem spärlichen Haar große Schweißperlen bilden, die dann ins Gesicht und über den Nacken laufen, wenn er sich ruckartig bewegt. Und wenn er glücklich ist, wird er gleich unkontrollierbar glücklich, redet schneller als gewöhnlich und seine Stimme macht auf wundersame Weise zwei Tonsprünge nach oben. Er ist speziell, man muss in der richtigen Stimmung für seine Gesellschaft sein, ansonsten kann er unerträglich werden. Ich finde ihn selten unerträglich, eher ermüdend, aber er ist mir nie egal, ich will, dass es ihm so gut wie möglich geht, und ich nehme Rücksicht darauf, dass er scheinbar so schlecht gegen die Umwelt gewappnet ist. So mies wie in letzter Zeit habe ich mich ihm gegenüber noch nie benommen, was mir ziemlich unangenehm ist, er wirkt so niedergeschlagen, als würde er eine viel zu schwere Last schleppen, was in mir sofort das Bedürfnis weckt, herbeizuspringen und ihm zu helfen.
Ob sich die Leute in letzter Zeit wohl regelmäßiger und in kürzeren Abständen treffen als früher? Wenn die Realität zerbröckelt, versucht man dann nicht, sie an einigen Stellen durch Fixpunkte zusammenzuhalten, mit Existenznieten sozusagen? Ich kann mir gut vorstellen, Vésteinn etwas regelmäßiger zu sehen, daher habe ich ihn mittags angerufen. Wir haben neun Minuten und siebzehn Sekunden gesprochen, laut Anzeige auf dem Telefon, beziehungsweise bis das Guthaben aufgebraucht war. Bevor die Verbindung abbrach, haben wir verabredet, uns gegen fünf Uhr zu treffen. Ein wenig später rief er trotzdem noch einmal an, um sich die Zeit bestätigen zu lassen. Das machte ich und erwähnte, wie komisch es sei, das Telefon selbst bezahlen zu müssen, daran würde ich mich nur schwer

gewöhnen, und das Guthaben sei dementsprechend immer leer, obwohl ich eigentlich nichts zu sagen hätte. Das ist keine Übertreibung, noch kein Monat ist vergangen, und ich habe schon einen Zehner vertelefoniert - zehntausend Kronen!

28.11. – Freitag

Vésteinn hat mich gestern fast verrückt gemacht. Er war schon da, als ich ankam, völlig vertieft in einen Stapel Blätter vor sich, und er bemerkte mich erst, als ich direkt hinter ihm stand. Nachdem wir uns begrüßt hatten, winkte er mit seinem Lesestoff und meinte, dass es Arbeiten von Studenten seien. Ich ging, um mir etwas zu trinken zu bestellen. Vor mir stand ein französischer Tourist am Tresen. Das Mädchen mit der Schürze sprach fließend Französisch, vermutlich genauso stilecht, wie ihr Haarschnitt aussah, und der Tourist wollte einfach nicht gehen. Während ich wartete, sah ich das Heimweh buchstäblich aus ihrem dürren Körper fließen. Er stand dabei, als ich bestellte. Als ich den Beleg unterschrieben hatte, warf er sich sofort auf den Tresen und redete matt lächelnd weiter auf sie ein. Das Mädchen konnte wunderbar die Bohnen mahlen und mit der Kaffeemaschine ringen und dabei Französisch sprechen - wenn das nicht fließend ist, was dann?
Wie dem auch sei, Vésteinn hat mich gestern aus der Fassung gebracht. Wir unterhielten uns gerade über die gesellschaftlichen Spannungen, als er vom Thema abwich und mich fragte, wie es denn mit dem Buch

voranginge. Ich konnte mich nicht daran erinnern, ihm etwas von einem Buch erzählt zu haben, und bat um eine Erklärung. »Das Buch, das du gerade schreibst.« Ich sagte ihm, dass ich aufgehört hätte, Tagebuch zu führen, und stattdessen in ein Notizbuch schriebe, eigentlich dasselbe Buch, das sei nur ein technisches Definitionsdetail. Während ich das sagte, beugte ich mich automatisch zur Seite und zog das Buch aus der Tasche. Vésteinn lächelte und fragte, ob er es sich einmal anschauen dürfe. Ich bat ihn, ein Datum zu nennen. »Gestern vielleicht.« Während Vésteinn las, kaute ich am Daumennagel und sah mich um. Jeder zweite Tisch und die gesamte gepolsterte Bank waren besetzt: Leute am Laptop, beim Zeitunglesen, im Gespräch oder mit dem Handy am Ohr, und eine allein sitzende Frau, die sich in aller Ruhe die Hände eincremte. Als Vésteinn seine Lektüre beendet hatte, sagte er eher teilnahmslos »Ja«. Er gab mir das Buch zurück und fragte, ob er noch mehr lesen dürfe. Ich bot ihm wieder an, sich einen bestimmten Tag auszusuchen, und sagte, dass ich darauf vertraute, dass er die Klappe halte, falls er auf irgendetwas Zweifelhaftes stieße.

Als er fertig war, sagte er nichts, schlug nur das Buch zu, drehte es in den Händen und betrachtete es von der Seite, als ob er wissen wollte, wie viele Seiten ich schon beschrieben hatte, er starrte dorthin, bis er es mir mit Worten zurückgab, die mich wie ein Schlag trafen: »Ich habe dir geraten, Tagebuch zu schreiben, aber ... mir scheint, dass du mit einem zukünftigen Leser rechnest, Markús, und das ... Nein, tu einfach weiter so, als würdest du kein Buch schreiben, das geht unbewusst wahrscheinlich einfacher.«

Eigentlich wollte ich nie über dieses Treffen schreiben. Ich war feige, hatte plötzlich Angst, einen Fehler zu machen, weil Vésteinn mich dazu gebracht hatte, seine Bemerkung ernst zu nehmen, indem er selbst so ernst war. Ich las die Aufzeichnungen der letzten Tage noch einmal durch, versuchte, einiges zu verbessern, aber es wurde nur unverständlicher und ich immer irritierter, und ich konnte Vésteinns Getue nicht verstehen. Ich habe in letzter Zeit genug gelesen, um zu wissen, dass Bücher nicht einfach aus sich selbst heraus entstehen, sie werden sorgfältig und einem komplizierten Konstruktionsplan entsprechend geschmiedet – und es schadet auch nicht, wenn sie von etwas handeln.

Aber dazu jetzt nichts mehr, ich wollte noch erzählen, was nach unserem Besuch im Café Súfisti passiert ist. Auf dem Weg nach draußen sind wir ein paarmal im Buchladen unter dem Café stehen geblieben, um uns umzusehen, am längsten haben wir uns bei einem gewagten Bildband aufgehalten. Wieder unter freiem Himmel, gingen wir schweigend langsam bis zur nächsten Ecke. Wir hatten schon alles gesagt. Die Uhr am Lækjartorg stand auf 19:35 Uhr. Vésteinn sah in die Bankastræti hinein, blinzelte mit den Augen und stülpte die Unterlippe über die Narbe auf der Oberlippe, sagte dann, dass ich in letzter Zeit offensichtlich sehr deprimiert gewesen sei, da ich den Weihnachtsschmuck erst am Mittwoch bemerkt hätte, er hinge nämlich schon seit mindestens einer Woche in der Stadt, die beleuchteten Tannenbögen über dem Laugavegur und all das andere, das für Festtagsstimmung und Einkaufslust sorgen soll. Das konnte ich nicht abstreiten, ich fand keine Worte, drückte nur fest seine Hand und ging weg.

Später

Wahrscheinlich gehe ich heute nicht nach draußen. Es ist zwar blöd, mit dieser Tradition zu brechen, aber das Wetter ist zu schlecht, Wahnsinnskälte und Sturm, und ich hatte es hier im Warmen bisher so gemütlich, habe gesessen oder gelegen, einen Film gesehen, gelesen und ungewöhnlich viele Seiten beschrieben. Meine Buchstaben sehen heute auch nicht wie Ameisen aus, sondern wie Schmeißfliegen mit Schmetterlingen dazwischen.
Gleich kommt Harpa nach Hause. Heute Morgen habe ich ihr von der Bewerbung erzählt – endlich oder leider. Sie war sehr froh darüber und will nun, dass wir diesen Schritt heute Abend mit ein paar lieben Leuten feiern. Falls sich ihre Traurigkeit proportional zu ihrer Freude verhält, werde ich wohl Tränen trocknen müssen, wenn ich den »Danke für Ihre Bewerbung, aber ...«-Brief bekomme.

29.11. – Samstag

Diie Berlninrmmmarrr isn weeitereesml geflln – die Reylkjammíkrmmmaummmr is gelfalnun alllle wollln-rüüberr indn ostn!

Später

Als wir in der Nacht nach Hause gekommen sind, habe ich irgendeinen Quatsch geschrieben. Ich verstehe ihn kaum und bin auch nicht im Stande, ihn zu entziffern. Nachdem ich ihn hingekritzelt hatte, bin ich auf dem Buch eingeschlafen. Ganz plötzlich bin ich müde geworden. Bis zum Morgen habe ich im Bücherzimmer geschlafen, ohne dass Harpa es bemerkt hat, denn auch sie ist im Bett mit einem Mal eingeschlafen. Als sie noch wach war und ich zu ihr gegangen bin, meinte sie, dass ich irgendwas im Gesicht hätte, und sie versuchte, es mit einem angeleckten Daumen abzuwischen, bevor sie mich ins Badezimmer schickte. Da sah ich im Spiegel einen schwachen Textabdruck quer über die rechte Wange. Zwei aufeinanderfolgende Wörter, die ziemlich genau am Bartansatz standen, waren leserlich: »... gewagten Bildband.«

Später – die beschwipsten Wörter entschlüsselt:

Die Berliner Mauer ist ein weiteres Mal gefallen – die Reykjavíker Mauer ist gefallen, und alle wollen rüber in den Osten!

03.12. – Mittwoch

Beim Vorbeigehen ist mein Blick oft auf das Antiquariat an der Ecke gefallen, und ich habe mir immer gedacht, dass ich so bald wie möglich einmal hineingehen müsste. Einmal habe ich mir die Schaufenster angesehen, ohne es in den Laden zu schaffen – vielleicht wollte ich nur einen Regenschauer unter dem Vordach abwarten, vielleicht war geschlossen – aber heute war der Laden offen, genauer gesagt, stand die Tür sperrangelweit offen, und ich ging hinein, nachdem ich es geschafft hatte, mich von den Büchern und Scherzartikeln im Schaufenster loszureißen. Als ich den Geruch und die leise eingestellte Symphonie aus dem Radio bemerkte, kam es mir vor, als wäre ich doch schon einmal dort gewesen, wäre vor langem irgendwem gefolgt und hätte am Eingang gewartet, während dieser Irgendwer nach einem Buch gefragt hat, das laut Buchhändler ganz sicher nicht in den Regalen stünde, aber ich bin nicht sicher, das ist mir nur wie eine Leuchtrakete durch den Kopf geschossen, kann aber auch eine Einbildung gewesen sein.

Ich war ein bisschen enttäuscht, als ich nirgendwo den belesenen Mann aus dem Fernsehen entdecken konnte, und sah mich ratlos um, inspizierte die Bücherlawine neben und den Bücherberg vor mir und all diese wohnlichen Spanplattenregale, die den ganzen Laden in Straßen und Gassen teilten. Genauer gesagt, war niemand hinterm Ladentisch, weder der belesene Geschniegelte aus der Fernsehsendung noch ein ruhiger Schnupftabakmann mit weinroter Strickjacke über hellblauem Hemd mit schmutzigem Kragen, der allen unentschlossenen Kunden Jónas Hallgrímsson empfiehlt, auch ein solcher – in meinen Augen perfekter Antiquar – stand nicht hinterm Ladentisch. Es qualmte nur würziger Blumenduft aus einigen blauen Räucherstäbchen, und die Skala des antiken Radios leuchtete genauso schwach, wie die klassische Musik leise war. Abgesehen von einer alten, aber quirligen Frau, die offenbar bei der Post arbeitete und manchmal in den Lücken im Regal auftauchte, war ich allein im Laden, bis er auftrat. Ein dicker, lächelnder Kerl mit gelocktem Haar, der durch die Hintertür eintrat, von der anderen Seite kam und mehr Auktionator als Antiquar war. Er fingerte an seiner Zigarette herum, als wollte er sie sehr bald rauchen, wünschte einen guten Tag und fragte, wie es mir gehe. Ich konnte mich nicht daran erinnern, ihm schon einmal begegnet zu sein, war aber unsicher, er hatte sich mir auf eine solche Art genähert, dass ich vermuten musste, dass wir uns sogar erst vor kurzem begegnet waren und ich mich an ihn erinnern müsste, und so sagte ich »Ach hallo, doch, mir geht's ganz gut, danke«, und er sagte »Na klar, alles andere bringt ja auch nichts, aber kann ich dir irgendwie helfen?«, bevor ich dazu kam, ihn zurückzufragen, wie es ihm gehe. Mein Kopf war leer, ich war aus unklaren Gründen hereingekommen. »Halldór Laxness, hast du was von ihm? // Von unserem Dóri?« Der Lächler lächelte noch immer und durchquerte den Gang zwischen Regal und Lawine. Ich hinterher. »Vor oder nach Nobel? // Ist egal. // Richtig, richtig. Hier ist der gute Mann, oder das, was von ihm übrig ist, oder so, immer gleichermaßen beliebt.« Dóri war auf drei kurze Regale verteilt. Die Bücher standen nicht alle gerade. »Und hier ist natürlich *Die Islandglocke*, nicht wahr, falls du sie noch nicht hast, oder denkst du an ein Geschenk? // Ich denke nur an mich selbst. // Richtig, richtig. Dann natürlich *Die Islandglocke*. Stört es dich, wenn ich rauche?« Es störte mich nicht. Der Lächler warf den Kopf zurück: »Rósa, ich rauche mal eben eine!« Und kurz darauf eine zartes Stimmchen, wie aus dichtem Unterholz: »Ja, rauch nur, Schattenjunge!« Er hörte auf zu lächeln, um kurz zu lachen, er lachte wie jemand aus einem französischen Kinofilm, ein sehr ausgefeiltes Lachen mit professionell blitzenden Zähnen und einer gekräuselten Haarsträhne über einem Auge. Er nahm zwei tiefe

Züge, bevor er die Zigarette in den Mundwinkel klemmte, das Auge auf derselben Seite zukniff und nach der *Islandglocke* griff: »Ja, das sollten die Leute heutzutage lesen. Ich meine, sieh dir mal den ersten Satz an: ›Es gab eine Zeit, heißt es in alten Büchern, da das isländische Volk nur ein gemeinsames Eigentum besaß, das einen gewissen Geldwert hatte. Das war eine Glocke.‹ Ich meine, wenn das nicht trefflich ist, was dann? Und dann hier, sieh mal, der erste Satz vom *Großen Weber von Kaschmir*: ›Eben flogen zwei Schwäne gen Osten.‹ Naja, das ist anders, also eher 2007, du verstehst schon. Aber wir können noch weitergehen. *Weltlicht*, *Salka Valka*, *Das Fischkonzert* und all die Erinnerungsbücher und Aufsatzsammlungen, aber in Bezug auf die Erste-Satz-Theorie ist nichts so entscheidend wie *Die Islandglocke*.« Danach lachte er, und ich auch, obwohl ich Angst um die Asche an der Zigarette in seinem Mundwinkel hatte. Sie war gefährlich lang geworden und bog sich. Ich sagte, dass ich die *Islandglocke* und auch den *Weber* kaufen wolle, trotz allem, und fragte nach *Sein eigener Herr*, weil ich es nirgends sehen konnte, das einzige Buch von Laxness, das ich gelesen hatte. Er ging die Bücher durch, ohne es zu finden. »Dann müssen wir nach vorne gehen.« Ich folgte. Der trockene Zigarettenqualm setzte sich in meiner Nase fest. »Hier im Raritätenregal haben wir ein ganz besonderes Exemplar. Die Originalausgabe, neuer Ledereinband, in blutrote griechische Ziegenhaut eingeschlagen, schau hier, Vollleder und alles vergoldet.« Das Raritätenregal war prächtiger als alle anderen Regale, eine mit Schnitzereien verzierte Antiquität, vielleicht aus Eiche, und bevor ich mich versah, hatte ich Bücher in den Händen, wie ich schönere noch nie gesehen hatte. »Ohne Bjartur und Asta Sollilja kann ich einfach nicht gehen, nicht wahr?« Er musste nichts sagen. In Gedanken hatte ich schon die Karte gezückt, den Beleg unterschrieben und war zu Hause angekommen, um dort diesen nagelneuen Ledereinband zu befühlen, der so leuchtend rot war, dass meine Speichelproduktion schlagartig zunahm, ich lag zu Hause, blätterte die vergoldeten, dicken Seiten durch und überlegte, ob ich zu diesen edel gebundenen Worten lieber Kaffee oder Cognac trinken sollte, wenn nicht beides, während wir dort am Raritätenregal standen und ich aus dem Augenwinkel die Räucherstäbchen qualmen sah.

04.12. – Donnerstag

Überraschung! Íris hat angerufen. Meine Hände und Füße wurden eiskalt, als wir uns unterhielten, und die Frühstückslust war mir vergangen. Sie fragte, ob ich bereit sei, befristet wieder zu arbeiten, sie war sehr deutlich, als sie »befristet« sagte, erwähnte aber, dass daraus später vielleicht wieder eine feste Stelle bei der Landsbanki werden könnte. Ich fragte sie, ob sie damit meinte, dass ich bis zum Ende meiner Kündigungsfrist weiterarbeiten solle. »Ja, im Grunde schon.« Dann erzählte sie, wie riesengroß das Projekt geworden sei und dass ich ganz sicher bis in den Frühling oder Sommer hinein gebraucht würde. Sie will mich bei einem Sonderprojekt der Insolvenzverwaltung einsetzen. Ich soll die Gruppe unterstützen, die gerade das Eigentum schätzt, ich soll Unternehmen analysieren,

mit denen ich seinerzeit viel zu tun hatte, und deren Wert schätzen ... Zum Glück ist in meinem Kopf noch alles frisch, ich soll morgen um Punkt 9 Uhr anfangen.
Und da dachte ich gerade noch, dass ich über Harpas Reaktion schreiben muss, als sie gestern die neusten Bücher in unserer Sammlung entdeckt hat, insbesondere den Preis auf *Sein eigener Herr*. Er war mit Bleistift auf die allererste Seite geschrieben, was ich erst bemerkte, als Harpa mich darauf aufmerksam machte. Ich fand 48 000 Kronen eigentlich nicht zu viel für einen Herrn seiner selbst in Festtagskleidung. »Mist, wir haben bestimmt keinen Radierer«, war das Einzige, was ich herausbrachte.

Später

Alles oder nichts! Der Personalchef der Firma, der ich meine Bewerbung geschickt habe, will mich morgen um 10:45 Uhr sprechen. Alles oder nichts, und alles ist möglich!
Ich hatte schon ganz vergessen, wie ermutigend es ist, gefragt zu sein, was ich ja nicht wirklich bin – aber immerhin tut sich etwas.

05.12. – Freitag

Jetzt arbeite ich wieder, habe schon einen Mitarbeiterausweis und einen Schreibtisch am Fenster. Auf dem Ausweis ist dasselbe Foto wie auf dem alten, aber das Fenster, an dem ich sitze, ist ein anderes. Ich sehe jetzt

nicht mehr aufs Meer, sondern in einen Innenhof voller Lüftungsrohre, riesengroße Zinnpilze.
Die Leute haben mich gut aufgenommen, und irgendwer hat etwas von einem Bier nach der Arbeit oder Essengehen in der Mittagspause gesagt. Als ich auf dem Flur der Obstfrau begegnet bin, war sie erstaunt und fröhlich, hat gesagt, dass es schön sei, mich wiederzusehen, und gefragt, ob sie damit rechnen könne, dass ich wie »in alten Zeiten« Obst für die Abteilung hole. Ich antwortete, dass es gut möglich sei, dass ich mich mit dem Bastkorb bei ihr blicken ließe.
Aber dann musste ich auch schon zum Bewerbungsgespräch. Ich habe Íris mitgeteilt, dass ich mal kurz weg müsse. Sie meinte, dass das »okay« sei, nur zur Versammlung um ein Uhr solle ich zurück sein.

Später

Jetzt habe ich das Gespräch hinter mir. Ich kann nicht sagen, wie es gelaufen ist – oder doch, es lief ziemlich schlecht. Habe sogar fast vergessen, dick aufzutragen. Aber ich bezweifle sowieso, dass es ein Bewerbungsgespräch war, viel eher eine kurze Predigt, und die war gut. Ich glaube, dass dieser Griesgram von nervenschwachem Personalchef mich nur vorgeladen hat, um auf den Bewerbungsstapel auf seinem Tisch zu zeigen, ihn ununterbrochen begrapschen und sagen zu können, dass er mich vor zwei Jahren hätte kennenlernen und einstellen wollen, »aber nein, da hattet <u>ihr</u> andere Dinge im Kopf, zum Beispiel mit 48 Jahren in Rente zu gehen, keinesfalls später! Aber ...« – ich hatte Lust, ihn zu unterbrechen, ihm zu sagen, dass er just den Nagel auf den Kopf getroffen und mir die Augen geöffnet habe. Es sei richtig, dass viele davon geredet hätten, mit 48 Jahren den Job an den Nagel zu hängen und dann mit dem Leben anzufangen, aber Edith Piaf habe 48 Jahre gelebt, bevor sie gestorben sei, mit Job und allem, und plötzlich schien mir das der einzig richtige Weg zu sein – »... wie konnte es euch in den Sinn kommen, dass die Gesellschaft funktionieren könnte mit so einer großen Rentnergruppe, die sich draußen in der Welt herumtreibt oder auf dem Land der Pferdezucht oder sonst was frönt ...« Am Ende meinte er noch, dass ich wahrscheinlich – wie auch die meisten anderen Bewerber – überqualifiziert sei und er mir ohnehin nur hinterhergucken würde, sobald die Situation wieder besser sei. Ich sagte, dass er damit sicher recht habe, und wünschte ihm gutes Gelingen.

Später

Gleich gehe ich nach Hause. Es ist 16:19 Uhr. Ich habe zwei vollgepackte Sitzungen hinter mir, es gibt genug zu tun und es wird noch mehr, aber ich habe nichts getan, außer mich davor zu hüten, vom Stuhl aufzustehen, keine einzige E-Mail beantwortet. Was soll ich auch sagen? »Punkte 1–3 sind klar, 4–7 nicht. Ansonsten lassen wir uns über die Methoden der Neuen Landsbanki aus, und im Dataroom liegen nur Projekte mit wackligen Voraussetzungen. Gibt's sonst noch was? V. G., M.« Oder: »Kann ich versuchen, die Einlage aus der CDO-Struktur zu lösen, und dann weitersehen? Wir treffen uns n. d. WE. V. G., M.« Oder: »Super, versuchen wir sie gleich am Montag zu treffen. Das muss vor Monatsende concrete sein. Meld dich am Wochenende, wenn es sein muss, werde erreichbar sein. V. G., M.«

Das und mehr müsste ich eigentlich sagen, ich will aber schweigen.
Am Morgen ist mir aufgefallen, dass die sonderangefertigten Regale im Empfangsbereich, auf denen früher kurze Kaufs-/Verkaufsanalysen von Unternehmen präsentiert wurden, jetzt voller Zeitschriften sind. Darunter natürlich Zeitschriften wie *Freier Handel*, *The Banker*, *The Economist*, *Institutional Investor* ..., aber auch *Lebendige Wissenschaft*, *Gesehen und gehört*, *Neues Leben* und das Nachrichtenblatt der Beamten. Ich musste schmunzeln, ohne es wirklich lustig zu finden, und begrüßte Gústa, die allein hinter dem Empfangstresen saß, kleingewachsen und in ihren Fünfzigern, die aussah, als wäre sie in der Schule unartig gewesen und müsste jetzt nachsitzen, so allein, dort, wo sie früher zu dritt in einer Reihe gesessen und über ihre Enkelkinder geplaudert hatten, wenn sie nicht gerade gelackten Kunden den Weg ins richtige Konferenzzimmer zeigen mussten.
Anton kam nach dem Mittagessen zu mir und setzte sich auf meinen Tisch. Er wollte wissen, warum ich nicht beim Fischeintopfessen gewesen sei. Ich antwortete, dass ich kurz etwas anderes zu erledigen gehabt hätte. Dann meinte er, dass man sich schon daran gewöhnen werde. Ich wollte wissen, an was man sich gewöhnen werde. »Daran – an diese Abrissarbeit, die Bank zu zerschlagen.« Ich entgegnete, dass ich mich nicht daran gewöhnen wolle, aber Anton meinte, dass ich da keinen Einfluss hätte, dass ich lernen werde, mit diesem Hoffnungslosigkeitsgefühl zu leben, und mit einem Mal ging es mir besser als je zuvor. »Ich weiß nicht warum, Coozo, aber plötzlich habe ich das Gefühl, auf der Erde zu stehen, ohne bemerkt zu ha-

ben, dass es vorher nicht so war. Um fünf oder sechs Uhr nach Hause. Den Kurs halten. Kein Gelaber. Du warst ja die ersten Tage nicht hier, im Vergleich dazu ist gerade Festtagsstimmung. Ich meine, vor lauter Stress ist uns das Klopapier ausgegangen. Irgendwer ist dann runter zu den Hausmeistern, aber die meinten nur, dass sie längst Nachschub bestellt hätten. Grotesk. Einen halben Monat vorher haben wir noch auf der Büroparty bei Diskolicht und Konfetti getanzt, und dann gibt es plötzlich kein weiches Papier mehr für wunde Arschlöcher. Einige sind dann einfach nach Hause gegangen. Aber da gewöhnt man sich dran. Und mittlerweile gibt's auch wieder Klopapier ...«

Den ganzen Tag über kam es mir so vor, als wäre jede zweite Glühbirne der Deckenbeleuchtung ausgeschaltet, sowohl bei uns drinnen als auch auf den wenig frequentierten Fluren, obwohl sie in der Tat alle brannten. Es ist nur die Spannung in der Atmosphäre, die gesunken ist, die Erwartungen sind verschwunden – die Zukunft ist nicht mehr so überwältigend hell, so hell, dass die dort fabrizierte Lichtverschmutzung auch gleich alle anderen Zeiten mitverschmutzt. Trotzdem habe ich damals die unwahrscheinlichsten Männer und Frauen lachen – ja, Grimassen schneiden und ohne Bedenken lauthals lachen sehen. Die Spannung war nicht für alle da, und diese Unwahrscheinlichen lockern auch jetzt ihre Krawatten und Fliegen und lachen bärtig auf den Fluren, ohne Angst davor zu haben, Vertrauen oder Glaubwürdigkeit zu verlieren; sie haben nichts zu verlieren, schon alles verloren.

Etwas hat mich aus dem Bett gezogen, als Harpa den Duschhahn zudrehte. Ehrlich gesagt, hatte sie mir keine Wahl gelassen, weil sie gesagt hatte, wie »nice« es doch sei, dass wir nun beide wieder arbeiteten, obwohl es »natürlich nur befristet« sei, »aber befristet befristet« – sie hat über die sich abzeichnende Stabilität geredet, während ich nicht sicher war, ob ich überhaupt aufstehen wollte.

Aber kurz nach Harpa stand auch ich unter der Dusche – wir haben den kompletten Morgentanz getanzt, ohne dem anderen auf die Füße zu treten, obwohl wir es zwei Monate lang nicht mehr getan hatten – rechts und links, rasieren, duschen, abtrocknen, anziehen, eincremen, Frisur, Bett machen und essen – tanzten so lange, bis Harpa sich um 8:15 Uhr mit Kuss und Umarmung verabschiedete.

Die halbe Stunde, bis ich aufbrechen musste, lag wie eine ganze Ewigkeit vor mir. Ich habe mich an den Esstisch gesetzt und vor mich hin gestarrt. Kohlschwarz draußen und die Fensterscheiben wie Spiegel, ich wie die angelaufene Bronzestatue eines alten Mannes – dabei ist es erst ein paar Monate oder Wochen her, dass ich jung war und Harpa und ich abends dort am Tisch gesessen und an unseren Computern gearbeitet haben, online und die ganze Welt zwischen uns – oder auch nur eine hochbeinige Kristallschale voller künstlicher Dekofrüchte.

Harpa hat gelächelt, als sie ging. Sie hat ihr unkontrollierbares Lächeln gelächelt, bei dem das ganze Gesicht strahlt. Seit Ende letzten Monats hat sie irgendwie traurig gewirkt. Gerade beaufsichtigt sie die Kinder

bei einer Prüfung. Ich bezweifle nicht, dass sie lieber an der Tafel stehen und unterrichten würde, bezweifle nicht, dass sie sich lieber über die Kinder beugen oder sich an die Tischkante hocken und ihnen alles vorsagen würde. Es ist sicher hilfreich, sich melden und sie zu sich rufen zu können, wenn man bei einer Prüfungsfrage hängen bleibt.
Harpa hat gelächelt, als sie ging, und ich bekomme die Bilderfolge nicht aus dem Kopf: Sie steht an der Tür, blickt über die Schulter, die Augen wie zwei geheimnisvolle Lichtquellen, sie senkt den Blick, öffnet die Tür, geht raus und schließt sie leise. Ich wurde aus meinen Gedanken gerissen, als ich unten die Haustür zufallen hörte. Ich saß einige Minuten in dieser verdünnten Dunkelheit, im Schein des Halogenlichts aus der Küche, saß, solange es ging, bis mich ihr Lächeln nach draußen zog. Da dieses Lächeln mit der Vorstellung verknüpft war, dass ich bald zur Arbeit gehe, konnte ich unmöglich noch länger dort sitzen bleiben. Aber wie kam es dann dazu, dass ich mich dem Mitarbeitereingang trotzdem entziehen konnte? Was konnte stärker sein als das Lächeln? Ich weiß es nicht, weiß nur, dass ich an der schweren Holztür vorbeiging und ganz und gar nicht sicher war, das Richtige zu tun – im Moment habe ich keine Lust, die Situation zu analysieren. Ich konnte einfach nicht für die Insolvenzverwaltung arbeiten, für die alte Landsbanki, die nicht alt, sondern tot ist, und an deren Leiche herumgedoktert wird, Hirn und Leber gewogen, die Kapazitäten der Herzkranzarterien geschätzt ... Meinetwegen soll sie in Frieden ruhen.
Ich setzte mich hier in dieses Hotelcafé, sehe durchs Fenster die Heilsarmee, und wenn ich mich ein biss-

chen zur Seite lehne, das beleuchtete Alþingishús. Es war niemand da, als ich kam, noch nicht einmal zum Bedienen. Ich saß eine ganze Weile an einem runden Tisch mit brennender Kerze, bis eine Frau hereingetrippelt kam und sich für die Wartezeit entschuldigte, auf Englisch. Ich sagte - auf Englisch -, dass Warten nichts sei, worüber man sich ärgern sollte, und bat sie, mir alle fünfundreißig Minuten einen Cappuccino zu bringen, so lange, bis ich etwas anderes sagen würde. Es ist jetzt 11:09 Uhr, und die vierte Tasse ist soeben zwischen den anderen gelandet. Sie scheint die Anweisung vollkommen ernst zu nehmen, obwohl ich Tasse Nummer drei noch nicht angerührt habe.

11.12. – Donnerstag

Heute hat Papa seinen Einundsechzigsten. Ich habe morgens angerufen, um ihm zu gratulieren und ihn zu bitten, das Sechzigstergeburtstagsgeschenk als Geschenk für das ganze siebte Jahrzehnt zu betrachten. Er lachte und sagte »Na klar, mein Lieber«, was er das ganze Telefonat über sehr oft machte: »mein Lieber« oder »mein lieber Freund« sagen.

Wir haben länger miteinander gesprochen als gewöhnlich. Ich war ganz geistesabwesend und sagte, dass es mir einigermaßen gehe, nicht wie sonst, dass alles in Ordnung sei, und Papa wollte wissen warum. Ich wusste nicht warum, fand aber, dass »einigermaßen« in Bezug auf das seelische Befinden nicht schlechter als »in Ordnung« ist. Er war sich da nicht so sicher. Ich habe ihm vorgeschlagen, Mama zu fragen, sie werde

ihm erklären, dass »einigermaßen« früher einmal das Beste von allem war: Was »einigermaßen« war, war erste Wahl. Da meinte Papa, dass das Wort in den letzten Jahrhunderten beträchtliche Einbußen erlitten hätte ... Nachdem ich ihm alles Gute und so weiter zum Geburtstag gewünscht hatte, haben wir einige Minuten lang über das Schicksal des Adverbs einigermaßen gesprochen – vielleicht, um wenigstens miteinander geredet zu haben, wenn wir schon nicht zusammen sein konnten, dann wenigstens in Kontakt gewesen zu sein, ohne wunde Punkte zu berühren – deshalb wurde das Telefonat länger als sonst.
Gegen Mittag hat die Türklingel gepiept. Ich zögerte, bevor ich aufstand, hatte nur noch ein knappes Kapitel im Buch übrig und wollte es am liebsten in einem Rutsch zu Ende lesen. »Nein, ich wollte dich nur eben mal checken, habe ganz in der Nähe einen Parkplatz gefunden und fand es blöd, nicht vorbeizuschauen.« Ich habe Guðni kaum wiedererkannt. Seine Stimme klang so dünn und entfernt, dass ich mir einbildete, er würde sich beim Reden von der Gegensprechanlage wegbewegen, er schien sich keinerlei Hoffnung auf eine positive Reaktion zu machen.
Nachdem ich vor einigen Tagen Harpas Fotos gesehen hatte, war ich erschrocken, als ich die Haustür öffnete. »Du wirst ja immer dünner, Junge«, sagte ich anstelle einer richtigen Begrüßung. Er stritt es nicht ab, aber es schien ihm gleichgültig zu sein. Der pralle Bauch war fast verschwunden, aber auch der Glanz in seinem Gesicht. Die Augen waren größer, freigelegt. Er hielt verlegen eine Mütze in der Hand. Seine Schuppen waren sehr auffällig. Ich habe ihn noch nie mit Winterjacke gesehen.

Mitten in die Stille bei unserem Gang die Straße entlang fing Guðni an, von einem Film zu erzählen, den er vor einigen Tagen auf seiner Festplatte gefunden hatte: *Der Untergang*. Er hatte ihn sich irgendwann nachts angesehen, diesen Kinofilm über Hitlers allerletzte Tage, die Tage im Bunker. Beim Erzählen wurde er ein wenig lebhaft: »... und dann am Ende, als er in der Patsche war, da sind sie ihm immer noch mit neuen Lösungen gekommen, mit diesem und jenem, bestenfalls Fantastereien, da hat Hitler irgendwelche längst ausgelöschten Truppen auf der Landkarte bewegt und so weiter, fast so wie bei uns, bevor sich der Höllenschlund geöffnet hat, ganz in diesem Geiste. // Irgendwer müsste sagen, dass die Hölle nun endlich geschlossen ist, Guðni, die Falltür zugesperrt und wir Teufelchen hier in alle Ewigkeit gefangen, umringt von lauter guten Menschen. // Ich weiß, ich weiß. Aber was ich so unglaublich fand, war Goebbels Reaktion, als Hitler zugegeben hat, dass alles verloren ist, dass alle versagt haben und es vorbei ist.« Dann sprach Guðni langsamer weiter, als würde er seine Erinnerung auffrischen. »Da ist er aus dem Zimmer gestürmt – ist ohne ein Wort gegangen – ja, und ist aufs Klo gelaufen und hat abgeschlossen.« Da blieb Guðni ganz stehen, schwieg, als ob sich die letzten Wörter den Weg freisprengen würden und er sie schon während des Formulierens bereute: »Ich bin auch aufs Klo gerannt, nachdem uns gekündigt worden ist, und ich habe dasselbe wie Goebbels gemacht, mich im Spiegel angestarrt ...«

Es schauderte mich, als ich erkannte, dass er damit auch meine Reaktion ziemlich gut beschrieben hatte: Zuerst wollte ich ein paar hoffnungslose Mails beantworten, die sich angesammelt hatten, und ich war fast fertig mit der ersten, als meine Finger an der Tastatur festfroren und ich dachte: »Das ist vorbei, das ist vorbei, Mann. Was machst du da?!« Und plötzlich war ich auf der Toilette, schaffte es gerade noch, abzuschließen und den Wasserhahn aufzudrehen, bevor ich vor meinem Spiegelbild die Fassung verlor.

Ist das die Standardreaktion in unerträglichen Situationen, etwas Allgemeinmenschliches, an einen ruhigen Ort mit Spiegel zu fliehen und sich selbst anzustarren, als würde man etwas suchen, vielleicht einen Beweis dafür, dass man trotz allem immer noch existiert, man aber nichts sieht, außer dass das Gesicht verschwimmt und ins Waschbecken rinnt? Es wurde jedenfalls ziemlich oft an der Türklinke gerüttelt, während ich dort drinnen war.

Ich war überrascht, dass so viele da waren. Ich hatte damit gerechnet, dass nach einigen Wochen immer weniger zu den wöchentlichen Treffen kommen würden. Wir saßen zu zwölft an einem großen Tisch, an dem es genug Platz für alle gab. Einige redeten mit dem Kellner wie mit einem guten Bekannten, sagten »Ja, unbedingt das Gleiche wie beim letzten Mal« oder »Nein, ich hätte lieber etwas anderes, mal wieder was Neues ausprobieren«. Alle haben ein Glas Wein bestellt, ich auch, einen halbtrockenen Fusel. Vielleicht zähle ich auf, wer am Tisch saß: Markús, Guðni, Edda, Jón Egill, Júlíus, Þorgerður, Hlíf, Auðbjörg, Jón Örn, Andri, Berglind und Svanur.

Diesen Svanur hatte ich vorher noch nie gesehen, er ist Berglinds neuer Freund, lacht und redet wie ein überzeugter Grasraucher. Dann habe ich erfahren, dass Júlíus und Þorgerður nach monatelangen Gerüchten jetzt offiziell zusammen sind. Daher war ich auch nicht besonders überrascht, obwohl sie lachten und schworen, dass das Gerücht nur ein solches gewesen sei, ein reines Gerücht, das sie aber schlussendlich zusammengebracht oder zumindest das Eis zwischen ihnen geschmolzen habe. Erst als sie sich im Oktober in einer Kneipe in der Stadt begegnet seien und über »uns beide und dieses Gerücht« geplaudert hätten, seien sie sich näher gekommen und hätten sich danach erst ab und zu, dann immer regelmäßiger getroffen, bis Júlíus plötzlich eine Zahnbürste in Þorgerðurs Wohnung hatte.

Bevor das Essen kam, bin ich auf die Toilette gegangen. Der Spiegel über dem Waschbecken war überdimensional groß, und ich nahm mir nach dem Händewaschen Zeit, um vor ihm über Guðni, Goebbels und mich selbst nachzudenken, ich sah uns drei mit strammer Haltung Seite an Seite nebeneinanderstehen und in den Spiegel blicken. Nur ich wusste von den anderen, die beiden weder von mir noch vom jeweils anderen. Ich habe seinerzeit den Film gesehen und erinnere mich nur noch daran, dass ich ihn gut fand, deshalb war Goebbels' Gesicht unter seiner mit Silber verzierten Schirmmütze verschwommen, als er da so in schwarzer Lederjacke zwischen uns stand, mit einem Hakenkreuz auf rotem Grund am Oberarm. Guðni hatte eine dunkelblaue Daunenjacke an, die er bis zum Hals zugezogen hatte, ich nur meinen roten Pulli, da der schwarze Kaschmirmantel über der Stuhllehne hing.

Ich hatte mich gerade wieder gesetzt, als sich Guðni zu mir beugte und meinte, dass er gehört habe, dass ich wieder eingestellt worden sei. Ich beobachtete meine

Tischgenossen auf der Suche nach dem Sündenbock. Niemand sah verdächtig aus, alle unterhielten sich oder hörten interessiert zu. Es war mir unangenehm, vergessen zu haben, Guðni davon zu erzählen, und ich versuchte, die Sache kleinzureden, sagte, dass man mir angeboten habe, bei kleinen Projekten ein paar Fädchen in der Hand zu halten, dass aber nichts sicher gewesen sei. Er sagte, dass er es besser wisse und dass es eine höllische Dummheit sei, heutzutage einen Job abzulehnen, besonders einen so »fetten Bissen«. Ich erwiderte, dass ich den Job eigentlich gar nicht abgelehnt hätte, sondern dass der Job irgendwie mich abgelehnt hätte. Guðni verlor die Fassung und sagte nur wenig. Es gelang mir nicht, meine Entscheidung zu rechtfertigen. Guðni wurde immer unruhiger und das Schweigen länger. Das gab mir Zeit, Harpas Reaktion auf meine unbeliebte Entscheidung zu verdauen.

Die Gruppe wurde kleiner, und es waren nur noch die beiden Paare übrig, als Guðni und ich nach draußen ins sibirische Wetter gingen. Der Austurvöllur war mit altem, festgetretenem Schnee bedeckt, noch schmutzig und aufgewühlt von der letzten Demonstration. Wir liefen zwei Runden um den Platz und versuchten, die Sache zu klären. Es wollte nicht so recht gelingen, und als ich nach seiner Familie fragte, wie es ihr ginge, brach Guðni zusammen, anders kann ich es nicht nennen, obwohl er weder weinte noch besonders laut wurde. Er zog die Mütze aus der Tasche und setzte sie auf: »Bei mir ist alles in Ordnung, es müsste mir wunderbar gehen, in Anbetracht der Tatsache, dass ich ausgehe und so. Die Kinder wissen es natürlich – für sie hat sich nichts verändert. Aber Sólveig ist in einem schlechten Zustand, das muss ich zugeben. Sie bekommt schon irgendwelche Medikamente, meine Sólveig nimmt Pillen. Aber, ich meine, was muss man eigentlich tun, um diesen beschissenen Anruf zu bekommen?! Einige haben ihn bekommen, nicht viele, aber – ich meine, du und so, und dabei dachte ich, dass ich ziemlich oben auf der Liste stehe, oder? Ich meine, ich war mehr als ein Jahr in London und weiß nur, dass alle mit meiner Arbeit zufrieden waren, ich weiß, dass alle superzufrieden waren mit meiner Arbeit, das habe ich an meiner Gehaltsabrechnung gesehen.« Ich machte ihn darauf aufmerksam, dass sein Spezialwissen schon bald sehr gefragt sein werde, viele Unternehmen würden bald fusionieren, und er müsse nur geduldig sein und überall von sich hören lassen. »Aber du weißt, Markús, ich habe nicht nur das, das weißt du, und auch die anderen wissen, wovon ich spreche. Ich meine, mit vielen von denen habe ich fünf fucking Jahre zusammengearbeitet, und da drinnen sind viele, die viel kürzer gearbeitet haben, oder? Was muss man tun? Muss man einsachtzig groß sein? Ich weiß, ich bin nur einssiebzig und kann einen Scheiß dagegen unternehmen. Kann ich irgendwas tun, Markús?« Ich sagte, dass er sicher vieles tun könne, aber nicht den Anruf herbeirufen, der ihn zurück auf seinen Sessel befördern würde, und ich bat ihn, sofort aufzuhören, darauf zu warten, das Warten fräße ihn noch auf. »Das Warten? Allein das Zuhausesein und in diesem Zustand jeden einzelnen Tag von Grund auf zu organisieren, ist ganz und gar unerträglich. Ich kann kaum atmen, wenn ich daran denke.«

12.12. – Freitag

Mir war die ganze Nacht übel. Beim Liegen war mir schwindelig, aber auch, wenn ich wankend im Badezimmer stand und ins Klo guckte. Ich konnte jedes Mal noch gerade so vermeiden, es zu umarmen.
Als ich einmal unvorsichtig aufstand, wälzte Harpa sich herum und murmelte etwas. Ich sagte, dass ich ein bisschen schlapp sei. Sie ist schnell wieder eingeschlafen. Und auch ich muss geschlafen haben, jedenfalls bin ich aufgewacht, als sie fertig angezogen im Dunkeln an meiner Bettseite stand und mir über Wange und Stirn streichelte: »Ich glaube, du solltest heute zu Hause bleiben.«
Sie machte das perfekt, streichelte nicht zu zart, ließ die Hand nicht zu lange auf der Stirn, sprach langsam und atmete in die darauf folgende Stille durch die Nase aus – das war eine perfekte Mischung aus Fürsorglichkeit und Hohn.

14.12. – Sonntag

Zur selben Zeit als Harpa mit dem Haareglätten aufhörte, fing sie wieder an, Haarspangen zu benutzen. Sie hat viele davon, und die meisten hatte ich ewig nicht gesehen. Sie wirken an ihrem Kopf wie schonungslose Denkmäler, die an vergangene Zeiten erinnern. So wie die, die sie heute Morgen getragen hat, eine Silberspange in Schmetterlingsform mit kleinen, durchsichtigen Steinen: rosa, rot, blaugrün, gelb, ... Ich erinnere mich, dass ich mich immer von diesen leuchtenden Farben hypnotisieren ließ, wenn ich mit Harpa im Arm auf dem Schlafsofa saß und lieber auf die Spange als auf den Fernseher geguckt habe. Jetzt sitze ich allein auf dem Sofa, allein und auch nicht mehr in der kleinen Wohnung im Studentenwohnheim. Vorhin, als ich auf die Spange gezeigt habe und meinte, dass sie aber wirklich alt sei, sagte sie, dass die Spange »sehr alt und sehr gut« sei.

Ich habe Lust auf Nichtmehrdrandenkmäler.

Der Schmetterling hat sich trotz der Kälte im blonden Haar gut gemacht. Das Wetter war so freundlich und ruhig, dass Harpa die Pelzmütze zu Hause gelassen hat. Das ist das zweite Wochenende in Folge, an dem wir im Café Mokka waren. Die Veränderung war kein Kraftakt, ganz ungezwungen, kein Aufstand, ich bin Harpa einfach wie gewöhnlich gefolgt.

Aber auch dort drängeln sich die Leute fast genauso wie an all den anderen Orten. Das war früher nicht so, alle Cafés voller Leute. Ich bin nicht sicher, aber ich habe den Eindruck, dass der Zuwachs mit den Samstagsdemonstrationen auf dem Austurvöllur in Verbindung steht. Viele scheinen gerne davor oder danach einen Kakao mit Sahne zu trinken und ein Stück Kuchen zu essen und zu diskutieren, aber das erklärt natürlich nicht diesen wahnsinnigen Andrang an Sonntagen. Ich erinnere mich, mal gehört zu haben, dass die Französische Revolution ihre Ursprünge in den Pariser Kellercafés hatte. Die Idealisten haben schwarzen, blutdicken Kaffee in sich hineingekippt, mit Bohnen aufgebrüht, die von Sklaven auf den Plantagen auf Haiti oder Martinique verarbeitet worden waren, und dabei ununterbrochen über Freiheit ge-

redet. Vielleicht braut sich ja gerade eine Isländische Revolution zusammen, die Heißekakaorevolution?
Trotz der vielen Leute haben wir einen Platz hinten auf der Bank gegenüber der Theke gefunden. Die ganze Zeit über saßen sechs Kerle bei uns, die sich lebhaft unterhielten, 1,75 Meter der Bank und drei Hocker waren mit isländischen Männern in den Fünfzigern besetzt, die über die Situation hier im Land diskutierten. Es kam mir in den Sinn, mitzuschreiben, aber das Notizbuch lag zu Hause. Dort im Café saßen nämlich sechs Dickdärme voller Lösungen bei uns, sechs Pellen, die vor Lösungen zerplatzten, sechs Porzellanmäuler, die eine Lösung nach der anderen produzierten in Gesichtern, die wie ein, zwei, drei, vier, fünf, sechs rot angelaufene Fragezeichen aussahen. Ich hörte zu, während Harpa in der *Morgunblaðið*-Sonntagsausgabe las. Auch auf dem Heimweg haben wir kaum miteinander geredet.
Hier im Bücherzimmer habe ich mich mittlerweile eingerichtet, mir ein eher schlichtes und cognacloses Cognaczimmer hergerichtet. Gestern habe ich den kleinen Beistelltisch unter einer Plastiktüte mit Harpas Strickversuchen hervorgezogen und ans Sofa gerückt, so dass ich eine Tasse oder ein Glas abstellen kann, wenn ich hier sitze. Im Moment steht allerdings eine Dose Malt & Appelsín auf dem Tisch, die erste von vielen in den Weihnachtstagen.

Er sitzt auf der anderen Seite der Fensterwand, draußen im Raucherbereich an einem der Tische mit feststehender Bank. Ich habe ihn dort schon oft gesehen, diesen alten Mann.
Er sieht aus wie einer, der sich aus einem europäischen Kinofilm hierhin verirrt hat. Das graumelierte Haar ist zurückgekämmt, fettig und hält genau da, wo es liegen soll, und die Haut ist immer gebräunt. Es kommt mir vor, als würde er dort unter dem Wärmestrahler und dem halbdurchsichtigen Zeltdach auf jemanden warten. Vielleicht muss er schwere Taten beichten, aber das ist schwer zu sagen, nicht leicht aus seinem Gesicht zu lesen. Und es kommt auch nie jemand.
Ich muss ihn wohl als ausdruckslos beschreiben, wie er kettenrauchend so vor sich hin starrt, aber wenn man genau hinsieht, ist sein Gesicht trotzdem eine Ausdruckssuppe, liegen in ihm alle möglichen Gesichtsausdrücke eines langen Lebens.
Er hält die Zigarette immer dicht an sein Gesicht, muss die Augen aber trotz des Rauchs nicht schließen, weil sie unter den Falten gut geschützt sind. Wenn jede einzelne von ihnen für zehn Jahre stehen würde, wäre der Kerl Jahrhunderte alt, drei schlaffe Falten über und zwei aufgequollene unter jedem Auge, zehn auffällige Falten unter zwei auffällig schwarzen und buschigen Augenbrauen. Seine Wangen sind wie alte Orangenschalen, aller Glanz und alle Frische verloren, und trotzdem bestimmt weich.
Vielleicht fühlt sich der schwarze Wollmantel für ihn unbequem neu an, wenig verschlissen, und auch der Schal ist unter dem schlecht rasierten Hals und Kinn

noch kein bisschen fusselig geworden. Wer sie wohl für diesen alten Mann gekauft hat, diese Klamotten, die betonen, wie benutzt er selbst schon ist?
Er zeigt immer noch keinen konkreten Gesichtsausdruck, alle möglichen Mienen sind dort versammelt. Und nichts in diesem Gesicht lässt erkennen, dass sich drei junge Frauen mit Weißweingläsern an den benachbarten Tisch gesetzt haben. Er raucht nur seine Höllenkippe, macht sie aus und trinkt einen Schluck Bier. Es ist nur noch wenig im Glas, das sich mit Rauch füllt, während er trinkt.
Jetzt hat sich ein Mann zu ihm gesetzt. Er ist zwischen dreißig und vierzig und sieht genauso südländisch aus. Vielleicht sind sie aus demselben Film? Er ist zweifellos derjenige, auf den der alte Mann gewartet hat. Per Handzeichen bestellt er zwei Getränke bei der hin- und hereilenden Kellnerin.
Ich wurde neugierig, daher beschloss ich, eine kleine Zigarre zu kaufen und sie draußen bei ihnen zu paffen. Das habe ich gemacht und mich in die Nähe des Tisches gestellt. Ich hatte natürlich kein Feuer, konnte aber das rote Feuerzeug eines Mannes benutzen, der mit wolligen Halbfingerhandschuhen eifrig am Computer arbeitete. Ich sah in den gefängnisartigen Hinterhof und hörte zu. Sie sprachen Französisch, so schien es mir, gegen den fröhlichen Lärm der Weißweinfreundinnen haben sie zu leise geredet, als dass ich sicher sein konnte. Eigentlich war ich es aber doch, und ihr Treffen schien mir gefühlsgeladen zu sein, jedenfalls für ein Treffen im Café. Manchmal hat sich der Jüngere über den Tisch gebeugt, etwas gesagt und den Kopf geschüttelt, so dass ihm eine rabenschwarze Strähne wie ein Flügel ins Gesicht fiel. Der alte Mann

rauchte die ganze Zeit über im selben Takt, ab und zu griff er nach einem schlichten Gehstock, nur um ihn kurz darauf wieder an die Wand zu lehnen. Entweder ist er schon seit langem fußlahm, oder er hat den Stock von jemandem geerbt, der es war, denn der Lack am Griff war fast verschwunden und das helle Holz darunter ziemlich abgewetzt.
Ich ging zu ihrem Tisch, um die Zigarre auszumachen. Durch meinen Mangel an Übung stellte ich mich dabei ungeschickt an, und der Alte sah mich an, als hätte ich ihn gestört oder unterbrochen, in jedem Fall hörte er auf zu sprechen und zog die Augenbrauen so hoch, dass ich das Weiße in seinen Augen sehen konnte, das so gelb war wie ein Knochen, der lange außerhalb des Körpers gewesen ist, und machte dabei ein fragendes Gesicht.

Später

Harpa ist in letzter Zeit weniger zu Hause gewesen. Ich weiß schon, was das zu bedeuten hat, erkenne die Situation glasklar, weil sie ganz neu eingetreten ist.
Ich habe meinen Spaziergang nach und nach ausgedehnt. Jetzt könnte man ihn fast als Umherstreunen bezeichnen. Letzte Woche ist Harpa nur einmal vor mir nach Hause gekommen. Jetzt ist sie zu Besuch bei ihrer Schwester. Vor dem letzten Nachrichtenbeitrag und der Brennpunkt-Sendung habe ich mir ein leichtes Abendessen gemacht.
Das Schweigen spielt eine Hauptrolle, es ist sowohl Teil des Problems als auch der Konsequenzen – es ist nie so viel Schweigen zwischen uns gewesen, vor allem kein so unreines Schweigen. Die Quelle für Gesprächs-

themen versiegt regelmäßig, und manchmal zwinge ich mich zu schweigen, scheint mir das Schweigen besser als das, was ich zu sagen hätte. Darüber habe ich auf dem Heimweg vom Café viel nachgedacht. Es war ungewöhnlich mild draußen, wahrscheinlich über dem Gefrierpunkt, und ich konnte langsam gehen. Mir kam in den Sinn, Harpa eine Lüge aufzutischen, um irgendetwas Interessantes erzählen zu können, irgendetwas Harmloses zu erlügen, konnte es mir aber nicht wirklich vorstellen, bis ich versuchen wollte, etwas für sie zu erdichten. Dichten ist ein harmloses Spiel, und ich beschloss, ihr zu erzählen, dass ich Hallgerður getroffen habe. Harpa hat sie sicher nicht mehr gesehen, seit sie ein Jahr vor uns aus dem Studentenwohnheim ausgezogen ist, zumindest habe ich sie seitdem nicht mehr gesehen und ich glaube, dass sie noch in Deutschland ist, in Berlin, um Philosophie zu studieren – nein, Quatsch, wohl nicht mehr nach fünf oder sechs Jahren, es sei denn, sie hat gleich ihren Doktor angefangen. Mir fällt jedenfalls nichts Besseres ein, und ich werde sagen, dass ich die Philosophin Hallgerður auf der Straße getroffen und ihr Angebot angenommen habe, mich mit ihr in ein Café zu setzen. Dort hat sie mir von verschiedenen Dingen erzählt, zum Beispiel von ihrer Promotion und ihrem sechzigjährigen Freund, einem zittrigen Komponisten, sie wohnen seit vier Jahren zusammen und sie ist über Weihnachten ins Land gekommen, um den Kontakt zur Familie nicht zu verlieren.
Wo haben sie sich kennengelernt? Harpa wird das wissen wollen. Ja, sie haben sich in der Straßenbahn kennengelernt. Hallgerður hat eine Wohnung in einem Berliner Vorort gemietet und ist an allen Werktagen,

bis auf einen, mit der Bahn in die Innenstadt gefahren, um Seminare an der Uni zu besuchen. Gibt es in der Berliner Innenstadt eine Uni? Ja, bestimmt. Und Straßenbahnen? Sie haben sich jedenfalls im öffentlichen Nahverkehr getroffen, weil der Kerl, der Komponist, in einem alten und wohlhabenden Vorort lebte und jeden Donnerstag in die Stadt fuhr, um einen guten Freund zu besuchen. Als er Hallgerður die dritte Woche in Folge einsteigen sah, setzte er sich zu ihr, und bis sie ein paar Stationen vor ihm ausstieg, hatten sie beschlossen, sich am Abend in einem bekannten, romantischen Restaurant zu treffen. Ich weiß natürlich nicht, was er gesagt hat, Hallgerður meinte, dass das keine Rolle spiele, aber es war sicher etwas Großartiges, großartig genug, um den Altersunterschied zu überwinden und seine Wampe, das hellgraue krause Haar und die Tintenschwärze an seinen Fingern vergessen zu können.

Ja, ich werde Harpa später von Hallgerður erzählen. Das wird ihr gefallen. Und vielleicht kommen wir über diese unerwarteten Neuigkeiten von der alten Nachbarin auch noch auf andere Gesprächsthemen. Das ist so harmlos, dass es niemals eine Lüge werden kann – es sei denn, Harpa hat sie kürzlich getroffen, sie ist längst wieder im Lande, ist Single oder hat sogar eine Familie! Wohl kaum, die Chancen stehen in dieser Sache ziemlich gut für mich. Aber mal ganz abgesehen davon, ob ich dichte oder nicht – wenn ich Hallgerður vorhin getroffen und sie mich auf einen Kaffee eingeladen hätte, dann hätte sie mir das alles auch vorflunkern können, ich hätte ihr voll und ganz abgekauft, dass sie einen sechzigjährigen Komponisten als Freund hat, sie zusammen kinderlos in einem ehrwür-

digen Berliner Vorort wohnen und Hallgerður jeden Sonntagnachmittag Mobiles aus Flohmarktnippes bastelt, während der Alte mit seinen Enkelkindern aus erster Ehe im Garten spielt.
In der Realität ist es mittlerweile 21:44 Uhr, und Harpa ist immer noch bei ihrer Schwester.

16.12. – Dienstag

Willenlos bin ich durch die Straßen gezogen. Wie so oft bin ich die Straße runtergelaufen und gerade noch rechtzeitig vor der Bank abgebogen, durch die Pósthússtræti und quer über den Austurvöllur, neben und unter erleuchteten Bäumen her und in die Kirkjustræti hinein. Auf Höhe des soliden Zauns um die archäologischen Ausgrabungen wurde ich langsamer. Dort wird Islands letztes Partyzelt bewahrt, weiß und rechteckig, und es hat sicher mal etwas anderes abgeschirmt als säuberliche Erdgruben. Für die Zuschauer war eine Nachricht am Zaun befestigt, schwarzer Edding auf blankem Schreibpapier: Do not feed the archaeologists / Archäologen nicht füttern. Einige von ihnen standen an der Hüttentür auf dem Ausgrabungsgelände und rauchten, alle in matschigen Arbeitsoveralls, und alle froren. Müsste es nicht »bibbern« heißen, was sie da machten, vielleicht »rauchend bibbern«, oder »bibbernd rauchen«? Wie dem auch sei – unter ihnen war ein zierliches Mädchen, das eine zerknitterte, handgedrehte Zigarette unter einer viel zu großen, grobmaschigen Wollmütze rauchte. Weder die Zigarette noch die Mütze passten zu dem Gesicht,

das mich vor dem unnachgiebigen Zaun stillstehen ließ.
Ich ging weiter und setzte mich in das Hotelcafé, in dem ich schon vor ein paar Tagen gewesen war, genauer gesagt, am Morgen des 8. Dezembers. Bevor ich reinging, sah ich draußen Plakate für die Ausstellung im Keller, Reykjavík 871 +/– 2. Jetzt sitze ich genau dort, wo früher mal die Hütte eines Siedlers war. Hier haben Leute gewohnt, von hier aus auf die Welt geblickt, halt nur nicht jetzt, sondern zu einer anderen Zeit – aus geologischer Sicht erst vor kurzem, die Berge ringsum sind noch genau dieselben.
Diesmal sind sogar Leute hier, nicht wie beim letzten Mal nur die Bedienung, sondern auch an einigen Tischen. Alles Touristen, scheint mir. Die Zahl der Businessleute ist sicher geschrumpft. Vielleicht nimmt ein allein reisender Bevollmächtigter ausländischer Kreditgeber hier gerade ein spätes Abendessen zu sich, bevor er aufs Zimmer geht, zwischen den Fernsehsendern hin und her schaltet, sich einen runterholt, während er mit seiner Ehefrau schmutzige Worte am Telefon wechselt, den Wecker stellt und Probleme beim Einschlafen hat.
Ich komme nicht über dieses seltsame Gefühl hinweg, genau hier zu sitzen und Bier zu trinken, im Luftraum, den der Siedler durchblickt hat, wenn er vor seiner Haustür stand und direkt nach oben geguckt hat, vielleicht nachdem er gerade Thor oder Freyr etwas geopfert hatte, ein bewölkter Dezemberhimmel über ihm, wie jetzt, genau derselbe Himmel wie jetzt – der Himmel bleibt immer derselbe, in einem gewissen Sinn, und Hallgerður war vermutlich schon immer eine Lesbe.

18.12. – Nachteintrag

Ich bin heute Abend baden gegangen. Als ich die Tür hinter mir zugemacht hatte, habe ich abgeschlossen. Ich habe die Tür abgeschlossen!
Harpa war allein im Wohnzimmer. Beim Abschließen konnte man ein Klacken hören, und ich bin sicher, dass Harpa es trotz der Fernsehseriengeräusche gehört hat – so ein Klacken hört man.
Harpa hat sich im Laufe der Jahre manchmal reingeschlichen und zu mir gelegt, ziemlich oft sogar ist sie zu mir in die Wanne gekommen und hat sich immer darüber beklagt, wie heiß das Wasser sei, bevor sie einen kleinen Schuss duftenden Badeöls ins Wasser gegeben hat.
Aber was habe ich mir heute Abend gedacht? Nichts! Das ist das Problem, schon viel zu lange. Dass ich übervorsichtig aufgeschlossen habe und noch im Handtuch direkt zu Harpa gegangen bin, ihre Haarklammer gelöst, die Haare hinters Ohr gestrichen, sie geküsst und meine Islandsonne genannt habe, ändert nichts daran.

18.12. – Donnerstag

Heute Mittag hat Mama angerufen, um mir zu sagen, dass die Weihnachtsgeschenke angekommen sind. Sie meinte, dass die Pakete weder kleiner noch viel leichter seien als sonst. Darauf antwortete ich, dass sie selbstverständlich sowohl viel kleiner als auch leichter seien.

Harpa und ich sind am Samstag losgezogen, um die Sache mit den Geschenken zu erledigen. Bevor wir aufgebrochen sind, haben wir beschlossen, uns am Heiligen Abend nur einen Kuss zu schenken. Wie immer haben wir für Mama eine Geschirrerweiterung gekauft, zwei handbemalte, blaue Nachtischschälchen aus Keramik, für Papa eine Schiebermütze aus hundert Prozent Wolle von einem englischen Hutmacher und für Helena Lederstiefel mit ... Ich will absolut keinen Bericht über unsere diesjährigen Weihnachtseinkäufe schreiben. Mein Kopf ist seltsam schwer, mein Hals kann ihn kaum tragen. Vésteinn sagte, dass es schwierig für ihn sei, mich heute zu treffen, und er würde es auch vor Weihnachten kaum noch schaffen, »... ich ertrinke in Arbeit und Prüfungen, die ich fertig haben will, bevor Bjarney kommt. Wir wollen über Weihnachten im Westen sein, und ich will so früh wie möglich aufbrechen.«
Worin ertrinke ich?

19.12. – Freitag

Harpa ist kurz nach Mittag nach Hause gekommen. Sie hat jetzt Weihnachtsferien. Zum Abschied haben sich die Lehrer morgens getroffen und zusammen Kuchen gegessen und Kaffee getrunken. Anstatt zu sagen, dass wir uns jetzt ein paar schöne Tage machen können, habe ich sofort gefragt, wann die Schule wieder anfängt, woraufhin Harpa wortlos auf die Kunststoffkiste gezeigt hat, die wir in unserem letzten Jahr in der alten Wohnung gekauft und mit »W-SCHMUCK«

gekennzeichnet hatten, seit Ende November steht sie im Flur an der Waschküchentür. Ich sagte, dass ich noch nicht dazu gekommen sei, dass ich nur sofort den Lichterbogen ins Wohnzimmerfenster gestellt hätte, nachdem sie mich darum gebeten hatte, aber dass wir uns vielleicht jetzt Zeit nehmen und zusammen schmücken könnten, das sei doch immer so schön weihnachtlich. Wir haben die Kiste geöffnet und all die angesammelten Sachen durchgesehen. Harpa schlug vor, nur das Beste zu nehmen, das, was uns am liebsten sei, weil es nur so kurz dauern würde, bis wir alles wieder einpacken müssten. Ich war einverstanden.

Während ich die Schneeflockenlichterkette entknotete, steckte Harpa neue Kerzen in den Adventskranz, den ihre Mutter uns zu unserem ersten gemeinsamen Weihnachten geschenkt hatte; sie machte den Adventskranz zurecht, während ich die Weihnachtsbaumfigur mit den Lichtern aus der Knackfolie wickelte, auf die Anrichte legte und zusammensteckte; sie drehte den Adventskranz auf dem Couchtisch herum, während ich die Tageskerze, die Harpa mir mal wegen des »gesundheitsschädlichen Dekomangels« geschenkt hatte, auf das Tischchen am Sofa stellte, und während sie den Adventskranz noch mehr zurechtmachte und weiter auf dem Couchtisch herumdrehte, positionierte ich unsere kleine Sammlung isländischer Weihnachtsmännchen rund um das Weihnachtsbäumchen auf der Anrichte.

Auf einmal fingen wir an, uns zu küssen. Ich war ins Wohnzimmer gekommen, nachdem ich Streichhölzer aus der Küche geholt hatte, hatte mich zu Harpa gesetzt und drei Kerzen angezündet, bevor sie sich an

mich lehnte und wir in die Flammen sahen, und plötzlich fingen wir an, uns zu küssen, erst ruhig, aber es ging zügig voran, und schon bald lagen wir beide auf dem Sofa und die Klamotten auf dem Boden.
Genauso schnell, wie wir angefangen hatten, hörten wir plötzlich auf. Ich weiß nicht, wie lange Harpa schon geistig abwesend gewesen war, bevor ich es merkte und von ihr abrückte. Sie sah mich an und lächelte, aber als sich die Lippen zu jenem Lächeln formten, atmete sie gleichzeitig kurz durch die Nase aus, daher wusste ich, dass sie nicht aus Freude am Leben lächelte. Einige Atemzüge später fragte sie, ob ich nicht daran gedacht hätte, ob ich denn nicht wüsste, und dann: »Hast du vergessen, dass ich meine Tage habe, Markús?«
Ich habe ihren Bauch gestreichelt, so, wie es ihr immer so guttut, und habe versucht zu verbergen, dass ich mich schämte, habe ihn lange in kleinen Kreisen unterm Nabel gestreichelt und ihre Augen und den Mund beobachtet, der in diesem verkehrten Lächeln gefangen war. Nach einer Weile sagte ich, dass ich ihr den Kräutertee aufgießen wolle, den sie bei Unterleibsschmerzen trinkt. Ich ließ genug Wasser für zwei Tassen in den Kocher laufen und schaltete ihn an. Die Küche schmücken wir nie viel, hängen höchstens einen Lichterkranz ins Fenster und stellen die rote Schale mit dem weißen Muster auf den Tisch, aber jetzt haben wir noch nicht einmal das getan. Während das Wasser kochte, ist es mir trotzdem gelungen, die Küche mit einem einfachen Handgriff viel weihnachtlicher zu machen: Ich habe die Jobanzeigen unter dem David-Hasselhoff-Magneten hervorgezogen und weggeworfen.

Harpa saß genauso auf dem Sofa wie zu dem Zeitpunkt, als ich mit den Streichhölzern aus der Küche gekommen war, hatte nur weniger an, hielt auf dem großen, weißen Ledersofa mit den nackten Armen ihre nackten Knie umschlungen. Ich gab ihr den Tee und reichte ihr die Wolldecke, legte die Weihnachtsplatte mit den drei Tenören in den CD-Player und stellte ihn lauter, bevor ich mich zu ihr setzte und mit beiden Händen meine Tasse hielt. In die Decke gewickelt hat sie sich an mich gelehnt, so wie man sich zum Ausruhen an eine Hauswand oder an irgendetwas Vertrauenswürdiges lehnt, und ich habe darauf geachtet, nicht nachzugeben, obwohl ich trauriger war als je zuvor in meinem Leben.

20.12. – Samstag

Harpa und ich sind gestern Abend kurz nach draußen gegangen, ohne wirklich Lust zu haben, fanden es nur wichtig, frische Luft zu schnappen. Ich habe Edda getroffen. Sie war mit zwei Freundinnen unterwegs und meinte, dass sie ihren Freund »in den Wind geschossen« habe. Ich kannte den Trottel und beglückwünschte sie. Sie wollte gleich wissen, warum ich »nur so selten bei den Donnerstagstreffen mit den lieben, alten Arbeitskollegen« aufkreuze. Aus irgendeinem Grund habe ich ehrlich geantwortet und gesagt, dass ich mich dort immer so unwohl fühle. Sie konnte mich verstehen, meinte aber, dass man sich kein unbegrenztes Elendsgefühl erlauben dürfe. Ich war nicht sicher, ob sie mich damit elendig genannt hatte oder

mir nur einen Rat geben wollte, und wir haben uns weiter unterhalten. Sie war mir einige Getränke voraus, und während ich ihrem Redeschwall zuhörte, guckte ich oft zu Harpa, die bei Leuten saß, die ich nicht kannte. Edda erzählte, dass sie über Weihnachten im Kosmetikgeschäft ihrer Schwester arbeite, und sie forderte mich wiederholt auf, mal vorbeizuschauen, sie könne mir einen guten Rabatt geben. Ich fragte nach, ob sie denn nicht mehr ihre halbe Stelle im Ingenieurbüro habe. »Doch, gibt halt nur lange Weihnachtsferien wegen Auftragsmangel. Kosmetika sind jetzt gefragt.«
So kommt es, dass ich gerade im Einkaufszentrum Kringlan an einem Tisch im dritten Stock sitze, mit einer Tüte voller Parfums, Sonnenpuder, revolutionärer Wimperntusche und Feuchtigkeitscreme am Stuhl und der Verpackung von drei Cheeseburgern und einer halbleeren Cola von McDonald's auf einem sonnengelben Kunststofftablett vor mir. Edda hat mir sicher einen guten Rabatt gegeben, aber das hat keine Rolle gespielt, das war kein Geschäft, und das wissen wir beide. Der Besuch war schlicht und einfach eine Solidaritätsbekundung. Es hat mir trotzdem Spaß gemacht, zu sehen, dass sie offensichtlich mit ihren Freundinnen vom B5 noch in die *Apótek* gegangen ist, wie sie auch gesagt hat, und sicher lange und mit derselben Energie wie vorher getanzt hat, mit ein paar Gläsern Vodka-Burn dazwischen – es gibt weder Kosmetika gegen rote Augen noch gegen eine derart träge Gehirntätigkeit.

Später

Auf dem Heimweg habe ich einen Werbespot im Radio gehört. Er war von einem Werkzeughandel, der bekannt gab, dass noch Motorgalgen, Motorständer und Werkzeugsets im Sortiment seien, alles zum alten Kurs. Die Motorgalgen haben meine Fantasie geweckt und sie bis in die anschließenden Nachrichten hinein wachgehalten. Dort wurde berichtet, dass die heutige Demonstration auf dem Austurvöllur aufgrund der Weihnachtsvorbereitungen der Bevölkerung eher schlecht besucht war, trotzdem wurden einige Interviews mit aufgebrachten Demonstranten gesendet. Ich dachte mir, dass nicht viele Bürger in einem solchen Gemütszustand vonnöten sind, um in einem Land mit Motorgalgen zum alten Kurs im Sortiment Hinrichtungen zu organisieren – industrialisierte Hinrichtungen wären auf die Bedürfnisse eines Publikums mitten in den Weihnachtsvorbereitungen zugeschnitten.

22.12. – Montag

Anfang des Monats hatten wir abgemacht, dass wir Heiligabend in Hafnarfjörður verbringen würden, so wie immer in den letzten fünf Jahren, in denen ich nicht mehr in den Westen gefahren bin. Ich hatte riesige Lust, sie zu fragen, ob es ihr nicht auch recht wäre, diesmal zu meinen Eltern zu fahren, nur dieses eine Mal, das Konzept friedliche Weihnacht bekäme in Hafnarfjörður nun sicher eine ganz neue Bedeutung, ich würde es aber natürlich vollkommen verstehen, wenn sie lieber bei ihren Eltern sein wolle, die Zeiten seien einfach so – aber ich konnte es nicht. Harpa würde mich sicher verstehen, aber ich befürchtete, dass sie denken könnte, dass ich sie verlasse, wenn ich dann allein in den Westen führe - selbst voller Zweifel, ob ich nach Weihnachten zurückkommen würde.

Später

Wir haben einen ganzen Stapel Weihnachtskarten bekommen. Harpa hat sie gewissenhaft aufs Flurregal gestellt. Auf einigen sind Kinder zu sehen, sieben sind schwarz-weiß mit einem oder mehreren Kindern darauf, und auf einer ist ein Brautpaar in einem sommerlichen Garten. Heute habe ich wieder die alljährliche ganz private Karte bekommen, vom Herrenausstatter Sævar Karl, und damit ich sie so oft wie möglich sehe, habe ich sie unter Hasselhoff an den Kühlschrank geklemmt. Jetzt hält der lächelnd und nackt seine orangefarbene Rettungsboje und jene Karte, die mich schon in den letzten Jahren immer daran erinnert hat, ein besonderes Weihnachtshemd und eine Krawatte zu kaufen.

23.12. – Dienstag

Unwetter am Tag des heiligen Þorlákur.
Doch obwohl das Wetter so schlecht war, saß ich versunken am Wohnzimmerfenster, nachdem Harpa gegangen war. Schlechtes Wetter kann schön sein, gutes hingegen ist das nur selten. Schönes Wetter macht nur alles andere schön, ist selbst aber unsichtbar, wohingegen schlechtes Wetter auch aus sich heraus schön

sein kann, insbesondere Wetter, das so verrückt aus dem Südosten kommt, dass es die Reykjavíker Nordfenster nass macht, ein solches Wetter aus dem dritten und obersten Stockwerk zu sehen, ist schön, und es ist absolut möglich, darin zu versinken.
Schwiepa hat heute zum traditionellen Rochenessen eingeladen. Diese »Lausbubenpartys« haben mir immer viel Spaß gemacht, das will ich gar nicht leugnen – aber ich bin vorhin nicht hingefahren, wollte mir keine Geschichten anhören und den anderen erzählen, dass ich mich irgendwann einmal mit ihnen auf eine Gans stürzen müsse, natürlich erst nachdem ich einen Waffenschein gemacht und mir eine Jagderlaubnis besorgt habe – obwohl ich schon jetzt mit der Schrotflinte umgehen kann und weiß, was man schießen darf und was nicht – dass ich ganz absolutely irgendwann einmal mit ihnen auf Rentierjagd gehen und durchs Fernglas das Herz unterm Fell schlagen sehen wolle, dass ich Teil ihrer gewaltigen Geschichten werden müsse.
Als Harpa vorhin fragte, ob sie mich nicht eben »in die Garage bringen« solle, empfand ich mich nicht als glaubwürdigen Gast, das sagte ich ihr, sagte, dass ich ein unglaubwürdiger Gast sei, ein Spaßverderber, der nicht wichtig, dem nichts wichtig sei. Ich meine, das sind Männer, die etwas geleistet haben. Sie haben etwas gelernt, ohne Vaterzeit eine Familie gegründet und ein Haus gebaut, Gemüse angepflanzt und trotzdem einen ganzen Arbeitstag gestemmt und sich Hobbys gesucht, bei denen sie nebenbei fürs Essen jagen gehen und die Tiefkühltruhe füllen. Sogar Wale haben sie mit Schrotflinte oder Gewehr gejagt, wenn nicht mit bloßen Händen, wie sie manchmal prahlen, und über ihre Frauen reden sie immer positiv. Das sind

Männer, die in einer Höhle geboren sein mussten – oder besser: die wie Tropfsteine in einer Höhle gewachsen und in die Siedlungen gekrabbelt sein mussten, aus dem Hochland und über Lavafelder und Heideland, ganz steinhart. Und dann komme ich, will vom Lande sein und habe nichts zu erzählen, außer wie ich einmal auf dem Kai einem Seeskorpion den halben Verdauungstrakt herausgerissen habe, weil ich mich nicht getraut habe, beim Lösen des Angelhakens mit dem Finger dagegenzuhalten.
Etwas in der Art habe ich vorhin zu Harpa gesagt, als sie fragte, ob sie mich nicht eben zu der Party bringen soll, von der ich sonst auf dem Heimweg immer so positiv erzähle und dabei meinen Bauch voller Sternrochen, Kartoffeln, Schafsschmalz, Bier und Branntwein streichle. Ich hatte damit gerechnet, dass sie mich überreden will, doch mitzufahren, hatte es mir irgendwie gewünscht und wollte dann auch nicht widerspenstig sein, aber sie schüttelte nur ihren wohlgeformten Kopf und kam zu mir, umarmte und küsste mich, sagte, dass sie mich liebe und hoffe, dass ich aufhöre, so zu tun, als hätte ich etwas verbrochen oder als wäre ich um etwas beraubt worden, das sie oder andere vermissen würden. Ich drückte sie zurück, besonders fest, weil ich sprachlos war und mich wahnsinnig danach sehnte, mich gemeinsam mit ihr zu sehnen.

25.12. – 02:07 Uhr

Alle haben eine Mandel bekommen, alle haben ein Mandelgeschenk bekommen. Das war so eine fixe Idee von Schwiegermutter. Ich habe meine sofort gezeigt, als ich sie entdeckt hatte, aber da hatten schon drei andere ihre in den Mäulern versteckt und meinten, gewonnen zu haben. Schwiepa hat wie ein Pferd gelacht. »Nein, mein Markús, in diesem Jahr gewinnt niemand das Mandelspiel«, hat er mühsam hervorgestoßen und seine grauviolette Zunge mit der Mandel herausgestreckt, bevor er aufgestanden ist, eine Plastiktüte hinter dem Sofa hervorgeholt und kichernd Wollsocken verteilt hat: »Eure Mutter wollte, dass ich sie einpacke. Das habe ich anders gesehen. Ist doch am natürlichsten, es so zu machen. Glückwunsch, Glückwunsch Liebes, Glückwunsch ...« Wir alle fanden das sehr lustig, sogar Harpas Onkel Sigfús lachte durch all die Psychopharmaka hindurch.

Abends saßen wir zu acht am Tisch: Die Schwestern Harpa und Lára, Oma Sólveig, ich und Sölvi, die Schwiegereltern und Schwiegermutters Bruder Sigfús. Schwiegermutter? Schwiegereltern? Ich benutze diesen Begriff zu frei, aber nur, weil ich vor kurzem über die Hochzeit nachgedacht habe, als ich unterwegs war, um ein Weihnachtsgeschenk für Harpa zu kaufen.

Später am Abend kam noch die älteste Schwester mit Familie dazu. Ich habe mich mit Sigfús abgesondert, in der Wohnzimmerecke, in der er immer sitzt und sich den Bauch mit Ananascreme vollschlägt. Sigfús ist Spezialist in Sachen Zigeunermusik und Mikroprozessoren, wenigstens das. Er hat vor vielen Jahren in Deutschland Physik studiert, wahrscheinlich um 1970 herum, bevor es mit ihm bergab ging. Seine geistige Gesundheit ... am besten sage ich es einfach so, wie es ist: Sigfús ist geistesgestört, und sein Leben wäre ohne Medikamente sehr speziell, was es ehrlich gesagt aber auch mit ihnen ist. Was versuche ich zu sagen? Ich bin so erledigt, dass ich kaum zielgerichtet schreiben kann. Doch, nach der Geschenkzeremonie saß ich bei Sigfús und redete mehr mit ihm als an allen bisherigen Weihnachtsfeiern zusammen. Er hat mich über Zigeunermusik belehrt, Bands und Platten empfohlen, die ich alle schon wieder vergessen habe, falls sie überhaupt bis in mein Gedächtnis vorgedrungen sein sollten. Irgendwie ist es uns gelungen, eine Dreiviertelstunde über Mikroprozessoren zu reden, weiß nicht mehr, wie wir dazu gekommen sind, vielleicht habe ich ihn nach der Vergangenheit gefragt, die er manchmal ganz aufrichtig als »die Jahre, bevor ich erkrankt bin« und »die Zeit, in der ich krank geworden bin« bezeichnet, oder nach diesem schicken Handy, das er bei sich hatte, jedenfalls haben wir uns eine geschlagene Dreiviertelstunde lang über Mikroprozessoren unterhalten, und das Einzige, was ich behalten habe, ist irgendwas über ruckartige Bewegung in Si-Kristallen. Durch die Medikamente hat Sigfús eine wahre Hypnosestimme, und mir ging es so gut an seiner Seite in der Ecke, mein ganzer Körper war so wunderbar gelähmt, während ich ihn reden hörte, mein Herz hat einmal in der Minute geschlagen, und ich dachte mir, dass genau so ein Heroinrausch sein muss.

Daher bemerkte ich es kaum, als Harpa nach Mitternacht zu uns kam, sich auf mein Knie setzte und fragte, worüber wir denn da die ganze Zeit so furchtbar viel redeten. Ich konnte natürlich nichts sagen, so berauscht oder hypnotisiert wie ich war, also musste sich Sigfús ums Antworten kümmern. Er hat noch mehr von Mikroprozessoren, Deutschland und Zigeunermusik erzählt, und dann davon, wie es ihm in seiner neuen Wohnung geht, nachdem Harpa danach gefragt hatte. Sie schien immun gegen diese Stimme zu sein und konnte die Informationen aufnehmen und das Gespräch in Gang halten, während sie ihrem Onkel in die Augen sah, die mit einer schleimigen Flüssigkeit überzogen waren.

Harpa half mir aus dem Stuhl, als Sigfús auf einmal einnickte. Es dauerte, sich von allen ganz herzlich zu verabschieden und sich zu bedanken. Schwiegervater war mittig auf dem Dreimannsofa gestrandet und versuchte, sich die Aufnahmen des Abends auf dem Display des Fotoapparats anzugucken. All das Essen und Rotweintrinken hatten ihn in eine bedenkliche Schräglage gebracht.

Auf dem Heimweg haben wir über kaum etwas anderes als den Kuss geredet, den Kuss als solchen, den Vorgang des Küssens ... Gleich als wir die Sackgasse verließen, meinte Harpa, dass für sie ein Kuss keineswegs ein zu billiges oder unbedeutendes Weihnachtsgeschenk sei, und nach einem kurzen Schweigen fragte sie: »Weißt du noch, weshalb wir uns geküsst haben, als wir zusammengekommen sind?« Die Frage führte zu einem Gespräch voller Erinnerungen, Liebesbeteuerungen und unterschiedlich langem Schweigen. Es ist weit von Hafnarfjörður bis ins Stadtzentrum, aber an diesem Abend war es nicht weit genug. Ich musste ununterbrochen an das Weihnachtsgeschenk denken und wollte meine Expedition von vor ein paar Tagen beichten.

Ich hatte klein angefangen, eine Duftkerze oder Badesalz im Sinn, etwas, das stellvertretend für mich »Ich liebe dich« sagt, wenn ich weg sein würde, aber als ich an all die unangetasteten Duftkerzen und das Salz in versiegelten Fässchen dachte, fand ich das völlig daneben. Dann habe ich überlegt, ihr ein Parfum zu schenken, allerdings nur ein paar Sekunden lang, weil Harpa mir gegenüber seit langem kein Parfum erwähnt und ich daher nicht die Erlaubnis hatte, ihr eins zu schenken, das würde ihr nur ungelegen kommen, weil sie nie einen unerwarteten Duft benutzen und er noch im Fläschchen kippen würde. Schnell bin ich in einem Handtaschen- und Koffergeschäft gelandet, sah mir dort kleine Etuis an, bis ich allmählich Taschen in die Hand nahm, und als ich angefangen hatte, mich über eine der teuren Designertaschen zu erkundigen, habe ich mich schnellstens verabschiedet und, einen Diamanten im Kopf, den nächsten Schmuckladen betreten, da das Geschenk ohnehin längst in dieser Preisklasse lag. Ich hatte schon ein paar Halsketten und Armbänder in Augenschein genommen, als mir bewusst wurde, dass ich Harpa wohl kaum Schmuck schenken kann, der nächste Schmuck müsste ein Ehering oder eine Morgengabe am Hochzeitstag sein, nachdem ich ihr schon in aller Form einen Verlobungsring überreicht habe – alles andere wäre eine ausweichende Verzögerung. Daher stand ich schließlich das dritte Jahr in Folge im Pelzladen. Vor zwei Jahren habe ich Harpa eine schicke Pelzmütze geschenkt, im letzten Jahr eine Pelerine aus Biberpelz, und ich habe ihr gegenüber einen schönen Pelzmantel fürs nächste Weihnachtspäckchen erwähnt, es sei nur folgerichtig, sich in dieser Hinsicht zu steigern, aber Harpa fand nichts Folgerichtiges an einem neuen Pelzmantel, sie ist zufrieden mit ihrer Kaninchenpelzjacke, die sie vor langem gebraucht gekauft hat. Ich machte sie auf die

durchs Tragen blankgewetzten Stellen aufmerksam, aber Harpa meinte, dass das in Ordnung sei, weil sie so noch besser zu ihrer Lieblingshose passe. Daher weiß ich nicht, was im Pelzladen über mich gekommen ist – vielleicht waren es der Geruch oder all diese weichen Klamotten, die ich gestreichelt habe, während ich von klassischer Musik gestreichelt wurde, vielleicht all das, was mich an frühere Besuche erinnerte und die Zeit dazwischen auslöschte, ein Augenblick, buchstäblich ein Augenzwinkern, schließen und wieder öffnen, und nichts konnte mich daran hindern, mein Versprechen zu halten und einen richtigen Pelzmantel unter den Baum zu legen, vielleicht habe ich deshalb einen gekauft, den ich entdeckte und schon auf dem Kleiderbügel schön fand, aber geradezu großartig, wenn ich mir Harpa darin vorstellte.
An den Heimweg erinnere ich mich nicht, aber in dem Moment, als ich im Flur stand, bereute ich schon alles. Der Mantel lag in einer schönen Schachtel, und die Schachtel war in schönes Papier eingepackt und mit einem schönen Band umwickelt, in dem eine schöne Kunstblume steckte – das Paket war schlichtweg vollkommen. Ich ging ins Wohnzimmer, sah mich um und auf die schöne Papiertüte mit dem Paket, und es kam mir in den Sinn, sie zu verstecken, eigentlich schlug es mir erst auf den Magen und kam mir dann in den Sinn, meinen Einkauf zu verstecken, meine Tat zu vertuschen. Dieses vollkommene Paket war mit einem Mal das unangemessenste Geschenk, das ich mir vorstellen konnte, Badesalz oder einfach ein Streuer mit gewöhnlichem Salz wäre besser gewesen – so ein vollkommenes Paket würde unser unvollkommenes Leben in Fetzen reißen, sobald es geschenkt würde.

Deswegen bin ich heute Abend bei der Geschenkzeremonie aufgestanden und habe Harpa geküsst, deswegen liegt das Paket hier hinterm Sofa im Bücherzimmer, Cognaczimmer.
Harpa hat natürlich geschwindelt. Nachdem wir uns geküsst hatten, hat sie mir ein dünnes Päckchen gegeben: »Ich habe vergessen, es heute früh in deinen Schuh zu stecken, das ist kein Weihnachtsgeschenk, jedenfalls nicht für mich, nur was Kleines, weil du jetzt immer so viel spazieren gehst.« In dem Päckchen, das genau angemessen schön war, lagen schwarze Lederhandschuhe mit weißem Kaninchenfellfutter. Das Einzige, was ich sagen konnte, war, dass wir so bald wie möglich mal mit unseren Kaninchen spazieren gehen müssten, und Harpa lachte und erklärte den anderen den Witz.
Endlich verdient das Cognaczimmer seinen Namen. Es steht zwar keine Flasche unterm Tisch, aber ein ausgetrunkenes Cognacglas obendrauf, genauer gesagt ein zweifach ausgetrunkenes Cognacglas. Ich bin noch in den Festtagsklamotten, habe aber schon alles gelockert, was man lockern kann. Harpa ist ins Zimmer gekommen und hat mir seit langem mal wieder einen Gutenachtkuss gegeben. Sie hat die Nase wegen des Zigarrenqualms gerümpft. Vor einigen Tagen habe ich ein paar davon im Kühlschrank entdeckt, mich vorhin an sie erinnert und beschlossen, eine kleine anzuzünden und sie beim Schreiben zu rauchen. Sie wirkte aber nur so klein, weil die zwei größten riesengroß waren, und jetzt liegt sie halbgeraucht und ramponiert auf der tassenlosen Untertasse. Als ich Harpa weiter oben geküsst habe, nicht Gutenacht, sondern weiter oben im Text, im Wohnzimmer ihrer Eltern, da wurde

mir schwindelig und ich habe schnell die Zigarre ausgedrückt, und als ich kalten Schweiß auf meiner Stirn spürte, habe ich den Türspalt zum Balkon vergrößert, daher höre ich jetzt den Weihnachtsregen, den dämlichen Weihnachtsregen.

28.12. – Sonntag

Harpa ist im vegetarischen Restaurant. Ich habe ihr gesagt, dass ich lieber Waffeln mit Marmelade und Sahne essen will, und mich allein ins Café Mokka gesetzt – zum Glück, weil dort drinnen zwei Männer auf mich warteten, zwei Männer, die sagten, dass sie den gewünschten Revolver dabeihätten. Ich nahm ihn entgegen. Es war eine glänzende, blauschwarze, sechsschüssige Smith&Wesson mit kurzem Lauf. Als ich den Finger an den Abzug legte, wichen die Händler zurück: »Hey Mann, du wolltest sie geladen.«

Nein, niemand hat auf mich gewartet, aber diese beiden, die schon an den letzten Sonntagen auf der langen Bank saßen, kamen mir trotzdem fast so vor. Sie haben einen Moment lang ihr Gespräch unterbrochen und geguckt, als sich die Tür öffnete und mit mir frische Luft ins Café wehte, durch verschmierte Lesebrillengläser haben trübe Augen mein Eintreten registriert. Keiner von ihnen sah wie ein Waffenhändler aus. Die Hemden der beiden – das eine hellblau, das andere cremegelb – spannten sich über festen Wampen, schwangeren Bäuchen, die die Knopfnähte auf die Probe stellten.

Ich saß auf demselben Platz wie vor ein paar Tagen.

Die geschwätzige Männergruppe war diesmal nicht da, nur ein schweigsames ausländisches Pärchen in meinem Alter und ein ganz kleines Mädchen mit seiner Oma. »Das ist toll, Oma«, sagte es, schlürfte den lauwarmen Kinderkakao und schlenkerte mit den Beinen. Eine so große Harmonie zwischen Worten und Stimme habe ich noch nie erlebt – die ganze Spannung in meinem Kopf legte sich, und ein paar Atemzüge lang war ich absurd optimistisch. Das ausländische Pärchen neben mir hatte dieses Geschenk des Mädchens, das neben seiner Oma saß und das Getränk durch einen rot-weißen Strohhalm genoss, komplett verpasst.
Harpa ließ sich Zeit. Das war gut, es ist gut, dass wir getrennt sein können, auch wenn eigentlich alles dafür spricht, dass wir zusammen sind: Sonntag, Gemeinschaftstag, so ist es halt. Die Kellnerin kam mit den Waffeln. Ich verteilte die gesamte Marmelade und die Sahne bis über den Waffelrand und aß. Währenddessen ging eine Mutter mit ihrem kleinen Sohn zum Tresen. Er hing an ihrem Hosenbund und schielte zu dem Mädchen. Die Mutter wirkte unruhig, während sie darauf wartete, dass die Kellnerin die sitzenden Gäste mit Waffeln versorgte, sie verlagerte ihr Gewicht mehrfach von einem Bein auf das andere und lehnte sich auf die Theke: »Entschuldigung Fräulein, kann ich nicht eben bestellen?« Die Kellnerin bat sie, einen Augenblick zu warten, und flitzte mit zwei Tellern in den Essbereich. Das passte der jungen Frau, aus der ich eine Mutter gemacht hatte, überhaupt nicht, und plötzlich hatte ich das Gefühl, ihr den vergangenen Abend anzusehen: Das Abendessen, das sie und ihr Ehemann für ihre Freunde gekocht hatten, die ganze

Gruppe rund um den schwer beladenen Esszimmertisch, soßige Teller, rußige Alufolie von gebackenen Kartoffeln, leere Weinflaschen, halb abgebrannte Kerzen und später im Wohnzimmer Grand Marnier und Kaffee in einem fort; jemand erwähnte Irish Coffee, und kurz darauf erschien er vor dem, der diese allseits positiv aufgenommene Idee gehabt hatte, Irish Coffee fand er so köstlich, dass alle ein Glas nahmen, Gläser, mehrere Gläser, obwohl die Sahne zur Neige ging, Whisky sei ohnehin die Hauptzutat beim Irish Coffee und Cognac in bauchigen Gläsern alles andere als schlecht, eine Freundin singt mit und sagt, dass sie schon unglaublich lang nicht mehr Sálin gehört habe, und schon bald tanzen alle und singen mit Stebbi Hilmars, außer dem Hausherrn, der wankt in die Küche, tänzelt betrunken herum, während er russisches Kokain für alle zurechtmacht ... Und damit ist das Abendessen endgültig außer Rand und Band geraten. Daher war sie nun zu verkatert, um dort zu stehen und zu warten, zu verkatert, um nicht im Bett oder vor der Glotze auf dem Sofa zu liegen. Sie atmete durch den Mund und schien einen steifen Hals zu haben, das Haar war fettig und am Hinterkopf verwuschelt. Der Sohn war früher als gewünscht von seinem besten Freund nach Hause gekommen, und jetzt lehnte er sich gegen die Hüfte seiner Mutter, die ihm durchs Haar streichelte, während sie wirsch zwei Waffeln, einen heißen Kakao und ein großes Glas Wasser bestellte. Ich halte es nicht für unwahrscheinlich, dass der Ton, mit dem sie »Dankeschön« sagte, nachdem sie den Beleg unterschrieben hatte, und die Art, wie sie sich Zeit für das Ö nahm, als wäre es nicht eines, sondern zwei oder drei, ich halte es nicht für unwahrscheinlich, dass in alldem eine Bitte um Verzeihung gegenüber der Gymnasiastin steckte, die vielleicht zwei oder drei Tage in der Woche dort kellnerte, dass sie nach allem um Verzeihung dafür bat, dass sie zu verkatert war, um ein geduldiger Gast und eine liebevolle Mutter sein zu können.

Ich hatte längst aufgegessen, als Harpa kam und sich an der anderen Seite des Tisches auf einen Hocker setzte. Sie hat die Kaninchenfelljacke nicht ausgezogen, sie noch nicht einmal aufgeknöpft. »Lass uns einen richtigen Spaziergang machen, du weißt schon, einen Spaziergang, der nicht nur ein längerer Nachhauseweg ist. // Meinst du einen Spaziergang, der so lang ist, dass wir nicht wissen, ob wir zurückkommen? // Nicht zurückkommen? Nein, vielleicht nicht ganz so lang. Es ist nur so schön mild draußen.« Bevor ich zustimmte und sagte, dass ein Spaziergang eine gute Idee sei, befürchtete ich, dass sie mir etwas sagen möchte, eine schlechte Nachricht oder ein Geheimnis, das sie bedrückt. Es war genau so ein milder Wintertag, auf dem Heimweg von der Nationalbibliothek, als sie mir sagte, dass sie schwanger sei, bestimmt auf der Wiese, bevor wir die Suðurgata überquert haben, ganz sicher mitten auf der Wiese, denn meine Erinnerung an den Weg reicht nicht weiter.

Aber falls sie mir etwas sagen musste, das nur unter freiem Himmel gesagt werden kann, damit es mich nicht in Stücke reißt, dann hat sie auf diesem Spaziergang, der nicht so lang wurde wie geplant, geschwiegen.

Wir sind den Skólavörðustígur hochgelaufen, den ganzen Weg bis auf den Hügel. Auf diesem Wegstück hat Harpa mir von Leuten erzählt, von denen sie kürzlich gehört hatte und die das Land verlassen wollten, zwischendurch haben wir geschwiegen. Ich habe mir die Hallgrímskirche genau angesehen, was ich nie gemacht hatte, als noch nicht an ihr gearbeitet wurde. Die in grüne Netze gehüllten Arbeitsgerüste am Turm, ganz oben aus Holz, fast achtzig Meter hoch, und das Kreuz hoch oben über allem, brachten mich dazu, etwas zu sagen, von dem ich dachte, dass ich es nie sagen würde: »Die Hallgrímskirche ist zweifellos schön.« Harpa war nicht ganz einverstanden, sie hoffe, dass sich die Arbeiten nicht so verzögerten wie die am Nationaltheater, endlose Verzögerungen, bis man schließlich ein neues Gerüst um das alte herum bauen muss, um es wieder instand zu setzen, bevor man die eigentlichen Arbeiten am Gebäude wieder aufnehmen kann. Ich lachte und versuchte, mir ein Gerüst rund um diesen grün umhüllten Gerüstturm vorzustellen, und noch ein Gerüst darum und so weiter, bis es an der Statue von Leif Eriksson dem Glücklichen kaum noch Platz für uns beide gab. Kurz darauf haben wir uns auf den Heimweg gemacht, mit moderaten Umwegen über die Fußwege zwischen den Hinterhöfen der kleinen Häuser, die sich als unerschöpfliche Quellen für Gesprächsstoff erwiesen.

29.12. – Montag

Sie kommen morgen, deshalb haben sie vier Tage lang nicht angerufen. So einen langen Abstand zwischen den Telefonaten hatten wir seit dem Herbst nicht mehr. Wir haben unzählige Male telefoniert, aber die meisten Telefonate waren nichts als bloß eine freie Leitung, nur pro forma, nur um eine Stimme durch diesen Tunnel zu hören, die mir bei geschlossenen Augen das Gefühl gibt, im selben Raum zu sein. Mama erzählt häufiger Neuigkeiten aus dem Dorf als Papa. Er beschäftigt sich mehr mit dem Wetter und den Schneeverhältnissen, besonders wenn er und die Männer kurz vorher auf den Schneemobilen unterwegs gewesen waren. Aber nun kommen sie morgen, und ich bezweifle nicht, dass es schwierig werden wird, in ihre Gesichter zu schauen – wenn ich ihre Gesichter sehe, wird meine jetzige Situation wohl endgültig besiegelt sein.

30.12. – Dienstag

Endlich habe ich mal wieder richtig geschlafen. Einige Tage lang bin ich vor Müdigkeit fast gestorben, aber sobald ich im Bett lag, war sie plötzlich nicht mehr groß genug, um einschlafen zu können, erst nach ewigem Rumwälzen und selbst dann nur für einen leichten Schlaf, aus dem ich nach zwanzig Minuten wieder aufwachte. Ich weiß, dass ich so regelmäßig aufgewacht bin, weil ich mit dem Gesicht immer zur Nachttischseite lag und die leuchtenden Weckerzeiger das Erste waren, was meine Augen erfasst haben.
Als wir gestern Abend auf dem Sofa saßen und fernsahen, hatte ich plötzlich das Gefühl, blind zu werden. In letzter Zeit habe ich öfters mal verschwommen gesehen, aber jetzt war es, als hätte jemand eine dicke Schicht Vaseline auf meine Augäpfel geschmiert. Das

sagte ich Harpa und griff nach ihrem Arm, wie es wahrscheinlich ein soeben Erblindeter tun würde, und ich versuchte, ihr Gesicht zu fokussieren, während ich sagte, dass ich möglicherweise vor Müdigkeit blind würde. Es kam mir vor, als würde sie über meine Grimassen lachen: »Geh einfach früh schlafen, mein Liebster.«

Obwohl wir ein sehr großes Ehebett haben, müsste sie wissen, dass ich zurzeit Schlafprobleme habe, sie hätte es in jedem Fall wissen müssen, aber ich war so verzweifelt, dass ich ihr dort auf dem Sofa davon erzählte, schrecklich klagte – fast so schrecklich, wie ich mich fühlte – und mich an ihre Schulter warf. Sie küsste mich, strich mir die Haare aus der Stirn und kraulte mich langsam und sanft unterm Kinn, während sie weiter fernsah. Als ich den Kopf in ihren Schoß sinken ließ, sagte sie etwas, von dem ich nur den Anfang mitbekam, die Wörter setzten sich wie kleine Watteböllchen in meine Ohren und machten sie dicht. Nach fünfzehn oder zwanzig davon hörte ich nichts mehr und hatte meinen langersehnten Schlaf gefunden.

Wenn ich ein Buch schreiben würde, würde ich sicher, nachdem die Hauptfigur eingeschlafen ist, nicht weiterschreiben, ohne ein neues Kapitel anzufangen, jedenfalls finde ich es fragwürdig, nahtlos zu erzählen, dass Harpa mich vorhin wegen vier Spargelkonserven in den Laden geschickt hat, nachdem Mama und Papa angerufen und gesagt hatten, dass sie schon in der Stadt seien, sich noch eben bei Gurrý einrichteten und dann zu uns kommen wollten, aber da ich nur in ein Buch schreibe, schreibe ich einfach weiter, es sei denn, man liest aus diesen Zeilen mehr ein Zögern als eine Rechtfertigung heraus, was ja auch nichts anderes als ein Zögern ist. Wie dem auch sei, ich steckte gerade mitten in der Spargelexpedition, hatte genauer gesagt schon die Dosen gekauft und lief mit ihnen in einer durchsichtigen Gemüsetüte die Bankastræti hoch, als ich im Fenster des Tabakladens ein Plakat sah – eigentlich waren es zwei Plakate –, aber auf dem, das mich zum Stehenbleiben brachte, war ein grinsender Halldór Laxness mit Zigarre zu sehen, und ich dachte sofort: »Neujahrszigarre«.

Am großen Humidor auf dem Tresen musste ich einen Moment warten. Der Verkäufer bediente noch drei Jungs, die Flachmänner mit einem Aufdruck der »richtigen« englischen Fußballmannschaft haben wollten. Während ich mir die Qualitätszigarren durch den Glasdeckel ansah, fing ich an, über Bonsai-Baumstümpfe nachzudenken. »Jæja, ist das die Neujahrszigarre? // Ganz genau. // Nicht wegzudenken, aber lass mal sehen. Diese hier sind beliebt und wirklich gut, gemessen daran ... // Was hat Laxness geraucht? // Der gute Alte?! Naja, die Allerbesten, Partagas. // Hast du solche da? // Na klar. // Auch im richtigen Format? // Zwei Formate. // Das Laxness-Format? // Er war gut, der Alte, aber nicht gut genug, um ein eigenes Zigarrenformat zu bekommen. Laxness hat Churchill-Format geraucht, diese hier. // Genau diese? // Sicher, die Formate sind heilig, die ändern sich nie. // Großartig. Ich nehme drei. // Drei von den Besten, sprach er. Ja, du hast das Bild im Fenster gesehen, oder? // Sicher. // Er ist wohl oft hierhergekommen, um Zigarren zu kaufen, so wie du jetzt. Und dann saß er wohl manchmal mit dem Eigentümer da hinten auf dem Stuhl. Wie ich es verstanden habe, waren sie alte Freunde aus der Politik, und plötzlich ist der eine

Großhändler und der andere Großschriftsteller! Diese Wände haben also Meisterwerke im Entstehen erlebt, man kann sie wohl kaum überstreichen. Wäre kein Spaß, das alles runterzureißen. Willst du eine Rechnung? // Nein. // Jæja, bitte schön, und ein frohes neues Jahr.«
Der Aufdruck auf der Zigarrenbanderole gehört zum Edelsten, was ich je gesehen habe, rot und gold, und alles Goldene ist reliefartig. Die Zigarre selbst ist kantig, nicht zylindrisch wie die meisten. Das ist sicher charakteristisch für diese Sorte – Partagas. Ich habe vergessen, meine Zigarren mit der auf dem Plakat zu vergleichen, aber der Verkäufer hätte sie auch Arschtagas nennen können, ich hätte sie trotzdem gekauft. Halldór K. Laxness und Winston S. Churchill mit einem Zug, es wird ein religiöser Akt, diesen Stumpf zu rauchen – aber jetzt dauert es nicht mehr lange, bis Mama, Papa und Helena kommen. Der gute Brotauflauf ist schon im Ofen, und der Duft hat sich schon zu mir ins Zimmer geschlichen.

01.01. – 03:17 Uhr

Wir standen in der ersten Reihe, wir vier von der Feier, standen am besten Platz beim Feuerwerk, bis der schwache Wind, der uns entgegenwehte, zu einer Brise wurde, einer Feuerbrise, und ich die Augen nicht mehr offen halten konnte. Das Letzte, was ich sah, waren Feuerzungen, die mich wie eine pulsierende Höllenmasse mit tausend Armen zu packen versuchten. Ich stand und hörte, wie das Holz im Feuer heulte, stand da, spürte die Hitze schmerzhaft auf Stirn und Augenlidern, und ich fühlte, wie sie meinen Brustkorb zuschnürte, bevor ich mich wegdrehte, die Augen öffnete und bemerkte, dass sich die Menschenmenge in Bewegung gesetzt hatte, die Reihe aufgebrochen war und ich allein auf dem Platz stand, wie ein Steinchen in einem Flussbett, einem Hitzebett. Die anderen – Papa, Helena und Gurrýs Mann Grímur – tauchten in weiter Ferne auf, nachdem ich mich an die Dunkelheit gewöhnt hatte, sie gaben mir kichernd Zeichen, ihnen zum Auto zu folgen.

Als wir ankamen, wartete hausgemachtes Eis auf dem Tisch, und die Silvesterserie *Skaupið* fing jeden Moment an. Beim Fernsehen aß ich drei Schälchen, ohne auch nur ein einziges Mal mit den anderen zu lachen. Als der Spaß vorbei war, wollte ich Harpa anrufen, hatte aber mein Handy zu Hause vergessen. Als ich zu Hause war, habe ich trotzdem nicht gleich danach gesucht und Harpa angerufen, sondern in aller Ruhe das Jackett ausgezogen, die Zigarren aus der Tasche gezogen, die ich auf der Feier vergessen hatte anzubieten, sie zurück in den Kühlschrank gelegt, bis auf eine Partagas, und mich mit ihr und einer Dose Malt & Appelsín hier ins Cognaczimmer gesetzt. Das Handy blinkte müde auf dem Sofa, und beim zweiten Blinken erinnerte ich mich, es dort liegen gelassen zu haben, nachdem ich mit Anton telefoniert und versucht hatte, Guðni zu erreichen.

Harpa hatte viermal angerufen. Beim vierten Mal hat sie auf die Mailbox gesprochen. Ich habe mir die Nachricht dreimal angehört. Sie vermutete, dass ich das Handy vergessen habe, der Jahreswechsel sei vorüber, und sie erinnerte mich daran, dass wir in diesem Augenblick immer zusammen gewesen sind, bis auf jetzt. Dem Geräuschpegel nach war offenbar eine Wahnsinnsstimmung in Hafnarfjörður, Harpa klang frisch und fröhlich und wollte noch zu einer Party bei einer alten Freundin in der Nähe gehen, von der sie gehört hatte. Ich wollte sie anrufen, um ihr zu sagen, dass sie sich jederzeit melden könne, ich würde sie abholen, aber sie ging nicht dran.

Nachdem ich eine Nachricht hinterlassen hatte, brauchte ich frische Luft und ging auf den Balkon, aber die Luft war kein bisschen frisch. Es war so wenig windig, dass sich der Feuerwerksgeruch halten konnte, dieser salzige und rostige Geruch von verbranntem Pulver und Metall, dieser wilde Geruch, den man einmal im Jahr in sich aufsaugt und der im Mund den Geschmack von neuem Kleingeld hinterlässt. Ich leckte einmal über die Zigarre und zündete sie an. Auf der anderen Seite des Gärtchens sah man schwach erleuchtete Wohnzimmer und tanzende Schatten auf Wänden. Ich hörte Geräusche von unterschiedlichen Partys. Immer noch explodierten einzelne Feuerwerkskörper über der Stadt und hinterließen Rauchknäuel, die mehr an Blumen oder Sterne als an die Explosion selbst erinnerten, aber nur wenige. Ihr Dröhnen war so stark wie immer und ließ die Luft beben, Schlagwellen, und wie immer schloss ich heimlich die Augen und stellte mir vor, auf einem Schlachtfeld zu sein. So stand ich spät in der Nacht draußen auf dem Balkon und rauchte eine große Zigarre, ruhig wie ein Offizier, der sich nach einer Schlacht erholt. Sieg oder Niederlage? Unklar, aber ich war eindeutig ermattet nach dem Kampf.

Hatte etwa der Angriff auf den Gaza-Streifen diese

Assoziation mit dem Krieg bei mir ausgelöst? Ich war plötzlich ein israelischer »Major« nach einer gelungenen Militäroperation, der sich mit einer Zigarre im Churchill-Format belohnte, aber beim Blick aufs Schlachtfeld noch unsicher war, ob er wirklich gesiegt hatte. Der Umfang der Zigarre und die Qualität des Tabaks wollten mir etwas sagen: »Sieht gut für dich aus, du bist der Sieger«, etwas in dieser Art, aber ich ahnte, dass sie nicht ehrlich waren. Und auch der Geruch in der Luft war unehrlich, der Pulvergeruch, der reine Kriegsluft geworden war, nachdem er sich mit dem Zigarrenrauch vermischt hatte. Hier ist kein Krieg, es ist vielmehr so friedlich, dass wir den größten Teil unseres Pulvers für Feuerwerke verwenden können, nur ein paar für Schüsse auf Schneehühner, Gänse, Rentiere ... Und es ist so friedlich, dass man wie ein Idiot auf einem alten Schlafsofa sitzen und es sich erlauben kann, über den Krieg zu sinnieren.

01.01.

Unentschlossener Himmel. Aufgeworfenes Meer. Die Schneedecke zerfetzt und schmutzig von Ruß und Feuerwerksresten. Ein Tag der grausten Art. Ich bin mit dem Gedanken aufgewacht, dass Harpa in ihrem alten Zimmer geschlafen hat, »zu Hause«, und ich selbst auf dem Schlafsofa.
»... es war unmöglich, gestern ein Taxi zu bekommen. // Wie immer am Neujahrsmorgen. // Ja. // Deshalb habe ich dich angerufen. // Ich habe die Nachricht erst so spät abgehört, mein Liebster. // ... // Es war schon

fast fünf Uhr oder so. // Soll ich dich jetzt abholen? // Mama bringt mich nachher. // ... // Aber du kannst gerne kommen, es gibt was zu essen und so ...«

04.01. – Sonntag

Ich kann nicht weiterschreiben, bevor ich mich nicht von dem freigeschrieben habe, was am Abend vor Silvester passiert ist. Weder ich noch Anton konnten Guðni erreichen, um zu fragen, wie es ihm geht. Harpa hat heute beim Waffelessen und Kaffeetrinken bemerkt, dass mich etwas bedrückt, sie meinte, dass ich noch schweigsamer sei als sonst, und daraufhin habe ich ihr von jenem Abend erzählt. Am Ende, als Harpa die Hände vors Gesicht geschlagen hatte und den Kopf schüttelte, bemerkte ich, dass auch die feinen Damen neben uns zugehört hatten.
Kurz nachdem Mama und Papa angekommen sind, hat Anton angerufen. Er fragte, ob für mich etwas dagegen spräche, ihn abends kurz zu besuchen, wir wollten uns schon so unglaublich lange treffen und er hätte Lust zu kochen, sei aber allein. Ich meinte, dass ich ab acht Uhr frei sei.
Das Rinderfilet war noch im Ofen, als ich ankam, und da war es sicher auch schon, als wir telefoniert hatten. »Das letzte neuseeländische Tier im Lande, nehme ich an. Habe es heute in der Tiefkühltruhe gefunden.« Wir beugten uns zum Ofen runter und guckten durch die Glasscheibe. Das Fleisch schmorte bei sehr geringer Hitze, und da es immer noch etwas brauchte, setzten wir uns mit einer Flasche Rotwein ins Wohn-

zimmer. Auf meine Nachfrage meinte Anton, dass wir nur zu zweit bleiben würden, »... wäre nicht klug, unser Treffen zu verwässern, wir müssen noch über so vieles sprechen.« Und so haben wir uns intensiv unterhalten, während der iPod wahllos Lieder abspielte.
Hochkonzentriert hat Anton dann die Sauce béarnaise zubereitet. Ich stand neben ihm, trank Bier aus der Flasche und befühlte ab und zu das Fleisch, das in der Aluverpackung abkühlte. Wir sprachen über die Reise, die wir immer machen wollten, einen alten Mustang fahren, am liebsten ein Cabrio-Modell, die ganze Route 66 entlang. Wahrscheinlich würde daraus nie etwas anderes als ein schöner Gedanke und ein bisschen Planung werden, ein paar ausgedruckte Seiten aus dem Internet mit Bildern und Links.
Das Essen war einfach. Der Neuseeländer auf einer Steinplatte mitten auf dem Küchentisch, eine Salatschüssel voller Sauce, eine Saucenschüssel mit einem Hauch Krautsalat und jede Menge australischer Rotwein. »Genug von diesem guten Zeug haben, Coozo, das war es mal, was wir beide wollten.«
Während wir uns unterhielten, dachte ich mehrfach, dass ich Anton entweder nie richtig gekannt habe oder er eine Maske getragen hat, seit ich ihn kennengelernt habe. In meinen Augen war er eine Konstante, ein bequemes Klischee, ein wohlhabender Junggeselle, der mit Gehirnzellen denkt, die in seinem Sack baumeln. Ich wusste, dass er nicht dumm ist, im Gegenteil, er war clever und vorausschauend wie ein Rabe, aber er sollte wohl einfach nicht die Fähigkeit besitzen, sich weiterzuentwickeln, nicht dazu fähig sein, genug an seiner eigenen Vorzüglichkeit zu zweifeln, um sich Fragen zu stellen, die ihn weiterbringen, er war zu keiner spür-

bareren Entwicklung fähig, als anzufangen, statt Mars Snickers zu essen oder Mineralwasser statt Cola zu trinken, oder damit aufzuhören, EC-Karten-Belege mit seiner Telefonnummer zu unterschreiben, wenn ihm die Verkäuferin gefiel, eine weitere Entwicklung sollte ihm wohl nicht vergönnt sein – ich weiß es nicht – doch, trotz des Altersunterschieds würde er es wohl nicht dazu kommen lassen, dass ich mir Sorgen um mich selbst mache, aber das tat er wider Erwarten doch, indem er seine Gedanken über die Vergangenheit ausdrückte, seinen Respekt vor der Zukunft, zuckersüße Sentimentalität gegenüber seiner neuen Freundin und unangenehm tiefes Verständnis dafür, dass ich den Job abgelehnt hatte.

Kurz nach dem Essen hatten wir beschlossen, Guðni anzurufen, um mal wieder was von ihm zu hören und ihn zu uns einzuladen, falls er nichts Besonderes zu tun hätte. Es war halb elf. »Der Meister war schon ein bisschen angetrunken, wir haben keinen Vorsprung«, sagte Anton nach dem kurzen Telefonat. Eine halbe Stunde später stieß Guðni mit einem strahlenden Bacchusgrinsen zu uns, unter dessen Einfluss er eine noch höhere Stimme hatte als sonst. Anton bot ihm Rotwein an, aber Guðni meinte, dass er schon genug Saft getrunken habe, und fragte, ob es nicht auch Gin gäbe, und als er Gin bekommen hatte, mäkelte er an der Musik herum – *Arcade Fire* – und fragte, ob nicht noch etwas anderes als diese kanadische Schmuseband im Haus sei, und bat um Johnny Cash. »Wo ist Johnny? Ich bin hier, warum ist Johnny nicht hier? Cash is king und Elvis klingeling, legt ihn auf, Jungs!« Wir gehorchten und fragten schnell, wie es ihm ergangen sei. Während er das erste Glas Gin leerte, erzählte er, wie Solveig ihn verlassen hat, es sei unglaublich schlicht gewesen, nicht wie in den Kinofilmen, wo Tränen fließen und Worte fliegen. Sie habe ihm einen so guten Grund genannt, dass es am Resultat nichts zu rütteln gab. Früher im Jahr hatte sie ihn gebeten, die Bankaktien zu verkaufen, zumindest die Hälfte ... »... aber, hey, ich sehe den Boden des Glases. Das konnte man hier früher nie!« Anton ging darauf nicht ein und meinte, dass in Maßen alles gut sei. »In Maßen alles gut? Blödsinn! In Maßen ist alles gut, und dann stirbt man. Was ist daran maßvoll?! Nichts! Nein, in Unmaßen trinken, auf die Schnauze fliegen und sich dabei eine widerliche Verletzung zuziehen, die dir mehr über dich selbst beibringt als ein lebenslanger Lehrgang bei einem Guru in Los Angeles. Mehr Gin!« Wir alle tranken Gin, einen Drink, zwei Drinks, drei Drinks, bis Anton ein Taxi rief.

Guðni saß vorne. Wir sahen seinen Kopf unregelmäßig nach vorne auf die Brust kippen. Anton bat mich, ihn irgendwohin mitzunehmen, er selbst wollte bei seiner Freundin und deren Freundinnen vorbeischauen und uns später anrufen und dann wieder zu uns stoßen. Das ist nicht passiert. Wir sind beim Gefängnis ausgestiegen, und Anton ist gleich um die Ecke verschwunden. Guðni wankte, versuchte, sich auf den Regenschirm zu stützen, den er sich an Antons Tür geschnappt hatte. Trotz des milden Wetters sah es mehr nach Schnee als nach Regen aus. Ich hatte keine Lust, mit ihm irgendwohin zu gehen, und dachte daran, nach Hause zu laufen. Als wir den Skólavörðustígur runtergingen, versuchte Guðni, den Regenschirm zu verschenken, »Bitte schön, mit lieben Grüßen von der Landsbanki, die Landsbanki hält dich auf dem

Weg von der Bar bis nach Hause trocken, bitte schön, mit Grüßen«. Ich bat ihn, aufzuhören, sich nicht wie ein Idiot zu benehmen. Guðni fragte zurück, was denn eigentlich immer mit mir los sei, und er sprach weiter, ganz offen: Er habe mich noch nie leiden mögen, ich sei so distanziert, arrogant und kaltblütig, die Schlechtigkeit in Person, und er sei froh, nichts mehr mit mir zu tun haben zu müssen, und er sei auch froh darüber, nicht mehr zur Arbeit gehen zu müssen, es sei eine so künstliche Welt gewesen, in der Menschen, die er zu seinen Freunden gezählt habe, in Wirklichkeit Feinde der übelsten Art seien, Feinde, die sich nur Freunde genannt hätten, um das Messer dann tiefer und an einer gefährlicheren Stelle in seinen Rücken stoßen zu können. Ich sagte, dass er ein feiner Genosse sei.
Dann waren wir in der Bankastræti angekommen, und Guðni wollte irgendwo reingehen und was trinken, meinte, dass wir einen Kurzen bräuchten, vor allem ich, der eine so trostlose Phase durchmache. Es war schon so spät, dass überall Schlangen standen, aber wir kamen irgendwie an ihnen vorbei. Ich hatte Angst, dass Guðni in eine Schlägerei verwickelt wird, geschlagen wird, genauer gesagt. Er versuchte immer noch, den Regenschirm zu verschenken, und hatte angefangen, unberechenbare Gesellen grob damit zu pieksen. Da riss ich ihm den Schirm aus der Hand und warf ihn durch die Dunkelheit auf den winzigen Platz. Guðni schien davon nichts mitzubekommen, und wir gingen weiter, sprachen kein Wort, bis er die Schlange vor der *Apótek* sah. »Hey, da rein, ich kenne den Türsteher.« Guðni quetschte sich bis zum Absperrseil vor und versuchte, Kontakt zu den Türstehern aufzunehmen, fragte, ob Viggi nicht arbeiten würde, aber

sie antworteten nicht. Ich stand mit den Händen in den Taschen in der Nähe und bereute es, nicht gleich nach Hause gegangen zu sein. Guðni fragte lauter nach Viggi, aber nur die Leute um ihn herum reagierten, sagten ihm, dass er sich anstellen solle, aber Guðni gab nicht auf, befahl den Leuten, die Klappe zu halten, und versuchte weiter, Kontakt zu den Türstehern aufzunehmen. Die zeigten nur lächelnd auf die Schlangen und schienen ansonsten, wegen des Lärms oder weil sie taub waren, nichts zu hören. »Seid ihr etwa auch blind, oder was, ist das eine gängige Nebenwirkung von Testosteron?!« Das wiederholte Guðni mehrfach, ohne eine Reaktion zu bekommen, während er sich am Seil entlang nach vorne kämpfte, aber als er versuchte, die Absperrung zu öffnen, stieß ihn einer der Türsteher ohne Vorwarnung zurück. Die Menge teilte sich wie einst das Rote Meer, niemand versuchte, Guðni aufzufangen, und ich war zu weit weg, er taumelte ein paar Schritte rückwärts, fiel direkt auf den Hintern und rollte auf den Rücken. Ich habe irgendwas in Richtung Türsteher geschnauzt, die Leute haben nur gelacht. Das Aufstehen fiel Guðni schwer, als hätte er vergessen, dass seine Wampe verschwunden ist. Ich gab ihm die Hand und sagte, dass jetzt Schlafenszeit sei. »Unsinn, jetzt fängt es gerade erst an!« Ich blieb stehen, als er zur Schlange neben uns torkelte. »Was tut ihr so, als würdet ihr in einer VIP-Schlange stehen, sie ist fucking länger als die normale Schlange! Seid ihr nicht ganz dicht? Eine VIP-Schlange gibt es überhaupt nicht, ihr Idioten! ›Schlange‹ und ›VIP‹ passen nicht zusammen! Kapiert ihr nichts?! Wenn man ein VIP ist, geht man sofort rein, da gibt's keine Schlange. Nur Idioten gehen aus, um sich in der VIP-Schlange zu amüsieren! Geht einfach nach Hause, das hier ist nichts für euch. Oder geht da drüben auf dem Austurvöllur demonstrieren, es ist wahrscheinlicher, dass ihr es ins fucking Alþingishús schafft, ihr Dummköpfe! Hier zu stehen und auf den Einlass zu warten, um sich dann auf dem Klo vor den Spiegel zu stellen und sich den Ausschnitt nass zu machen und ein Scheißbier zu trinken ...«

An diesem Punkt der Rede trat eine Perle aus der Reihe und schlug Guðni mit dem Handrücken direkt auf die Nase. Obwohl der Schlag einigermaßen gesessen hatte, verstand ich seine Reaktion nicht, bezweifelte, dass er gesehen hatte, dass es nur ein junges Mädchen mit kurzem, dunklem Haar und sehr hohen Schuhen war – vielleicht hatte sie ganz schwere Ringe an den Fingern –, jedenfalls ließ Guðni seine Muskeln spielen, während er einen großen Schritt nach vorne machte, und schlug ihr, die sich gerade wieder in die Schlange der lachenden Leute gestellt hatte, mit voller Kraft mitten ins Gesicht, und aus dem Gelächter wurden Schreie und Rufe, die die Türsteher wachrüttelten, und der, der ihn kurz vorher zurückgestoßen hatte, stieg nun über das Tau und warf ihn zu Boden. Seit Guðni zum ersten Mal zu Boden gegangen war, hatte ich mich nicht gerührt, und jetzt lag er schon wieder auf der Erde. Er jaulte auf und heulte, versuchte, etwas zu sagen, war aber zu aufgebracht, als dass man es hätte verstehen können, und der Türsteher riet ihm, sich nicht zu bewegen und die Klappe zu halten, sonst würde er sich noch mehr verletzen. Ich sah, wie die Haut an Schläfe und Stirn über den Gehweg schmirgelte, wie sie abgeschürft wurde, als er unter dem Gewicht des Türstehers um sich schlug. Zwischen den Beinen der unruhigen Zuschauer sah ich im Gesicht des Mädchens etwas Glänzendes, eine ungleichmäßige Blutspur über ihr Gesicht, als sie dort auf der Seite lag und versuchte, den Kopf in irgendjemandes Arm zu legen. Ich sah wieder zu Guðni. Die Freundinnen des Opferlamms waren gekommen, um ihn zu treten und die Schmach zu vergrößern. Der Türsteher ließ kurz Guðnis Kopf los, um sie wegzuschieben, aber da schlug Guðni mit dem Kopf auf den Gehweg, schlug dreimal auf, so hart, dass ich das dumpfe Geräusch seines Schädels trotz der Aufregung ringsum hören konnte. »Ich habe gesagt, dass du das lassen sollst!«, zischte der Türsteher und positionierte sich wieder so auf Guðni, dass der sich nicht bewegen konnte, nichts bewegte sich außer seinen Füßen, mit denen er ununterbrochen und furchtbar fest auf den Boden trommelte, während der Türsteher die Mädchen bat, nicht weiter auf dieselben einzutreten, das sei wirklich nicht nötig, die Polizei käme gleich, um den Kerl festzunehmen. In der Ferne hörte man ein Martinshorn. Ich hatte genug und verkrümelte mich.

8. Januar – Donnerstag

Man kann den Großen Wagen durchs Fenster sehen, ziemlich tief am Himmel, und da ist der Polarstern, viel höher. Er wirkt matt. Wahrscheinlich ist er es noch nicht einmal, wahrscheinlich gehe ich von falschen Sternen im Großen Wagen aus, um ihn ausfindig zu machen. Orion ist auf der anderen Seite, hoch oben am Südhimmel, vom Balkon aus wäre er gut zu sehen, wenn ich dort rausginge.

Harpa hat mir seinerzeit beigebracht, einige Sternbilder zu erkennen, unsererzeit, zu der Zeit, als wir frisch zusammengekommen waren. Jetzt erkenne ich immer nur diese beiden und den Polarstern, falls das da der Polarstern sein sollte. Er wirkt nicht hell genug, um ihm hinterherzusegeln, mein Leben würde ich jedenfalls nicht an so ein Glimmerlicht hängen.

Später

Der Abend hat sich um Sterne gedreht. Als ich in den Spätnachrichten hörte, dass die Venus ihren »höchsten Stand« erreicht habe und daher im Moment gut sichtbar sei, habe ich einen Besichtigungsgang gemacht – und da war sie, fast wie die Sterne in meiner Kindheit, wie man sie als Siebenjähriger in der Schule gezeichnet hat, mit langen spitzen Zacken blinkte sie ganz im Süden.

9. Januar – Freitag

Jetzt ist es genau eine Woche her, dass ich mich von meiner Familie verabschiedet habe. Harpa war zu Hause, also bin ich mit ihnen nach draußen gegangen – ich habe mich nicht getraut, mich vor Harpas Augen richtig von ihnen zu verabschieden. Auf dem Weg nach unten erzählte Helena, wie Mama reagiert hat, als sie die Absätze der Lederstiefel sah, die wir ihr zu Weihnachten geschenkt haben. Sie verstellte ihre Stimme, sagte einige Sätze und lachte, dass es durchs Treppenhaus schallte. Nach jedem Kommentar erklärte

Mama, was sie in Wirklichkeit gemeint hätte, die Stiefel seien nicht lebensgefährlich und wir hätten sie wegen solch hoher Absätze auch nicht um Erlaubnis fragen müssen ... Während dieses Gesprächs überkam mich eine Ahnung oder vielmehr ein Gedanke an das Paar, das Mitte Februar des Jahres 1989 in Kolumbien miteinander geschlafen hatte, und ich dachte mir, dass sie sich zum Glück nur ausmalen können, was sie in Bezug auf ihr Töchterchen so alles verpassen.
Ich folgte den dreien nach draußen, obwohl ich nichts übergezogen hatte und die Temperatur an der Frostgrenze war. Ich finde, Mama hätte mich auf meine unpassende Kleidung hinweisen und sich gleich an der Tür von mir verabschieden sollen, dann hätte ich sagen können, dass mir das ganz gleich sei, während ich Papa abgelöst und ihnen die Tür aufgehalten hätte. Sie tat es aber nicht, und so löste ich Papa ab, ohne ein Wort zu sagen. Wir waren eine halbe Minute schweigend gegangen, als ich Helena fragte, wie die jungen Leuten eigentlich so drauf seien, sie würden doch sicher nicht immer unter freiem Himmel den Schnabel halten. »Es ist schon in Ordnung, in so guter Luft zu schweigen und sich auf die Atmung zu konzentrieren, Alter.« Die Luft war in der Tat sehr gut, die Straßen feucht und glänzend, salzige Bäche sickerten aus den kleinen Hügeln, zu denen der Schnee im frühen Winter aufgeschaufelt worden war. Wir lachten, gingen um die Ecke und die Straße hinauf, sagten nichts und sahen Papa ganz vorne, gekrönt von der neuen Schiebermütze und mit einem Pulli über den Schultern, sahen Mama den Lichterschmuck hinter dreckigen Fensterscheiben begutachten und dabei das Gesicht verziehen.

Die Abschiedsstunde schien fast wie all die anderen Abschiedsstunden zu sein, aber sie war ganz anders. Natürlich mit Umarmungen, Küssen und Worten, die man automatisch sagt, »Wir sehen uns, gute Fahrt, grüß die anderen«, aber diesmal fühlte ich mich anwesend beim Abschiedsritual. Ich fühlte mich so seltsam, dass ich mit einem ebenso seltsamen Ende rechnete, mit einem anderen Ende als bis jetzt, vielleicht, dass ich mich zu Helena hinten ins Auto setze und mit in den Westen fahre.

Ich weiß nicht, wie sie mich erlebt haben, vielleicht haben sie auf dem Heimweg von nichts anderem gesprochen als davon, wie traurig ich sei und wie schlecht ich mich mit den Veränderungen abfinden könne, vielleicht haben sie aber auch gesagt, dass ich mich trotz allem gut durchschlüge, ich kann mich da unmöglich festlegen. Als wir uns verabschiedet haben, ist irgendwas in mir passiert, etwas, das sie kaum übersehen haben können – meine Gefühle waren so heftig, dass sich mein Körper ganz entstellt anfühlte.

Die letzten neun Jahre schienen an mir vorbeizuziehen, als ich ihnen in die nächste Straße folgte. Als wir so zusammenstanden und uns in der Mittagssonne verabschiedeten, kamen mir Mama und Papa geschrumpft vor, und ich habe neue, feine Falten in ihren Gesichtern bemerkt, die es schon längst vertragen könnten, ein Enkelkind anzulächeln. Helena könnte gut ein Hochzeitskleid ausfüllen. Und als ich so allein dastand und den alten Land Cruiser mit seltsam fremden Geräuschen vom Parkplatz rollen und losfahren sah, nicht vorm Internat, sondern zwischen niedrigen, bunten Häuserfronten, und doch derselbe Jeep, mit dem sie zurück in ihr Dorf gefahren sind, wie damals, als sie mich nach den Osterferien wieder ins Internat gebracht haben und das Wetter genauso mild war wie heute, viele Jahre später mitten im Winter – all die Jahre sind so vergangen, wie Jahre vergehen, unvorhersehbar kompromisslos und ohne dass ... Ich weiß nicht, was ich auszudrücken versuche, ich fühle es nur, es ist eine Mischung aus allem, mehr Geisteszustand als Gefühl, was meine kleine Familie in mir zurückgelassen hat, als wir uns verabschiedet haben, bevor sie aus den Fenstern und der Dachluke winkten, bis ich sicher außer Sichtweite war, wie es die Tradition verlangt.

12. Januar – Montag

Vor ungefähr einer halben Stunde hat die Peugeot-Besitzerin die Parkuhr gefüttert, eine großgewachsene Frau in schwarzem Mantel, im Stil des schwarzen Autos. Aber sie hatte nicht hundertprozentig denselben Stil wie das Auto, es ist ein kleiner Peugeot, der 207er. Die Frau wäre als 307er-Typ durchgegangen, sogar als Kandidatin für das Flaggschiff, den 607er, schwarz natürlich, im Stil des Mantels. Sie hat noch 24 Minuten auf der Parkuhr übrig. Ich sehe die Anzeige durchs Fenster, wenn ich mich ein bisschen zur Seite lehne, und ich kann mich gut zur Seite lehnen, ohne Aufmerksamkeit zu erregen. Es wird bald fünf Uhr, und außer dem Mädel an der Bar ist niemand hier außer mir und dem Kerl, der eine so zerschlissene Hose anhat, dass überall die rosakarierte Frauenschlafanzughose durchschimmert, es bringt ihn nicht aus der Ruhe, wenn sich jemand zum Fenster lehnt, um besser nach draußen sehen zu können – und abgesehen davon ist er auch zu sehr mit dem roten Mund der jungen Frau beschäftigt, diesem Bogen des Amor.

Die Zeit vergeht wie ein Countdown. Die Peugeot-Frau hat noch 21 Minuten. Na klar, die Zeit vergeht wie ein Countdown! Sie nimmt nicht zu, auch wenn die Datumszahl steigt, im Gegenteil. Die Zeit vergeht, sie weht ins Blaue und sammelt sich nicht auf einem Haufen an. Das erinnert mich an den Kalender in der Kantine des Fischereiverbands. Jeden Morgen hat der Chef den vergangenen Tag abgerissen und in den Mülleimer geworfen. Wenn er nicht da war, stand bei vielen die Zeit still. Nur solche Kalender sind ehrlich.

Jetzt sind noch 19 Minuten auf der Parkuhr übrig, genauso viele, wie noch Tage von der Kündigungsfrist übrig sind. Neunzehn. Ich bin hierhergekommen, um eine Mail an Íris zu schreiben, wollte sie per Hand entwerfen und dann in den Computer tippen. Diese Mail muss richtig gut werden, ich muss wirklich auf die Macht der Worte vertrauen, nachdem ich wortlos abgehauen bin. Íris war nicht zufrieden mit mir, als sie mich an jenem Montag anrief. Ich hatte kurz mit dem Gedanken gespielt, sie anzulügen, zu sagen, dass ich ein bisschen schlapp sei und gleich am frühen Nachmittag kommen wolle, habe dann aber doch lieber zugegeben, dass ich »es dort nicht mehr ausgehalten« habe. Deshalb muss ich mir Mühe geben, wenn Íris mir vertrauen soll, sie muss aus den Wörtern herauslesen, wie sehr ich mir wünsche, wieder unter ihren Fittichen zu stehen, die Aufrichtigkeit muss alles Beleidigende ausradieren und der Humor das Verlangen in ihr wecken, mich wieder einzustellen, die Aufrichtigkeit und der Humor, die mir beide so fern sind, obwohl ich es sehr bereue, gegangen zu sein, und ich auf einmal glaube, dass ich gut dort arbeiten könnte. Nur für heute sollte ich es gut sein lassen und mich im Moment nicht an der Bittstellermail versuchen.

15. Januar – Donnerstag

Vor ein paar Tagen habe ich das Dorf gegoogelt, als ich hier zu Hause vor Heimweh fast verrückt geworden bin – ja, wahrscheinlich war es nur Heimweh, was bei mir zurückgeblieben ist, als sie vor ein paar Tagen in den Westen gefahren sind, und Sehnsucht nach all den Tagen, die im Mülleimer des Fischereiverbands gelandet sind, seit ich zuletzt im Dorf war.
Heimweh. Das war Nummer eins der verbotenen Gefühle, seit ich zum ersten Mal von zu Hause weggegangen bin. Nach zwölf Jahren des Versteckspiels hat es mich endlich am Schopf gepackt, hält mich zu allem Überfluss so gut im Griff, dass ich das Internet gebeten habe, mir alles zu zeigen, was es über mein Dorf weiß. Es waren einige Hundert Bilder. Ein Luftbild vom 7. März 2004, einem freundlichen Wintertag, hat mich besonders gefesselt. Offensichtlich hatte es die ganze Nacht vor der Aufnahme geschneit, der Schnee war strahlend weiß und lag über der ganzen Siedlung, im Tal und auf den Bergen zum Hochland hin, so dass man nur die gröbsten Felsvorsprünge sehen konnte, er sah so tief und locker aus, dass ich schon alleine durch die Schneewanderung mit den Augen außer Atem geriet.

Das Foto ist jetzt das Hintergrundbild auf meinem Bildschirm, und der Heimwehanfall ist vorbei. Am ersten Tag habe ich es mir ganz genau angesehen. Ich habe unser Haus entdeckt und versucht, zu erkennen, ob der Jeep in der Garageneinfahrt steht, und als ich meinte, ihn zu sehen, habe ich versucht, das große Wohnzimmerfenster zu fixieren. Das war einfach, und plötzlich sah ich den Esszimmertisch, die gehäkelte Tischdecke unter der Keramikschale, und ich versuchte, das oberste Dokument auf einem kleinen Stapel auf der Anrichte zu entziffern, aber da hatte ich bestimmt schon lange die Augen zu.
Nach Datum und Sonnenstand muss es 11:54 Uhr gewesen sein, als der Fotograf im Flugzeug den Auslöser gedrückt hat, und ich überlegte, womit ich wohl in diesem Augenblick beschäftigt gewesen war, zersplitterte aber in Gedanken, konnte mich nicht entscheiden, ob es ein Werk- oder Wochenendtag gewesen ist. Bald vermutete ich, dass es an einem Wochenende war, wahrscheinlich an einem Sonntag, weil der Kai noch nicht geräumt war und als künstliche Landzunge in den Fjord ragte - keine Ahnung, was ich da getrieben habe.

16. Januar – Freitag

Harpa hat etwas gesagt, als wir uns heute Morgen in der Küchentür getroffen haben, ich kann mich partout nicht erinnern was, aber es brachte mich dazu, den Blick zu heben und ihr ins Gesicht zu sehen. Da bemerkte ich, dass eines ihrer Augen ganz rot war, machte sie darauf aufmerksam und fragte, ob sie wieder diese Entzündung bekommen habe wie im letzten Frühjahr. Sie meinte, dass sie am Dienstag mit der Entzündung aufgewacht, es aber schon besser geworden sei und sie beschlossen habe, die Augentropfen auszuprobieren, die noch vom letzten Mal übrig sind, und sie würden auch wirken. Ich erinnere mich nur vage, wie ich reagiert habe.

18. Januar – Sonntag

Nach langer Suche habe ich die Massageölflasche unter dem Waschbecken gefunden. Bevor ich sie in die Nachttischschublade legte, vergewisserte ich mich, dass der Inhalt in Ordnung war. Für mich roch das Öl wie immer, eher unappetitlich, und ich dachte daran, es zu benutzen, wenn wir vom Restaurant zurückkämen, aber das war vielleicht unangemessen optimistisch. Ein halbrohes Rindersteak, gebackene Kartoffeln und Rotwein in erschöpften Körpern ist kein gelungenes Vorspiel dafür, dass dieselben erschöpften Körper nach Hause eilen zu einer romantischen, duftölverschmierten Schmusestunde und lustvollem Sich-Herumwälzen, als wären sie blutjung und voller Neugierde. Mein Optimismus in Bezug auf das Massageöl war auf abgelaufene Sehnsüchte gebaut.
Nach dem Essen haben wir es noch nicht einmal mehr auf einen Drink in die Bar geschafft, sondern haben uns Hand in Hand durch die unbelebtesten Straßen nach Hause geschleppt, stapften dabei so schwer auf, dass man es laut im frischen Schnee hören konnte.

Auf dem Weg wollte ich Harpa die Venus zeigen, nachdem ich ihr von ihrem besonderen Stand am Himmel erzählt hatte, aber wir konnten den Planeten wegen der Häuser auf dem Hügel nicht sehen. »Sie kann ja nicht wirklich hoch am Himmel stehen, wenn Reykjavík es schafft, sie zu verdecken«, sagte Harpa und gähnte.
Wir haben es tatsächlich noch ins Bett geschafft, aber nur so gerade noch. Ich half Harpa aus Mantel und Stiefeln, bevor ich mich selbst auszog und sie in die düstere Wohnung führte. Ich glaube, wir haben beide gespürt, dass ich versuchte, Feuer zu entfachen, jedenfalls hat Harpa müde gelächelt und sich nach einem wahnsinnig tiefen Gähnen entschuldigt, und ich habe ihr zuliebe auch gegähnt. Einige Minuten später waren wir auf der Tagesdecke eingeschlafen, ich mit offenem Gürtel und Harpa mit runtergelassenem Rock, wie zwei schlafende Baumfäller in karierten Hemden und Jeanslatzhosen, erschöpft nach einem gewöhnlichen Tag im Wald.

Später

Harpa hat vorhin die Tür aufgestupst und zu mir ins Zimmer gelugt. Sie fragte, ob ich Lust hätte, mit ihr einen Film zu sehen, oder ob ich damit beschäftigt sei, meine Lebensgeschichte zu schreiben. Ich war keineswegs mit Schreiben beschäftigt, dachte, dass der Eintrag fertig sei, und hatte angefangen, ein neues Buch zu lesen, was ich ihr bewies, indem ich es in der Luft schwenkte und ein unschuldiges Gesicht machte.
Ich habe den halben Film abgewartet, bis ich ihr erklärt habe, dass ich Vésteinns Vorschlag von vor ein paar Tagen befolge und eine Art Tagebuch führe. Harpa

korrigierte mich, sagte, dass ich das schreckliche Tagebuch schon im letzten Jahr begonnen hätte, und sie meinte, dass es mich am Ende noch vom Weiterleben abhalten würde, wenn ich an irgendeiner Sorge festhielte, nur um darüber schreiben und mich selbst bemitleiden zu können.

19. Januar – Montag

Wenn dies ein Kapitel in einem Buch wäre, könnte es Geständnis heißen.
Ich bin heute Morgen mit Harpa aufgestanden, gegen meine Gewohnheit, und ich musste sie, die am Küchentisch saß, im Internet Nachrichten las und den dritten oder vierten Kaffee trank, darauf aufmerksam machen, wie spät es schon war. Kurz darauf haben wir uns mit einem Kuss verabschiedet und ich mich in Richtung Sofa bewegt, die Stehlampe angeknipst und einen Augenblick lang über Arbeitslosengeld nachgedacht, bevor ich das Buch beim Knick aufgeschlagen habe.
Einige Seiten später hörte ich die Tür aufgehen, jemanden in den Flur treten und hinter sich abschließen. Das Absatzklackern auf dem Granit sagte mir, dass es Harpa war, daher wurde ich nicht unruhig, als sie auf mein Rufen nicht antwortete, ich dachte, dass sie etwas vergessen hatte und gleich ins Wohnzimmer kommen würde, um einen zweiten Abschiedsversuch zu starten. Nach einer Weile rief ich noch einmal: »Hi, hast du was vergessen?« Sie antwortete immer noch nicht, und ich hörte auch nicht, dass sie sich bewegte oder in der Wohnung herumlief – abgesehen von die-

ser deutlich spürbaren Präsenz war ich immer noch allein zu Hause. »Harpa? Harpa?!« Keine Antwort, nur ein winziges Geräusch und ein eingebildeter Atemzug. Schließlich legte ich das Buch weg und ging in den Flur. Es war in der Tat Harpa. Sie hatte noch Mantel und Schuhe an, lehnte an der Tür und starrte vor sich hin. Ich sah sofort, dass sie sehr ängstlich war, ihr Gesichtsausdruck war derselbe wie der, als wir vor ein paar Jahren in Amsterdam von einem gepflegten jungen Mann ausgeraubt worden sind. Ich fragte sofort, was los ist, aber sie redete erst nach der dritten und immer unruhigeren Nachfrage. Da hatte sie sich schon von der Tür entfernt und mich umarmt:

»Ich weiß nicht, was ich mir gedacht habe. // Was? // Ich kann das nicht mehr. // Was, mein Liebes? // Ich wollte dich nie anlügen, jetzt ist es passiert. // Du musst es mir sagen. // Das ist so idiotisch. // Sicher nicht. // Doch, es ist idiotisch. // Was? Lass es einfach raus.«

Während Harpa mit den Tränen kämpfte, spürte ich, wie sich die Erde unter uns drehte. Ich dachte an lebensbedrohliche Krankheiten und ans Fremdgehen, und in Wirklichkeit hielt ich sie nicht im Arm, sondern hielt mich an ihr fest, um nicht zu fallen, hielt sie so fest, dass ich fühlte, wie sich ihr Brustkorb stoßartig ausdehnte und zusammenzog:

»Du darfst das nicht falsch verstehen, Markús, denk nicht, dass ich dich nicht mehr liebe, obwohl ich es dir nicht sofort gesagt habe. // ... // Ich bin in diesem Jahr nicht arbeiten gewesen. // ... // Sie konnten mich nur bis zu den Weihnachtsprüfungen behalten. // Okay. // Es gab so viele ausgebildete Lehrer, die anfangen wollten, und die haben Vorrang. // ... // Ich wusste es schon im Dezember und wollte es dir immer sagen – aber du hattest dich gerade so gut gefangen – das macht es aber nicht besser. // Spielt keine Rolle, Liebes. // Doch, es ist schlecht, wenn Menschen nicht mehr miteinander reden. // Es war lange Zeit kaum möglich, mit mir zu reden. // ... // ... // Ich hatte jeden Morgen das Gefühl, dich zu verlassen. Ich tat so, als würde ich zur Arbeit fahren, und du hier zu Hause dachtest, ich wäre dort. // Das habe ich in der Tat gedacht. Aber ich finde es viel schöner, dich jetzt hier zu haben. // Gut. // ... // Aber ich habe in einer Lüge gelebt, zum ersten Mal in meinem Leben. // Unnötig, sich in Seifenopergefilden zu verlieren, Liebes, Liebes ... // Wo? Wie hoffnungslos muss das Leben denn sein, damit man sich in Seifenopergefilde begibt? // ... // Wir müssen reden, Markús. // Das haben wir immer gemacht. // In letzter Zeit nicht, wir waren nicht ehrlich zueinander. // Die Gesprächsthemen waren ziemlich ermüdend in letzter Zeit. // Dann gibt es noch mehr Grund, um ehrlich zueinander zu sein und die Sache aufs Wesentliche runterzureden. // Ganz richtig. // ... // Nehmen wir uns Kaffee und Cognac und seien wir ehrlich. // Jetzt? // Ja. // Verzeihst du mir? // Natürlich. // Ganz? // Harpa, wie könnte ich anders? // ... // Jetzt muss ich nicht mehr allein den Weihnachtsschmuck wegräumen.«

Das ehrliche Gespräch war kurz. Harpa kam schnell auf Müdigkeit und Energieeinbruch zu sprechen, rührte ihren Kaffee nicht an, leerte aber das Cognacglas, bevor sie ins Bett krabbelte. Ich legte mich zu ihr. Mit geschlossenen Augen haben wir noch ein paar Worte gewechselt. Jetzt schläft sie schon seit drei Stunden an meiner Seite.

»Mach dir das mal klar – es ist fast zwölf Uhr an einem Dienstag mitten im Winter, ein so normaler Tag, wie man ihn sich nur vorstellen kann, und wir sitzen hier in der Küche und trinken Kaffee und futtern Kekse. Das wäre normal, ja sogar unglaublich nett, wenn wir sechzig und in Rente wären. Den ganzen Tag vor uns und so. Wir müssten sechzig sein und kurz vor einer Frühlingsstädtereise stehen, vielleicht nach Wien, da sind wir noch nie gewesen, und wir müssten heute Abend zu unseren Kindern fahren, sie besuchen und es genießen, unsere Enkel zu verwöhnen. Wir können nicht gerade mal dreißig, ausgebildet und arbeitslos sein. Ich glaube das nicht, Markús. All die Dinge um uns herum, diese Wohnung, all die Sachen, die Ratenzahlungen, das hat nichts mehr mit unserem Leben zu tun. Mir wird übel von der Aussicht aus dem Wohnzimmerfenster.«

Das war das Ende eines Küchengesprächs. Die beste Sitzung, der ich je beigewohnt habe, obwohl wir die meiste Zeit nur über dies und das geplaudert haben. Wie Harpa am Ende alles zu einem Faden gesponnen, wie sie das Puzzleteil eingesetzt hat, das mir noch fehlte – jetzt weiß ich endlich etwas über meinen Zustand.

Ich fühle mich leichter, sogar unglaublich leicht. Ich bin das Kettenhemd los. Kettenhemden sind unbequem, das merkt man hinterher, und meines war sicher schon beschädigt, weil ich an den Abend denken musste, an dem wir beschlossen hatten, den Zellhaufen loszuwerden – da habe ich das Krachen in meinen inneren Stützbalken gehört und mich gewundert, dass ich nicht zusammengefallen und auf den Boden gesackt bin, ein Hautsack voller Brei –, aber ich saß da, starrte schutzlos auf das Radio auf dem Küchentisch und erlebte den Abend noch einmal: Wir lagen auf dem Sofa vor dem kleinen Fernseher – vier Monate nachdem wir zum ersten Mal nach einem Kinobesuch miteinander geschlafen hatten und zwei Tage nachdem Harpa mir von der Schwangerschaft erzählt hatte –, und während wir auf den Bildschirm guckten, redeten wir darüber. Ich weiß nicht mehr, was wir gesagt haben, nur noch, dass es ein bisschen erfreulicher war als Harpas zerbrechlicher Gesichtsausdruck – wir haben über unsere nahe Zukunft geredet, das Studium, spannende Arbeitsmöglichkeiten, Reisen –, da tauchte nirgendwo ein Kind auf, so früh im Drehbuch war etwas Derartiges nicht vorgesehen –, wir drückten ganz fest unsere Hände, als ob wir etwas mit Handschlag besiegeln wollten, was wir aber keineswegs taten, nicht bewusst –, leerten gleichzeitig unsere Colagläser, und dann ging ich in die Küchenecke und öffnete das Bier, das wir seit ein paar Tagen nicht mehr angerührt hatten. Die Bilder sind ganz scharf in meinem Kopf, aber es fühlt sich an, als würde ich fremden Menschen zusehen, das liegt am Blickwinkel, ich bin wie eine Kamera in meinem eigenen Gedächtnis.

Irgendwann habe ich vom Radio weg zu Harpa geguckt. Es war nicht ausgeschlossen, dass sie begriffen hatte, was sie da über die Kinder und Enkelkinder gesagt hatte, dass sie an den gleichen Abend dachte wie ich, dass wir auf unserer Zeitreise denselben Moment betreten hatten, ohne einander zu sehen, nur diese jungen Leute auf dem Sofa, die bereit waren, sich eine neue Zukunft zu kaufen anstelle der offensichtlichen, bereit, den höchsten Preis für eine bombensichere Zu-

kunft zu zahlen, ohne eine Ahnung davon zu haben, wie schmerzhaft es sein würde, den Begriff Schicksal in der Realität kennenzulernen.
Nein, Harpa war sicher nicht mit mir in der Wohnung im Studentenwohnheim. Sie hatte einen so ergreifend entrückten Gesichtsausdruck, dass sie sicher irgendwo allein war, vielleicht mit dem positiven Schwangerschaftstest im Badezimmer, vielleicht machte sie aber auch die Abtreibung beim Arzt noch einmal durch. Da beugte ich mich zu ihr und umarmte sie, ohne etwas zu sagen. Die Mittagsnachrichten fingen an. Eine große Demonstrantengruppe hatte das Alþingishús umzingelt und schlug mit Suppenkellen, Löffeln und Hämmern auf Töpfe und Pfannen. Während wir uns umarmten und keine Anstalten machten, etwas zu sagen, kam dumpfer Lärm aus dem Radio, die ganze Nachrichtensendung über blieben wir umschlungen und zogen die Nasen hoch, um uns nicht zu beschmieren.

21. Januar – 00:54 Uhr

Um zehn Uhr war Harpa immer noch nicht von ihrer Freundin zurück. Ich habe mir - nachdem ich schon den gesamten Abend allein ferngesehen hatte - auch die Zehnuhrnachrichten allein angesehen, Livebilder von der Demonstration: Die Demonstranten hatten ein ordentliches Feuer entfacht, und auf die Polizisten, die das Alþingishús umstellt hatten, regnete es Eier und Milchprodukte. Es kam mir surreal vor, den Wahnsinn auf diesem Platz zu sehen, auf dem Austurvöllur vor dem alten Steingebäude mit dem Balkon, auf dem

manchmal der Präsident steht und den wohlwollenden Bürgern winkt, erinnere mich aber auch, gedacht zu haben, dass aus den samstäglichen Solidaritätstreffen endlich richtiger Protest geworden ist, unmaskierte Unzufriedenheit, die auch mich antrieb. Zum ersten Mal seit langer Zeit überkam mich ein unwiderstehliches Bedürfnis, die Fäuste zu ballen und vor Unzufriedenheit zu schreien, daher habe ich mich schnell auf den Weg zum Austurvöllur gemacht.
Unterwegs hatte ich ein seltsames Gefühl. Das Foto mit den NATO-Demonstranten schoss mir durch den Kopf, dieses schwarz-weiße, auf dem Polizisten vor fünfzig oder sechzig Jahren Tränengas auf unzufriedene Bürger abgefeuert haben, und es kam mir ein wenig so vor, als würde ich in das Foto hineinlaufen, bewusst auf dem Weg in ein geschichtsträchtiges Bild sein, das noch zu schießen sein würde; aber das änderte sich, als ich ankam. Die Geschehnisse waren weder schwarz-weiß, noch sahen sie nach Tränengaswolken aus, das Pfefferspraylevel, auf dem sie sich befanden, würden sie wohl kaum überschreiten. Es waren zu viele Kinder mit ihren Eltern dort, zu viele junge Leute liefen herum, und am Feuer, das ein schwaches Licht aufs Alþingishús warf, wurde noch zu laut und deutlich gesungen. Ich trat langsam näher. Als ich an der Statue von Jón Sigurðsson vorbei war, sah ich, wie sich eine kleine Gruppe Demonstranten am großen Weihnachtsbaum zu schaffen machte, einer war schon hinaufgeklettert, während andere versuchten, die Drähte zu lösen. Ich dachte sofort, dass der Baum sicher großartiges Feuerholz für das Protestfeuer abgeben wird, das Geschenk der Osloer schien in diesem Jahr ziemlich groß zu werden: zuerst ein kerzengeschmückter

Riesenweihnachtsbaum, dann Öl auf dem Revolutionsfeuer.
Vor meinen Füßen lag eine verbeulte Macintosh-Pralinendose auf dem festgetrampelten Schnee. Ich hob sie auf und trat ohne zu zögern näher. Nach einigen Schritten sah ich Feuerzungen flackern, das Menschenmeer zerfiel in Individuen, riesengroße, tanzende Schatten auf der Wand hinter den Polizisten, die mit Maske und Schild Wache standen, ich fühlte die Schlagwellen der Trommel- und Topfschläge auf meinem Körper, ein Mann schob mir sein Fahrrad in den Weg und klingelte im richtigen Takt, im Takt, zu dem das Feuer tanzte und vor dem ich scheute, ich kann es nicht anders nennen, dieses klare Bedürfnis, von dort wegzukommen, das mich auf der Stelle kehrtmachen und erst hinter einem kahlen Busch anhalten ließ. Ich spähte durch die Zweige. Das Feuer ragte jetzt hoch über die Menschenmenge hinaus und erinnerte mich an jene Feuer, die abends in kleinen afrikanischen Dörfern angezündet werden, um in der Nacht die Raubtiere fernzuhalten, jedenfalls hatte es dieselbe Wirkung auf mich wie auf einen alten Löwen, ich konnte nicht anders, als umzudrehen und mich vom Licht zu entfernen und dabei über die Schulter zu beobachten, was um es herum geschah. Ein schwarzgekleidetes Wesen zündete zwischen mir und dem Feuer eine Signalfackel an. Sie war so leuchtend rot, dass ich wegsehen musste. Einige Schritte von mir entfernt, noch weiter weg vom Feuer, stand ein einsamer Mann, der mit einem Hammer auf einen Topf schlug. Ab und zu flogen unter den Hammerschlägen Funken auf, aber sie waren nichts im Vergleich zum Funkenflug am Feuer, als es endlich gelungen war, den Baum zu fällen und in Position zu bringen.

Ich war hierhergekommen, um die Fäuste zu ballen, gegen die Situation zu protestieren und Veränderungen zu fordern, aber ich war völlig fehl am Platz, bei der Beerdigung eines Unbekannten. Wie dumm es war, geglaubt zu haben, dort vor dem Alþingishús etwas anderes als ein Ventil zu finden, denn diejenigen, die dort arbeiten, haben mit meinem Problem nichts zu tun, jedenfalls können sie mir wohl kaum den Gefallen tun, die Zeit mit einem Schlag um sieben Jahre zurückzudrehen und mir eine zweite Chance zu geben.
Erst als mir die Macintosh-Dose an der Haustür hinderlich wurde, fiel sie mir wieder ein, und ich ließ sie rappeln.

25. Januar – Sonntag

Ach, keine Ahnung – oder doch: Wir haben beschlossen, heute aufzuräumen statt ins Café zu gehen, was wir natürlich trotzdem gemacht haben, ehrlich gesagt haben wir uns sogar noch ins Schneegestöber verkrümelt, bevor wir zum Staubsaugen und Putzen kamen.
Vorher hatten wir im Wohnzimmer aufgeräumt, den Weihnachtsschmuck verstaut, einige Tüten mit unwichtigen Arbeitsunterlagen gefüllt, die sich in der Wohnung gestapelt hatten, vor allem hier im Cognaczimmer, und die Zeichnungen vom Grundstück und dem Haus, die wir irgendwann einmal vorhatten, ungefähr jetzt fertig zu machen, haben wir auch weggeworfen, als wir in unserer abgelaufenen Zukunft auf-

geräumt und die Pläne entsorgt haben, die wir mal ganz fleißig mit dem Architekten geschmiedet hatten. Nur eines wollte ich auf keinen Fall wegwerfen, die brillante Broschüre zu den Baumaßnahmen am Hafen und seiner Anbindung an die Innenstadt. Beim Durchblättern wurde mir wieder bewusst, dass das Konzert- und Konferenzhaus nur ein Bruchteil dessen war, was dort entstehen sollte, zwar ein Diamant auf der Krone, aber nur ein Bruchteil der Quadratmeter, auf denen gebaut werden sollte, ein kleines Haus inmitten von Hotels, Bürogebäuden, Luxuswohnungen, Landeplätzen für Helikopter und Heißluftballons und einem himmelhohen Turm, auf dem nachts der Mond balancieren soll. Alle Seiten voller Fotos aus der Zukunft, wahrscheinlich im Sommer aufgenommen, vielleicht an einem schönen Junitag im Jahr 2017. Die Leute aßen Eis, sahen sich um, und die meisten gingen Hand in Hand. Alles war sauber und schön und das Gras auf dem Arnarhóll grüner als grün und voller leuchtender Butterblumen. Auf einem dieser Computerbilder lief eine Frau einem kleinen Kind hinterher. Sie lief mit gebeugtem Rücken und streckte die Arme aus – und machte ein auffällig besorgtes Gesicht in dieser friedlichen Umgebung, als würde sie sich in ihrem eigenen Traum befinden und befürchten, dass dieses Kind nie existieren wird, dass es diesen sonnigen Julitag nie geben wird. Und natürlich war sie in einem Traum, nur nicht in ihrem eigenen. Sie war Teil des Traums eines Komitees, das die zukünftige Gestaltung des Stadtzentrums und des Hafens plante, für sie gab es keine Realität, aus der sie sich wegträumen konnte – ich bin schon aus unbedeutenderen Gründen besorgt gewesen. Anstatt die Broschüre zu entsorgen – Harpa hatte gemeint, dass wir jetzt mal so richtig unser Leben aufräumen, das sei ein Ausputzen –, stellte ich sie zu den Romanen ins Regal, schwor mir aber, sie zu zerreißen, sobald eines der Gebäude eingeweiht wird.

Gemessen daran, wie tief wir gegraben haben, war es nicht verwunderlich, dass wir auf die Zeitung gestoßen sind. Sie lag in einem Papierstapel in der Ecke unter der Anrichte. Harpa rief mich gedankenversunken, und da ich aus ihren Worten die Vorfreude heraushörte, ging ich schnell zu ihr. Sie saß auf dem Boden, ein sanftes Lächeln auf den Lippen. Ich kniete mich zu ihr, und wir sahen uns gemeinsam den aufregenden Fund an, blätterten vorsichtig um, als hätten wir ein unschätzbar wertvolles Pergamentmanuskript vor uns. Anfangs haben wir immer wieder losgeprustet und auf Dinge gezeigt, bald aber mussten wir lachen, und als wir uns ansahen und mit Blicken signalisierten, dass wir darüber eigentlich nicht lachen sollten, haben wir erst recht Tränen gelacht.

Die Zeitung war unglaublich dick, wenn man bedenkt, dass in jenen Tagen selten etwas passiert ist, das man heute als Nachricht bezeichnen würde. Auf der Titelseite, über einem Artikel zu einer Umweltkrisensitzung, bekräftigten einige Lachsfischer per Handschlag ihre Freude über einen frischen Fang, ein bisschen weiter hinten hatte der Stadtrat den Durchbruch zwischen zwei Gebäuden auf dem Laugavegur erlaubt, in der Kinderferienwerkstatt in Breiðholt war in einigen Hütten Durchfall ausgebrochen, eine Seite zum Stand der Kraftwerke, unzählige Doppelseiten voller Anzeigen von Immobilienunternehmen und einzigartiger Gelegenheiten, Land zu kaufen, und in einer hochwertigen Beilage wurde ein Wohn- und Pferdehaus auf einem riesigen Gutshofgelände in Suðurland beschrieben. Allein Nachrichten über die beständig schlechte Wirtschaftslage in Zimbabwe und die wachsende Schlagkraft der iranischen Streitkräfte zeigten, dass wir trotz allem immer noch in derselben Welt lebten, um die es in der Zeitung ging.

2. Februar – Montag

Die Hallgrímskirche hat mich heute Abend umgehauen. Wie immer habe ich sie erst wahrgenommen, als ich den Hügel schon fast bewältigt hatte, daher sah ich fast nichts außer dem Turm vor mir, nachdem ich die letzte Straße überquert und den Blick gehoben hatte, er ragte dort vor mir auf, wo ich eine mit Baugerüst und Sicherheitsnetz umhüllte und von den Strahlern ringsum beleuchtete Kirche aus skandinavischem Marmor erwartet hatte, aber dort stand etwas ganz anderes, in der Tat ein Gotteshaus, aber ganz anders als die Hallgrímskirche, zum ersten Mal in meinem erwachsenen Leben empfand ich Ehrfurcht und eine Ahnung von der höchsten Macht im Himmel, machte eine göttliche Erfahrung mit entsprechender Gänsehaut und Tränenansammlung im Auge, stand wie versteinert beim Hotel an der Ecke und staunte, bewegungslos bis auf den Kopf – ich konnte nichts anderes tun, als ihn mit offenem Mund langsam zu schütteln.
Durch den heutigen Schneesturm – der Grund dafür, dass ich eher spät nach draußen gegangen bin – hatte sich auf dem Netz um das Baugerüst Schnee angesam-

melt, und als es aufgehört hatte zu schneien und der Wind sich gelegt hatte, ist er runtergefallen, aber nicht zufällig – der Zufall ist bei einer solchen Vollkommenheit ausgeschlossen, es sei denn, er bedingt sie –, jedenfalls sah ich dort vor mir im Netz ganz deutlich die Silhouette des großartigsten Bauwerks, das je auf der Welt gesehen wurde, dessen bin ich mir sicher, es hatte so wenig mit von Menschenhand geschaffenen Gebäuden gemein, dass selbst die Gaudí-Kirche in Barcelona im Vergleich dazu klobig und unoriginell ist.
Vier Türme schraubten sich zu scharfen Spitzen empor, einer deutlich größer als die übrigen und keiner wie der andere, zwar alle im selben Stil, ansonsten aber frei geformt. Der große Turm befand sich ungefähr in der Mitte, und in ihm war der Eingang. Auch die Tür war natürlich besonders, schon eine richtige Tür, aber eine Tür, wie sie im Traum kein Mensch zimmern könnte, das gesamte Bauwerk war so, keine geraden Linien, nirgendwo, der Schnee war mit feinsten Werkzeugen gemeißelt worden, mit winzigen Eisen und sensiblen Händen. Löcher und Furchen bildeten Fenster und Verzierungen, die kleine Schatten auf die Türme und den Hauptteil des Bauwerks warfen. Die meisten Fenster waren hoch und schmal, aber alle unterschiedlich, so ungleichmäßig, wie sie waren, müsste man sie wahrscheinlich eher Löcher oder Risse nennen als Fenster, ungleichmäßig, aber geradezu vollkommen im Gesamtbild, das diese siebzig Meter hohe Schneekirche abgab. Ich erinnere mich nicht daran, irgendwo ein Kreuz gesehen zu haben, abgesehen von dem, das ganz oben aus der Baugerüstfestung herausragte und das ich geradezu durchschimmern sah.
Ich glaube zwar nicht, dass Gott dafür verantwortlich

war, und auch nicht seine Engel, aber ich habe einen unglaublichen Nervenkitzel gespürt und bin froh, dass mir und nicht jemand Religiöserem dieser Anblick zuteilwurde. Das Wetter war kein bisschen besser geworden, so dass die Passanten niedergeschlagen unter ihren Mützen hervorlugten und sich mit den Händen in den Taschen voranschlugen. Bei den heftigsten Windstößen wurde Schnee aufgewirbelt, der dieses temporäre Meisterwerk verdeckte – nein, dieses pure Meisterwerk aus Eiskristallen. Wenn sich da an der Hallgrímskirche mal nicht Gaudís Kopf geöffnet hat und ich die Ideen zu seinem Meisterstück gesehen habe, die sich in Barcelona in prächtige Wirklichkeit verwandelt haben ... Die Wirklichkeit ist nie etwas anderes als eine Sammlung schlecht kopierter Ideen.

9/2 – Montag

Ich wollte das Buch erst jetzt aus der Tasche holen. Möglicherweise weil ich in letzter Zeit so oft hier gewesen bin und die Kellnerin schon weiß, was ich will, und sie mich seit neuestem fragt, ob es mich störe, wenn sie den Fernseher lauter mache, um die Videoclips besser hören zu können. Möglicherweise weil es für mich so heimelig geworden ist, finde ich es in Ordnung, das Buch herauszuziehen und ein bisschen zu schreiben. Wir sind auch normalerweise zu meiner Zeit, wenn die letzten Kinder aus der Schule kommen, nur zu zweit hier.
Obwohl die neue Regierung eine Woche alt ist und die Demonstrationen vor genauso langer Zeit aufgehört

haben, laufe ich immer noch lieber auf dem Skólavörðuhügel herum als im Zentrum, und ich komme zum Essen nach wie vor hierher, wenn ich vermute, dass Harpa unterwegs ist. Die Hamburger sind richtig gut, und auch die Umgebung passt gut zum Hamburgeressen: holzgetäfelte, grüngestrichene Wände voller volkstümlicher Kunst und Spiegel, die ganz unverschleiert Werbung für Alkohol- und Limonadensorten machen. Als ich zum ersten Mal hier war, habe ich einen Luxusburger mit zwei Eiern und Cola gegessen, aber ohne Pommes und Cocktailsauce, und mich bis jetzt an diese Bestellung gehalten. Die Mahlzeit passt genau, der letzte Bissen reicht gerade aus, um das Eigelb vom Teller zu putzen, und dann ist noch genug Cola im Glas, um den Mund von Essensresten zu befreien.

10/2 – Dienstag

Als ich zum ersten Mal hier war, saß ich am selben Tisch wie jetzt, am selben Tisch wie gestern und all die anderen Male. Durchs Fenster sehe ich direkt auf die Austurbæjarskóli – die Oststadt-Schule. Es ist mehr als der Name auf dem Gebäude, was an Ostdeutschland erinnert, zum Beispiel die vertrauenerweckende Standhaftigkeit. Die Schule gehört wie das Staatstheater, das Schwimmbad und das Einar Jónsson-Museum zu den Festungsbauten, einer kleinen Gruppe, die gerne hätte größer sein dürfen.
Der Strom der Schulkinder ist größer als an den anderen Tagen. Es sind immer viele, die in Autos und um

die Ecke verschwinden, aber nie so viele wie heute, wie an Dienstagen. Trotz der Dunkelheit, die sie empfängt, sind sie glücklich, rennen, und überall blinken ihre Reflektoren. Sie sind das Lebhafteste an diesen kalten und dunklen Nachmittagen: die Reflektoren der Schulkinder auf dem Heimweg.

Als ich zum ersten Mal hier war, habe ich während meiner Mahlzeit auf der anderen Straßenseite an der Ecke ein Mädchen bei der schiefen Laterne stehen sehen und aufgehört zu essen. Etwas an ihr hat mich angesprochen, etwas Vertrautes. Sie wirkte auffällig klein dort vor ihrer Schule, vor der rauen, rußigen Wand, aber gleichzeitig strahlte sie, so dass die Glühbirne in der Laterne über ihr schwach wirkte, als würde sie gerade noch so glimmen. Schon bald kam ein Auto angefahren, das sie erkannte. Sie machte einen Schritt nach vorne und schwenkte ihre Jacke ein kleines bisschen. Ich dachte unwillkürlich, dass sie die warme Jacke besser anziehen sollte, anstatt sie so sorglos in den Händen zu halten, und dass sie ihre Mütze richten sollte, sie über die Ohren ziehen. Es war nicht das richtige Auto, und sie sah sich weiter aufmerksam um. Und wie sie so um sich schaute, so konzentriert mit schnellen und entschiedenen Kopfbewegungen, wie sie so dastand und sich nach vorne lehnte, um dem Gewicht der Schultasche etwas entgegenzusetzen, das war unangenehm vertraut. Ich sah sie unruhig an und grübelte. Der Hamburger wurde kalt, und das Eigelb stockte auf dem Teller, bis ich mit einem Mal alles verstand und mich ein kräftiger Schauder durchfuhr, hoch und runter raste er durch meinen Körper, während ich dieses Mädchen ansah, das Harpas Tochter hätte sein können.

Der Verdacht war unerträglich. Ich aß weiter, obwohl ich keinen Appetit mehr hatte, starrte auf die dunkelbraune Tischplatte, während ich große Bissen in mich hineinstopfte und ohne zu kauen schluckte und die Musik aus dem Fernseher hörte, versuchte, den Liedtext zu verstehen, um auf andere Gedanken zu kommen, doch als ich es nicht länger aushielt und wieder aus dem Fenster sah, stand die Kleine nicht mehr an der Laterne, bis heute ist sie nicht mehr dort gewesen.

14/2 – Samstag

Harpa hatte eine ganze Weile aus dem Fenster gesehen, als sie auf die Idee kam, einen Spaziergang durch die Heiðmörk zu machen: »... sind den ganzen Winter über nicht dort gewesen, und schöner als heute wird das Wetter nicht.«
Eine Stunde später hatten wir Wanderschuhe und Jeans an und waren auf dem Weg dorthin. Eva Cassidy lag im CD-Player und sang gleich los, als ich den Jeep anließ. Gute Sängerinnen mag Harpa sehr, die Musikrichtung spielt fast keine Rolle. Sie sah aus dem Seitenfenster und hörte zu, hatte die Knie geschlossen und die Hände auf die Beine gelegt und klopfte mit den Fingern den Takt, hörte aber nach vier oder fünf Liedern auf, als Eva zu *Over the rainbow* anhob. Da fing Harpa plötzlich an, mitzusingen, erst ganz leise und vorsichtig, aber nach einigen Tönen wurde ihre Stimme kräftiger, und sie sang mit voller Kraft. Ich bewegte meinen Daumen unauffällig in Richtung Lautstärkeregler und stellte die Musik leiser. Die letzte Strophe

sang Harpa allein. Sie sang die höchsten und niedrigsten Töne, mal mit vibrierender, mal mit fester Stimme, durch ihre Nuancierung drang der Text bis in mein Innerstes vor, und meine Gänsehauthärchen piekten durch drei Schichten Hightech-Kleidung.
Ich habe sie noch nie so singen hören, aus voller Kehle wie auf einer Bühne. Ich merkte, wie die Klangwellen in meinem Kopf ankamen und ich die Kontrolle über meine Atmung verlor, sie immer schneller und flacher wurde, und als Harpa das Lied mit einem langen Ton beendete, wollte ich so viel Positives sagen, nicht nur dass dies das erste Privatkonzert gewesen sei, das sie in nüchternem Zustand für mich gegeben habe, und dass es das Warten wert gewesen sei, doch ich wollte dieses Ereignis nicht durch einen Witz schmälern – deshalb schwieg ich. Es war das letzte Lied auf der CD. Ich habe sie nicht noch einmal abgespielt. Nur das leise Fahrgeräusch war zu hören, als wir am Rauðavatn vorbeifuhren und auf die Nebenstraße abbogen, Stille zwischen uns, bis schließlich ein kleines »Wow« aus mir herausschlüpfte. Kein »Wow, Liebes« oder »Wow, meine Harpa, du bist unglaublich«, nur ein undeutliches und einsames »Wow« in einem dreckigen BMW-Jeep auf einem kurvigen Pfad durch eine winterliche Lavalandschaft.
»Ich musste doch noch richtig für dich singen. Jetzt gerade hat es so gut gepasst.«
Wir sind von derselben Stelle aufgebrochen wie immer und in den Wald gelaufen. Das leise Knirschen des frostgetrockneten Schnees machte das immer wiederkehrende Schweigen zwischen uns erträglich. Wir unterhielten uns ausschließlich über den Ort, an dem wir uns befanden, über die Nadelbäume, die grüne Farbe

im tiefen Winter, den leicht bitteren Duft, der den Atemorganen sicher guttut, darüber, wie viel gesünder die Bäume hier aussehen als in der Stadt und dass es wahrscheinlich daran liegt, dass das Ungeziefer den Winter in dieser Höhe nicht überlebt, in dieser Kälte ... Die Luft war ganz besonders kalt. Meine Nase wurde schnell taub, und meine Lippen schrumpelten in der trockenen Luft. Ich fragte Harpa nach der Vaseline. Meine Feinmotorik war so miserabel, dass ich – nachdem ich die kleine Dose endlich aufbekommen hatte – viel zu viel nahm und nach dem Auftragen wie ein Überlebenskämpfer am Nordpol aussah, nicht wie ein Arbeitsloser bei einem romantischen Spaziergang in der Heiðmörk.

Daher sind wir keine Runde gelaufen, sondern denselben Weg wieder zurück, als wir weit genug spaziert waren. Die Sonne hatte ihren höchsten Stand erreicht, drang aber immer nur kurz zu uns durch, ansonsten liefen wir im eiskalten Schatten der Baumwände. Auf den letzten Metern fiel es mir schwer, die Augen offen zu halten, und ich fragte, ob man nicht auch sie mit Vaseline einschmieren könne. Harpa riet davon ab.

Der Jeep war noch aufgeheizt. Wir seufzten laut, als wir uns ins Auto setzten. Ich schaltete das Radio ein. »Ihr Liebenden, einen frohen Valentinstag!« Unangenehm, diese Nachricht aus der Werbepause. Wir sahen uns an und lächelten verlegen, bevor wir uns einen kalten, vaselineverschmierten Kuss gaben und ich den Gang einlegte.

Harpa wollte wissen, ob wir neulich wirklich alle Werberegenschirme von der Bank entsorgt hätten. Ich glaubte schon. Seit heute Nacht haben wir Südwestwind, und es ist schlagartig wärmer geworden. Jetzt regnet es wie im Urwald, und es sieht ganz so aus, als müssten wir unseren Sonntagskaffee ausfallen lassen. Der Regen ist völlig sinnlos, eine unglaubliche Wassermasse, die keine Pflanze brauchen kann, sie reinigt bloß die Straße vom vollgepissten Schnee. Aber die Luft ist in der Tat richtig gut, wirklich köstlich. Ich war vorhin auf dem Balkon und habe so gierig geatmet, dass mir vom ganzen Sauerstoff schwindelig geworden ist und ich Punkte tanzen sah, aber jetzt fühle ich mich wacher denn je.

Später

Ich dachte, dass ich genug über diesen grauen Februartag geschrieben hätte, und war gerade dabei zu lesen, als Harpa zu mir ins Zimmer kam, sich aufs Sofa setzte und den Tag mit einer einzigen Frage zu dem machte, was er werden sollte, mit zwei geflüsterten Worten: »Hörst du? // Den Regen? // Nein, vorne im Wohnzimmer. Die Musik. // ... // Hör mal. // ... // Hörst du nicht? // Psst. // Sigur Rós. // Ágætis byrjun? // Ja. // Lange her, dass wir dieses Album gehört haben. // Aber weißt du nicht mehr? // Was? // Kribbelt's nicht bei dir? // Doch, seit du, seit du das da mit deinen Händen machst. // Die CD war in deinem Konfirmations-CD-Player, als wir zum ersten Mal miteinander geschlafen haben. // Das weißt du noch. // Und es war auf diesem Sofa. // Wo sonst? // Und wir waren total steif. // Natürlich. // Weißt du nicht mehr? // Doch, du hattest einen weinroten Pulli an, am Anfang jedenfalls. // Nein, ich hatte genau diesen Pulli an. // Aber irgendwann hattest du mal einen weinroten. // Ich glaube, ich habe nie einen weinroten Pullover besessen. // Entschuldige. Die Erinnerung kann aus hellblau weinrot machen. // Mit Leichtigkeit. // Standen nicht Kerzen auf dem Tisch? // Doch. // Die färben natürlich die Umgebung. // Ja. // ... // ... // Aber damals war es schwieriger, dich aufzuknöpfen. // Du warst so angespannt. // Oder der Pullover neu und die Knopflöcher eng. // Nicht wirklich neu ...«

Kurz nachdem die Musik aufhörte, meinte Harpa, dass die Vorhänge nicht zugezogen seien, aber wir änderten nichts daran.

Die Balkontür stand einen Spaltbreit offen, und es war kühl im Zimmer. Bewegungslos haben wir unsere Körperwärme ausgenutzt – drei Stunden lang blies der Tag bedächtig zu uns herein.

Der Regen hatte noch nicht nachgelassen, als ich mich auf den Boden fallen ließ und in der Kälte die Luft anhielt. Ich stützte mich auf die Sofakante und sah Harpa an, wie sie dort auf der Seite lag, sich zu mir drehte und sah, wie ich sie ansah, wie ich diese sanfte, aber komplexe Landschaft auf der gesamten Länge des Sofas betrachtete. Im kalten Tageslicht entstanden Schatten auf dem Körper. Das untere Bein gerade, das andere angewinkelt. Die glänzende Kniescheibe direkt bei mir und ein tiefer Schatten von den Beinen bis zum Bauch. Vollkommene Finsternis im Bauchnabel. Kurz darüber wieder hell, Rippenberge und flache Täler bis zu den Brustwarzen, hellrot und leicht welk. Der untere Arm, über die Sofakante gestreckt, endete

in bewegungslosen Fingern, der obere, um den Kopf gelegt, rahmte das ernste Gesicht ein.
Ich stand langsam auf und ging leicht bekleidet raus in den Regen. Harpa war nicht mehr zu Hause, als ich völlig durchnässt wieder in die Wohnung kam. Aus irgendeinem Grund habe ich Angst, dass sie mich verlassen hat - zum ersten Mal diese Angst vor dem Alleinsein, davor, dass dieser Tag der letzte Knall eines sieben Jahre dauernden Feuerwerks war, dann Stille und absolute Dunkelheit bis ins Unendliche.

Die Raben

Zehn bis zwanzig von ihnen sind hier in der Gegend oft gemeinsam unterwegs. Manchmal verschwinden sie für längere Zeit im Stadtzentrum, aber wenn es dunkel wird, gegen sechs Uhr, kommen sie immer zurück.
Es sind Jungraben. Ich sehe ihnen beim Abendsport zu, lautstarke Verfolgungsspiele. Am Ende landen sie auf den Dächern auf der anderen Seite des Gartens und sammeln Kraft für den Flug über den Sund. Ich weiß nicht, ob sie in diesem Jahr außergewöhnlich spät dran sind, der Winter oben im Hochland hat ihnen irgendwie gut gepasst, jedenfalls sind sie mir bis jetzt in der Stadt noch nicht aufgefallen, haben gerade erst angefangen, Menschen von Laternen oder Hausdächern aus anzukrächzen, und die Menschen haben gerade erst angefangen, zurückzukrächzen und sich zu denken, wie interessant diese Vögel doch sind.

Ich bin noch nie zuvor vom Mond geweckt worden. Er scheint aufs Schlafzimmerfenster. Die Fensterläden waren nicht richtig zu.
Es war kurz vor vier, als ich mich im Bett aufrichtete und realisierte, dass es nicht Hochsommer und ich nicht mit alten Arbeitskollegen in der düsteren Jagdhütte war und dass sich auch niemand in der Duschkabine erhängt hatte, all das war nur ein Traum gewesen, ein Alptraum. Ich musste blinzeln, als ich durch den Spalt zum Mond sah. Er war ungewöhnlich klar, ungewöhnlich hell, kein gelber Schimmer um ihn herum, und trotzdem war es so dunkel im Zimmer, dass die Wände unsichtbar waren, der Lichtkeil über dem Bett vermischte sich nicht mit der Dunkelheit.
Ich saß dort und sah mir eine ganze Weile den Mond an, dann flüchtig meine blau-weißen Hände, die ich im Licht drehte, als wäre es klares Wasser und die Hände dreckig. Damit hörte ich schlagartig auf, als ich das Gefühl hatte, allein im Bett zu liegen. Ich guckte zu Harpa. Da war ich plötzlich nicht mehr sicher, vermutete, dass ich mich doch noch im Alptraum befand, und hörte an den dumpfen Schlägen gegen mein Trommelfell, wie mein Herz raste – ich hatte das Gefühl, dass Harpa tot neben mir liegt. Ihr Gesicht war weiß wie Porzellan, und ihre Lippen waren blau, sie schlief so ruhig, dass ich sie weder atmen hörte noch sah, ob sich ihre Augen hinter den gräulichen Lidern bewegten. Ich zögerte, wollte unter keinen Umständen feststellen, dass sie genau das war, wonach sie aussah. Meine Hand war schwer. Ich wollte sie flach auf ihre Brust legen, hoffte, Wärme und ihren Herzschlag zu

spüren, musste es aber dann doch nicht tun. Kurz davor hatte Harpa ein leises Stöhnen von sich gegeben und mit einem Fuß gezuckt, als hätte sie im Schlaf eine Botschaft empfangen und keine Lust gehabt, aufzuwachen, weil sie gerade so schön träumte. Ich ließ sie schlafen, zog die Hand zurück, und während ich mich unter die Decke und tief in die Dunkelheit kuschelte, war ich schockiert darüber, dass ich den Tod in unser Bett getrieben hatte. Ich dachte über den Alptraum nach, sah ganz deutlich den Schatten von Füßen, die in der Duschkabine hin- und herbaumelten, konnte aber nicht sagen, wem sie gehörten.
Als ich zum Fenster ging und die Läden schließen wollte, konnte ich es nicht. Ich streckte die Hände in den Mondschein und sah zum Bett – nein, der Kopf drehte sich auf meinem Hals, und plötzlich sah ich das Bett. Das Licht, das auf ihm liegt, auf Harpa unter der Decke, ist zu besonders, um ausgesperrt zu werden, es wird schon freiwillig gehen müssen. Ich ließ die Hand sinken und ging zum Bett. Das reflektierte Sonnenlicht des fahlen Trabanten wärmte nicht den Boden, kühlte ihn eher. Mein Schatten wurde kleiner und die Umrisse schärfer. Als ich am Fußende stand, lag mein Schatten ganz deutlich neben Harpa. Ich hob den Arm, um sie indirekt zu berühren, erinnerte mich daran, wie unwirklich es für mich war, als wir zusammengekommen sind, dass ich zu diesem schönen Mädchen gehen und es auf den Mund küssen durfte, sein Gesicht streicheln und die Arme um seine Taille legen, und der Schatten meines Zeigefingers streichelte sie überall, von den weichen Wollsocken unter der Decke bis zu ihrem Arm, der in einem eleganten Bogen über dem Kopf lag, kitzelte sie kurz unter der Achsel, hin-

term Ohr und in der Handfläche. Ihr Gesicht war vollkommen entspannt, die Lippen leicht geöffnet, das Kinn mit der sanften Delle nach unten gesunken und die Zähne blitzten ein bisschen hervor – nein, das ist keine Delle auf ihrem Kinn, Delle ist ein viel zu hartes Wort für eine so sanfte Vertiefung, sie passt vollkommen zu ihren Wangenknochen und der Nase, die einen kleinen Schatten unters Auge wirft.

Der Lichtkegel ist schmaler geworden, wieder Dunkelheit auf meiner Betthälfte. Es ist im Mondschein ungewöhnlich stark, das Tauziehen zwischen ihrem hellen Erscheinungsbild und den klaren, ausdrucksstarken Gesichtszügen, dieses Tauziehen, das Harpas Anziehungskraft ausmacht und mich weiterschreiben lassen könnte, bis sie aufwacht, bis sie die strahlenden Augen ein klein wenig öffnet – ja, deshalb bin ich aus dem Zimmer geschlichen, habe mein Buch geholt und bin mit ihm hier ans Fußende gekrochen, ich wollte mir dieses Bild sichern.

Aber wie nahe kommt man in einem Notizbucheintrag an die Wahrheit heran, eine Wahrheit, auf die immer wieder die Schatten der Erinnerung fallen?

Schneeflockensaga

Ich hatte gerade festgestellt, dass ich am einzigen Tisch saß, an dem kein Teelicht mehr im weihnachtlichen Glas brannte, als sie hereinkam und den Schnee aus ihren Haaren und vom Mantel schüttelte, den sie bei mir aufhängte. Mein Tisch ist nahe bei der Tür und den Kleiderhaken an der Wand. Je mehr Gäste kommen, desto mehr verdecken die warmen Klamotten die

Umgebung, doch ich kann gut dorthin sehen, wo sie sitzt, sie, die sich geschüttelt hat, anders als die anderen Gäste, und eine Schneeflocke auf meine Tischkante rieseln ließ. Ein Kerl mit Schirmmütze und schlabberiger Jeans erwartete sie an einem Tisch in der Nähe der dunkel lackierten Treppe. Während er noch allein war, hatte er ununterbrochen an einer alten Wunde auf dem Handrücken geknibbelt. Ich fand es wahrscheinlicher, dass er auf Blut wartete als auf eine Frau in einem klassisch geschnittenen, lila Wollmantel.

Die Schneeflocke ist an den Rändern schnell geschmolzen. Nun ist sie zu einer Lagune mit schmelzender Eisscholle geworden. Draußen schneit es heftig. Ein paar Grad früher sind die Flocken noch Regentropfen gewesen, die mich ins Café gescheucht haben. Während ich schreibe, spüre ich die Kälte des Schnees, die durch die Fensterscheibe kriecht.

Sie hat Rotwein zu seinem Bier bestellt und trinkt ihn langsam. Er redet unter seinem Mützenschirm, und sie hört nachdenklich zu, sitzt mit geradem Rücken und malt mit einem Finger auf der Tischplatte herum. Da ist eine Geschichte zwischen ihnen, doch ich durchschaue sie so wenig, dass ich nicht aufhören kann zu glauben, dass sich die junge Frau an den falschen Tisch gesetzt hat.

Da ich bei der letzten Tasse beschlossen hatte, dass dies mein letzter Kaffee sein sollte, bevor ich nach Hause gehe, bestelle ich nun Tee mit Honig, Honig, weil der junge Mann an der Bar ihn mir angeboten hat. Jetzt ist weder eine Lagune noch eine Eisscholle auf der Tischkante, nur ein Tropfen in einer Form, die mich an nichts erinnert. Das Licht ist jetzt noch gedimmter und die Musik ruhiger.

Ich habe etwas verpasst, sie hat ihren Rotwein fast ausgetrunken, nur noch ein Tropfen ist übrig, kaum ein Schluck, und sie hält den Fuß des Glases mit beiden Händen. Der Kerl hat noch das halbe Bier übrig. Auch er hält sein Glas, aber nur mit einer Hand, die andere steckt in der Hosentasche. Das Mädchen redet. Der Kerl lehnt sich auf dem Stuhl zurück und scheint das Bierglas zu beobachten, das er langsam dreht. Jetzt spricht der junge Mann und hält das Glas fest, während sie zuhört. Sie hat ihr schmieriges Glas losgelassen, und ihre Hände streichen langsam über die Tischplatte, sie sind in die Nähe des Glases mit dem Teelicht gekommen. Er spricht, ohne sie anzusehen.

In der Mitte des Raums ist ein alter Kamin. Während ich ihn geistesabwesend wahrnehme, dieses seltsame Ziegelsteingebilde am Rande meines Blickwinkels, finde ich, dass er der Stamm eines Baumes sein könnte, der durch das Haus gewachsen ist und darüber hinausragt. Im Sommer hat er die Form eines Regenschirms. Das Haus ist ziemlich alt.

Das Mädchen hat die Initiative ergriffen! Sie hat sich entschlossen nach vorne gebeugt, seine Finger vom Bierglas gelöst und seine Hand ergriffen, während sie mit viel Gefühl etwas gesagt und er sie endlich unter seinem Schirm her angeschaut hat. Zwischen ihnen flackerte die Flamme im Glas, bewegte sich im Rhythmus ihrer Worte und Atemzüge. Der Kerl zeigte keine Reaktion, die Hand war schlapp und offensichtlich kalt vom Bier, da das Mädchen sie schnell wieder fallen ließ, um an das kerzenwarme Glas zu fassen und es zwischen ihren Handflächen hin- und herzudrehen, während sie schwiegen.

Sie schweigen immer noch. Sie hat das Teelicht losgelas-

sen, die aufrechte Haltung aufgegeben, sitzt schmerzlich gekrümmt. Eine Hand hängt mit drei Fingern an der Tischkante, die andere liegt geöffnet im Schoß und erinnert an eine tote Fliege, die ein Bein verloren hat.
Der Flockentropfen auf meinem Tisch ist um die Hälfte geschrumpft. Ich würde gerne sagen können, dass mich die Form an ein Herz erinnert, aber das tut sie nicht – sie erinnert im besten Fall an ein echtes Herz, an einen faustförmigen Muskel, der aufgehört hat, sich zusammenzuziehen.
Das Mädchen ist aufgestanden, ohne etwas zu sagen. Der Kerl ist sitzen geblieben und hat wieder angefangen, an seiner Wunde zu knibbeln, zusammengesackter als vorher, so dass ich sein Gesicht unter der Schirmmütze nicht sehen konnte. Das Mädchen hat direkt vor mir seinen Mantel angezogen. Ich sah, dass sie mit ihren Gesichtsmuskeln kämpfte. Als sie die Tür zum Schneegestöber öffnete, war mir klar, wie sie sich fühlte.

21/2 – Samstag

Beim Aufräumen vor ein paar Tagen fand ich es nicht nötig, das Puzzle wegzuwerfen. Ich habe es bei irgendeiner Weihnachtsfeier in der Bank als Scherzgeschenk bekommen, eine 2500-teilige Denksportaufgabe, an die ich mich erinnerte, als Harpa gestern Abend ihr Telefonat beendet hatte und ich befürchtete, dass sie ausgehen und vielleicht wieder woanders übernachten würde, falls sie und ihre Freundinnen beim Plaudern zu viel Weißwein trinken würden. Ich wollte nicht allein sein, wollte sie partout nicht gehen lassen und schlug vor, auf dem Esstisch zu puzzeln und Rotwein zu trinken, es stünden noch zwei Flaschen im Wandregal, bekam aber kaum eine Reaktion. Harpa saß am Computer und beugte sich dicht vor den Bildschirm, als ob sie Ruhe bräuchte, um sich zu konzentrieren. Ich war beleidigt, fand, dass sie so einen Vorschlag positiv aufnehmen müsse, beschloss aber, den Karton aus meinem Zimmer zu holen und vor ihren Augen alleine zu puzzeln.

»Warte mal, war das kein Scherz? // Warum glaubst du das? // Wo hast du das Puzzle gefunden? // Wo glaubst du denn? // Ist egal. Ich kann den Karton ausleeren, wenn du den Wein aufmachst.«

Und so puzzelten wir mit einem Mal. Die Teile bildeten einen kleinen Berg auf dem Esszimmertisch, einen kleinen Berg aus winzig kleinen Puzzleteilen. Ich bezweifelte gleich, dass der Tisch groß genug ist, aber Harpa wies auf die Maßangabe auf der Schachtel, die sagte, dass er ausreichen müsste. Wir leerten unsere Weingläser, während wir grob Rahmen und Innereien auseinandersortierten und die Innereien beiseiteschoben. Langsam nahm der Rahmen Gestalt an, erst ein paar Teile, die sich später an die passende Ecke anhängen ließen. Wir redeten leise und konzentrierten uns aufs Puzzeln. Harpa vermutete, dass Teile für den Rahmen fehlten, und bat mich, den Haufen noch einmal zu durchsuchen. Ich war da nicht so sicher, bis der löchrige Rahmen vor uns auf dem Tisch lag und kein Teil mehr übrig war. Bis dahin war auch die Rotweinflasche leer. Harpa ging und öffnete die andere, schenkte uns ein und sagte, dass sie an den Computer wolle, während ich suchte. Ich bat sie zu bleiben, aber sie massierte

nur meine Schulter und meinte, dass ihr ziemlich kalt sei, bevor sie aufs Sofa unter die Decke kroch, den Fernseher lauter stellte und nicht einmal in die Nähe des Computers kam.
Ich trank den Wein in großen Schlucken, sah immer wieder zu Harpa rüber. Sobald ich ein Puzzleteil mit gerader Kante entdeckte, schnipste ich es in den durchlöcherten Rahmen, und als ich fand, dass es genug waren, rief ich Harpa. Sie hatte sich auf das Armlehnenpolster gelegt und die Beine angezogen. Ich habe sie dreimal aufgefordert, herzukommen, mir zu helfen und sich noch mehr Rotwein zu nehmen. Als sie sich schließlich auf den Stuhl neben mir plumpsen ließ, hatte sie das Glas vor dem Sofa auf dem Boden vergessen und erklärte, dass sie sowieso nichts mehr trinken wolle, so dass ich die Flasche in mein Glas leerte. Durch den Wein war mein Sehvermögen unzuverlässig geworden, und ich bat Harpa, die Puzzleteile einzusetzen. Sie war selbst so müde, dass sie kaum noch die Augen offen halten konnte, sie musste die Augenlider durch hochgezogene Brauen oben halten. Ich lachte sie an, hatte das Kinn auf die Hand gestützt, lachte und sagte, dass sie bald schlafen gehen könne, wir hätten nur noch ungefähr zweitausend Teile übrig. Sie antwortete ernsthaft, dass wir uns an diesem Abend nur über den Rahmen Gedanken machen müssten, über den Rest später.
Stück für Stück vervollständigte sich der Rahmen. Wir waren nicht mehr so konzentriert wie am Anfang, mussten es nicht mehr sein, der Sieg war in Sicht, und wir fingen an, uns zu unterhalten. Ich redete irgendeinen Unsinn und merkte es erst, als Harpa mich darauf aufmerksam machte, während sie das letzte

Puzzleteil anlegte und mit der Faust in den Rahmen schlug: »Was ist eigentlich los mit dir?! Ich versuche, über die Zukunft nachzudenken, und du versinkst in der Vergangenheit, ich versuche, über das Leben zu sprechen, und du fängst an, über den Tod zu reden. Ist in deinem Schädel alles durcheinander?! Und es fehlt immer noch ein Teil, Herr Suchspezialist.« Sie wartete keine Antwort ab, ging direkt ins Badezimmer und blieb dort eine ganze Weile. An ihrer Art zu gehen, wie sie mit kurzen, schnellen Schritten lief und versuchte, sich zu zügeln, sah ich, dass sie weinen musste.
Jetzt empfinde ich es als schrecklich, nicht aber gestern, nachdem der Rotwein mich in einen dumpfen, grinsenden Idioten verwandelt hatte. Und jetzt ist Harpa zu Besuch bei ihrer Schwester, bei ihren Freundinnen oder einem Treffen mit irgendwelchen Leuten, ich weiß es nicht. Sie ist immer irgendwo, sagt mir, wohin sie geht, aber ich begreife es nie, dass ich nicht dort bin, ist das Einzige, was ich weiß. Es fehlt immer noch dieses eine Puzzleteil im Rahmen. Heute Abend habe ich den Haufen schon zweimal durchsucht – ohne Erfolg.

Spaziergang

Als ich gerade einen Abschiedsgruß in die Wohnung gerufen und gesagt hatte, dass ich rausgehen will, um frische Luft zu schnappen, kam Harpa angaloppiert: »Ich möchte mal mitgehen auf einen deiner heiligen Spaziergänge.« Ich hatte mein Umherstromern ohnehin satt und sagte, dass sie gerne mitkommen könne. »Ich bin trotzdem nicht bei dir, okay? Du gehst ein-

fach wie immer, und ich folge dir. Aber du musst laut denken, alles, was du denkst, musst du so sagen, dass ich es hören kann. Einverstanden? // Und du? // Ich bin nicht da, kann deswegen nichts sagen.« Harpa hatte in der Zwischenzeit Schuhe und Mantel angezogen und die Mütze aufgesetzt, während sie die Regeln dieses schrecklichen Spiels erklärte. Wir gingen zusammen aus dem Haus und bis zur nächsten Ecke, aber dann blieb Harpa zurück. Ich wurde zweimal langsamer, beim dritten Mal musste ich anhalten. »Ich bin nicht hier, Markús. Geh weiter, geh spazieren und sag alles, was du denkst.« Es war ihr offensichtlich ernst damit, und ich musste lachen, bevor ich mich umdrehte und laut dachte: »Dass Harpa noch vor mir verrückt wird, habe ich nicht erwartet.«
Wir gingen weiter, ich wusste nicht wohin und fand es auf einmal unangenehm. Harpa war immer einen Schritt hinter mir, als ob wirenggläubige Muslime wären. Sonst war immer ich derjenige, der beim Spazierengehen zurückfiel, ließ mich absichtlich zurückfallen, um zu sehen, wie sie geht, sich bewegt, sanft die Hüfte wiegt und die Arme gleichmäßig schwingt, wie ein langsam eingestelltes Metronom, wenn sie eine Tasche über der Schulter trägt; doch jetzt sah Harpa mich auf den Schneematsch auf dem Gehweg starren, die Hände tief in den Jackentaschen vergraben, bis ich zum Laugavegur abbog: »Halt, stopp, kurze Pause. Du musst mir sagen, was du denkst, oder nein, nicht mir direkt, sondern du musst die Gedanken aus deinem Mund rauslassen, weiß du, und versuch nicht, mir zu erklären, dass du nichts gedacht hast, weil das unmöglich ist. // In Ordnung, aber das ist kein einfaches Spiel, man muss sich erst daran gewöhnen. // Das ist kein

Spiel. // ... // Das ist wichtig! // Vorhin dachte ich, dass es schon bald acht Uhr und der Himmel trotzdem noch ein bisschen hell ist, was vielleicht nicht besonders bemerkenswert ist. // Das spielt keine Rolle! Du musst alles sagen, vergiss mich und rede. // ... // Nach einer Weile wird es dir leichter fallen. // Das ist ganz unmöglich, Harpa. // Du musst es versuchen. // Man zensiert sich, Liebes. // Du musst es versuchen! // Das ist dämlich. // Das ist das Wichtigste, was wir zusammen gemacht haben, Markús. Siehst du nicht, was mit uns passiert? // Das ist nur eine Phase. Das wird vorübergehen. Bald erzählen wir das unseren Kindern, nennen es die Monate, die ... // Welche Kinder, Markús? Welche?! // ... // Weißt du – weißt du, welcher Tag heute ist, welches Jahr, oder bloß, auf welchem Planeten du bist?! // Teufel, ist das nervig, sich vor den Leuten mit seiner Freundin zu streiten. // Sag mir ... // Ich habe gedacht, Harpa! War das nicht das, was du wolltest?!«
Sie schwieg, und ich sah einen neuen Ausdruck in ihrem Gesicht. Ich weiß immer noch nicht, was er bedeutete, bedeutet. Ich guckte weg und sah unsere Spiegelbilder in der Fensterscheibe des leeren Ladenlokals. Einige Autos rollten vorbei, bevor ich weiterging und hoffte, dass Harpa mir folgte – doch sie tat es nicht, sie stand noch an der Ecke, als ich zurückblickte. Sie kam mir dort mit ihrer Mütze über den Augen und den Händen in den Seiten schrecklich alleingelassen vor, ich dachte, dass ich hundert Schritte brauche, um die Stirn an ihre Mütze und die Hände auf ihre Schultern zu legen. Sie reagierte nicht auf mich, auf diese Nähe: »Sieben Jahre, Harpa, sieben gute Jahre. Wir sollten ein schlechtes aushalten können. // Ja. // Ich

hoffe sehr, dass es in der Zukunft Platz für uns gibt. // Welche Zukunft, Markús? // Die neue. // Du hast mich nicht davon überzeugt, dass du sie angehen willst. // Wie macht man das, wie überzeugt man seine Liebste davon, dass man die Zukunft in Angriff nehmen will? // Man muss sie nicht in Angriff nehmen, es reicht schon, darüber zu reden, sie zu ordnen und Pläne zu schmieden. // Ich habe nicht viel davon getan. // Nichts. // Was soll ich sagen?«
Ihr Gesicht war zu nah, als dass ich hätte sehen können, ob sie sich sträubte, zu antworten, oder ob sie nachdachte. »Sag, dass du dich arbeitslos melden wirst. // Das werde ich tun. // ... // Fertig und erledigt, fast. // Es ist so wichtig, ins System aufgenommen zu werden und alle Informationen zu bekommen, die Möglichkeiten zu sehen. // Zweifellos. // Wir könnten auch ernsthaft darüber nachdenken, irgendwo zu studieren. // ... // Dann hättest du einen Schritt in die Zukunft gemacht. // ... // Da möchte ich nämlich hin. // ... // Deine Kraftlosigkeit überrascht mich so. Du scheinst in irgendeiner Leere zu leben. Ich habe einen Kampf erwartet und musste dann eine totale Niederlage sehen. // Ich hätte auch irgendeinen fantastischen Kampf vortäuschen können, aber der wäre kein bisschen echt gewesen, nur verzweifelt und traurig. Es ist nichts mehr da, für das man kämpfen kann. // Was ist mit mir? // Was mit dir?«
Harpa wandte sich von mir ab und stapfte durch den Schneematsch nach Hause. Ohne darüber nachzudenken, hatte ich mich an sie gelehnt, hatte sie mich sozusagen gehalten, während wir an der Ecke standen. Als sie verschwunden war, spürte ich wieder meine ganze Schwere.

»Cash is king.« Das wurde mir bestätigt, als ich gestern mit Karte bezahlen wollte. Das Mädchen, das mich bediente, war noch ganz neu, keines von denen, die genau wissen, was ich will, und es fiel ihr leicht, mir die Karte zurückzugeben und zu verkünden, dass das Limit überschritten sei. Ich erschrak und fühlte, wie mir überall heiß wurde, während ich auf die Brieftasche in meinen Händen guckte und sie ziellos durchsuchte, nur um das Mädchen nicht ansehen zu müssen, um vielleicht etwas anstelle der Karte zu finden, die sie mir zurückgegeben hatte und die nichts wert war, nur eine Plastikkarte mit abgerundeten Ecken.

Man braucht nicht lange, um eine Brieftasche zu durchsuchen, selbst wenn sie mit alten Quittungen, Kaffeekarten, einem abgelaufenen Schwimmpass und einem steifgepressten Tausend-Kronen-Schein vollgestopft ist. Ich war erleichtert, als ich das Geld fand, und sagte nur »Cash is king«. Das Mädchen lächelte und meinte, dass das immer mal wieder vorkäme, nach dem Zusammenbruch hätten viele Banken das Limit gesenkt. Die Erklärung erschien mir glaubwürdig, war aber kein Trost. Ich war nur froh, dass ich bezahlen konnte, mich nicht entschuldigen und meine Situation erklären musste, sagen musste, dass ich Stammkunde bin und beim nächsten Mal bezahle. Doch obwohl ich erleichtert war, wurde das Gefühl der Zurückweisung immer stärker, und als ich das Restgeld in der Hand hielt, das Kleingeld, das ich jetzt noch übrig hatte, war es, als würde sie einen Eimer kalter Kotze über mich kippen. Innerhalb eines Augenblicks hatte sich dieses Mädchen mit der hellen Stimme in einen alten Richter mit Rosshaarperücke, klobiger Kartoffelnase und blutunterlaufenen Wangen und Augen verwandelt, und die Worte »Limit überschritten« klangen wie eine Verurteilung zum Ausschluss aus der Gesellschaft, mit unendlich tiefer Stimme verkündet.

Das war gestern. Jetzt bin ich an einem anderen Ort, was vielleicht ganz gut ist. Diese moosgrüne Bank ist weich und der Kaffee gut, und die Torten im Kühlregal schmecken sicher genauso gut, wie ihr Aussehen vermuten lässt, Geschmacksvermutung. Speichel.

1/3 – Sonntag

»Tu so, als wäre ich nicht hier. Sag einfach nur, was du denkst.« Und Harpa tat so, als säße ich nicht neben ihr, sagte kein Wort. Noch nicht einmal ihr Atem veränderte sich. Sie sah allein fern, diese Doku über den Enron-Skandal. Ich spürte, wie mein Bauch immer fester wurde, sich immer mehr zusammenzog, er schien sich immer noch mehr verkrampfen zu können, während ich mir vorstellte, wie das isländische Wirtschaftswunder in den Dokumentationen der Zukunft wohl behandelt werden würde.

Wir saßen jeder auf seinem Sofapolster, rückten nicht von der Stelle und schwiegen. Die Spalte zwischen uns war groß und tief. Ich fing an, über sie nachzudenken, über diese Spalte, fand es unangenehm, dass sie da war, so deutlich auf dem weißen Leder, wie die Kampflinie auf einem Schlachtfeld im Winter.

»Na gut, tu so, als wäre ich hier. // ... // Harpa? // Selbstverständlich sind wir beide hier. Ich habe nur ferngesehen und nichts gedacht.« Sie streckte ihren Arm nach mir aus, stieß an meine Schulter und ließ ihre Hand auf meinen Unterarm fallen, ohne den Bildschirm aus den Augen zu lassen. Sie hätte sich genauso gut zur Rosinenschale strecken können.

Konzerte

Es fiel mir schwer, die Augen offen zu halten, trotzdem stand ich draußen unterm Dach auf dem Balkon. Das Wetter kam wie verrückt aus dem Norden, es regnete zwar nicht, stürmte aber so heftig, dass es aussah, als würde sich die Hausfront wellen. Ich hörte den Wind übers Dach heulen und gegen die gegenüberliegenden Häuser knallen, hörte deutlich, wie diese eiskalte Masse über die Gebäude auf dem Hügel fegte und wie eine schuppige Kreatur umherstreifte.

Es war gerade dunkel geworden, und in der Luft hing ein löchriger Wolkenschleier in unendlich vielen violetten Tönen. Die einzige klare Farbe am Himmel war das rote Signallicht ganz oben auf dem Turm der Hallgrímskirche. Seine Umrisse waren sichtbar, diesmal zwar nicht beleuchtet, aber verstärkt durch die Kontur des Baugerüsts.

Einige Minuten später stand ich oben auf dem Hügel. Der Wind hatte mich getragen und den Anstieg zu nichts gemacht, wie flaches Land bei Windstille. Ich wollte dorthin, um mir das Getöse im Baugerüst anzuhören – nicht, dass das irgendwie wichtig wäre, Be-

gründungen haben im Leben eines Menschen, der nichts zu verlieren hat, kaum eine Bedeutung.
Ich stellte mich an den Sicherheitszaun und stemmte mich gegen den Wind. Der Mantel schlackerte um meine Beine, und ich wurde von den Windböen vor und zurück geworfen, schwankte wie ein Sturzbetrunkener hin und her und hörte zu. Ich fand es alles andere als unwahrscheinlich, dass der Wind das Gerüst niederreißen würde, überall kämpften Schnüre und Kordeln mit Eisenpfosten und Gittern, hin und wieder stürzten Steinbrocken zwischen den Gerüstebenen ab, Betonklumpen und Brocken, die mit großem Getöse unterschiedlich weit abstürzten, die meisten bis ganz unten, wo sie zersprangen. Ich fragte mich, ob der Turm gerade innerhalb der Baugerüstfestung zusammenstürzte, hinter den dunkelgrünen Vorhängen, die sich aufbauschten und knallten.
Plötzlich stand ein alter, kleiner Mann in einem hellen Staubmantel neben mir. Er lächelte und sagte etwas, als er sah, wie ich mich erschreckt hatte. Ich hörte nichts, noch nicht einmal Wortfetzen. Ich zeigte auf mein Ohr und schrie in den Wind, der alles - vor allem unbedeutende Worte - mit sich fortriss, dass ich ihn nicht verstanden hätte, ohne selbst einen Ton davon zu hören. Der Mann zuckte mit den Achseln, schüttelte den Kopf und lachte. Als ich selbst von seinem intensiven Lachen nichts hörte, lachte auch ich, erst kontrolliert, dann aber, nachdem ich mehrmals zu ihm geguckt und ihn mit seinem offenen Mund und den tränennassen Augen gesehen hatte, musste auch ich richtig loslachen - und wir standen eine ganze Weile lachend zusammen, sahen hoch und runter und versuchten, uns auf den Beinen zu halten, während

wir dem Instrument zuhörten, das um den Kirchturm herum errichtet worden war und auf dem der Himmel persönlich ein Konzert gab.

8/3 – Sonntag

Lieder entstehen bestimmt oft aus einer Katermelancholie heraus, aus einer selbsterarbeiteten Traurigkeit der blaugrausten Art. Wenn im Gehirn Botenstoffe fehlen, verändern sich die Welt und die Zusammenhänge zwischen den Dingen. Der Kerl, der gestern so allein neben Anton und mir gesessen hatte, mit den Füßen stampfte und auf die Tischkante trommelte zu Musik, die man an diesem Ort nicht hören konnte – es war nichts als ohrenbetäubendes Gequatsche zu hören –, dieser Kerl ist so gesehen kein lustiger Vogel mehr, sondern ein trauriger Mensch.
Mittlerweile bereue ich sehr, was ich über Antons Bekannten gesagt habe. Sie sind zusammen zur Grundschule gegangen und hatten sich viele Jahre nicht gesehen, als er plötzlich mit seiner Frau und einem Freund vor uns stand. Der Freund war im Rollstuhl, die Frau abenteuerlich dick und Antons Bekannter klein wie ein Zwerg. Die Unterhaltung dauerte nicht lang, war aber herzlich. Als sie gingen, und wir sahen, wie sie die Menschenmenge spalteten, sagte ich, dass die drei wie eine kleine Wanderzirkustruppe seien. Trotz des ganzen Biers und der Kurzen erinnere ich mich noch genau an meine Bemerkung, und ich weiß noch, wie lustig ich sie fand.

I.

Heute Morgen haben sich Sonnenstrahlen an den Vorhängen vorbeigequetscht. Das Licht war warm, und auch im Zimmer war es warm. Wir hatten beide unsere Decken zur Seite geschlagen. Sie lagen wie ein breiter Gebirgszug in der Mitte des Bettes. Während ich zum Licht rund um die dunkelgrauen Vorhänge sah, fühlte ich mich wie bei einer Massage, giftige Spannung floss aus meinem Körper, aus den Fingern und Zehen. Ich atmete tief durch. Ohne ein Wort zu sagen, stand Harpa auf und ging auf direktem Weg ins Badezimmer. Erst nach ungewöhnlich langer Zeit war die Dusche zu hören.

Ich stand erst auf, als Harpa gegangen war. Als sie am Bett stand und sich anzog, wuchs in mir das Verlangen, ihr zu sagen, dass ich heute gehen würde, und als sie den Rock hochzog, hätte ich es fast getan. Aber ich war mir nicht sicher genug, schwieg deswegen und lag mit geschlossenen Augen im Warmen. Und als ich sie im Flur die Stiefel zumachen hörte, verspürte ich wieder den Wunsch, es zu verkünden, aus dem Bett zu springen, in den Flur zu laufen und zu erklären, dass ich heute zum Arbeitsamt gehen und mich melden würde, tat es aber auch diesmal nicht. Es war der bisher hellste Morgen des Jahres, die ersten Morgensonnenstrahlen seit September, und ich wollte jeden einzelnen aufnehmen.

Bevor ich das Bett machte, zog ich die Vorhänge auf. Die krasse Helligkeit zeigte schonungslos, wie dringend unsere Bettwäsche gewechselt werden musste.

Nachdem ich die Zierkissen auf der glattgestrichenen Tagesdecke drapiert hatte, öffnete ich seit langem mal wieder den großen Kleiderschrank und ließ meinen Blick über all die Anzüge und Hemden auf der Kleiderstange wandern. Ich legte einen braunen Anzug aus feiner Wolle und ein cremeweißes Hemd aufs Bett. Während ich die Krawatte aussuchte, überlegte ich, wie viel Frühling wohl schon in der Luft liegt, kam zu dem Schluss, dass es eher wenig ist, und nahm eine der gestrickten Krawatten, die rote.

Ich hatte schon den Schlafanzug ausgezogen und auf den Sessel geworfen, als ich die Kleidungszusammenstellung im vollen Sonnenlicht auf dem Bett sah, sie plötzlich seltsam fand und mich fragte, was ich mir dabei gedacht hatte, wo doch Jeans und Pulli völlig ausreichten, ich musste niemanden überzeugen, ich würde dorthin gehen, um etwas in Anspruch zu nehmen, das mir in der Not zusteht, und ich würde geradezu verlegen wirken, wenn ich dort völlig unzerknittert und gestylt aufkreuzen würde. Während ich vom Anzug auf eine Jeans umschwenkte, wurde es dunkel im Zimmer. Das ging so schnell, dass ich aus dem Fenster schauen und mich vergewissern musste, dass ich nicht mein Sehvermögen verloren, sondern sich eine Wolke vor die Sonne geschoben hatte. Die Enttäuschung darüber, diesen bleigrauen Koloss am Himmel zu sehen, war so groß, dass ich splitterfasernackt Anzug, Hemd und Krawatte zurück in den Schrank räumte und ins Badezimmer ging.

Der Spiegel war aufmerksamer als sonst. Ich habe mich schon manches Mal in ihn vertieft, mich sogar aufs Waschbecken gestützt und nach vorne gebeugt, um die Details in diesem bekannten Gesicht besser zu erkennen, oder ich bin zurückgetreten, um den ganzen Körper zu sehen, das dunkle, ungleichmäßig schüttere Fell, habe es aber nie geschafft, durch all das hindurchzuschauen und die Dinge zu sehen, die in meinem Inneren stecken. Ich dachte über meinen Gang zum Arbeitsamt nach und merkte, wie fern er mir war. Taxi oder Bus, Jeans oder der beschissene Anzug, »Guten Tag, ich möchte mich arbeitslos melden« oder »Guten Tag, könnte ich bitte mit dem Arbeitslosenbeauftragten sprechen?« – alles unklar, fremd.

Da formten sich die Lippen zu einem unerwarteten Lächeln, das bis zu den Augen reichte. Die Haare waren so unglaublich wirr, standen an den Seiten komplett ab und waren auf dem Kopf plattgedrückt, nur eine Clownsnase fehlte noch. Daher suchte ich in Harpas Schublade den knalligsten Lippenstift und malte damit einen kleinen roten Kreis auf den Spiegel. Er war sehr rot, eigentlich perfekt clownsrot, und als ich mich so hingestellt hatte, dass der Fleck mitten in meinem Gesicht war, lachte ich und versuchte, Grimassen zu schneiden, ein verwundertes Gesicht zu machen und dabei eine Schnute zu ziehen, schaffte es vor lauter Freude aber nur einen Sekundenbruchteil.

Seit Herbst bin ich nicht mehr beim Friseur gewesen, und meine letzte Rasur ist zwei oder drei Wochen her. Der ungepflegte Bart reichte schon über die Oberlippe und ging am Hals nahtlos ins Brusthaar über. Ohne darüber nachzudenken, nahm ich den Rasierer aus dem Ladegerät und schor mich. Zusammenhängende Flocken fielen ins Waschbecken, als würde ich einen Kunstbart abnehmen, den man später wieder ankleben kann. Nachdem ich die Borsten von mir abgeschabt und das Waschbecken ausgespült hatte, drehte ich das

Licht über dem Spiegel von Harpas lauschiger Einstellung zu einer wirklich enthüllenden. Dass ich eine so glatte und ebenmäßige Haut hatte, wusste ich nicht mehr. Die kleinen Pickel auf der Stirn waren verschwunden, und ich hatte weder wässernde Mitesser noch offene Poren, sogar die Rötung an den Nasenflügeln war weg – aber ich sah nicht gesund aus. Meine Hautfarbe war merkwürdig, weder weiß noch grau, weder blass noch braun, sondern sehr hell und fast durchsichtig, und ich musste an eine Wachsfigur denken. Um die Augen herum waren graublaue Ringe, die mir ein Kosmetikspezialist aufgemalt haben könnte. Ich strich mir übers Gesicht, erst sanft, dann immer fester, bis es sich unter den Händen verformte. Das fühlte sich gut an, und ich hörte erst auf, als sich tote Hautzellen angesammelt und in den Fingern zu dünnen Fäden geformt hatten. Ich krümelte sie ins Waschbecken und sah mir meine Hände im grellen Licht an. Auch sie sahen anders aus, als ich sie in Erinnerung hatte, die Handflächen weicher und die Fingernägel länger – eigentlich wies nur ein zentimeterlanger Füllerstrich auf dem Daumen darauf hin, dass ich nicht monatelang im Koma gelegen hatte. Ich hatte gestern nach dem Schreiben nicht direkt die Kappe getroffen. Ohne Bart und im stärkeren Licht war ich ein anderer Clown als vorher. Ich zog mit dem Lippenstift noch einmal die Nase nach, schmierte ihn aufs Spiegelglas und vervollkommnete den Kreis mit der Spitze der Nagelfeile. So glattrasiert und bleich wirkte sie noch röter in meinem Gesicht, ich war ein richtiger Clown, ein kinderlieber Clown, der sich selbst zum Affen machte, nicht mehr der, der zu allem fähig war. Ich verwuschelte mein Haar an den Seiten und versuchte, es auf dem Kopf noch platter zu machen, aber es hatte sich nach dem Schlafen langsam wieder aufgestellt und wollte sich nun nicht mehr hinlegen. Da nahm ich den Rasierer und führte ihn viermal mit der feinen Einstellung über meinen Kopf, rasierte einen breiten Streifen, während ich mir in die Augen sah und fühlte, wie die Haare auf den Schultern landeten, über die Schulterblätter rutschten und auf dem Weg zum Boden die Pobacken streiften. Ich wusste kaum, was ich da tat, jedenfalls starrte ich mich verwundert an und atmete stoßartig durch den offenen Mund, mit der Nase in der richtigen Position und dem Rasierer in der Luft, bis der Akku leer wurde. Ich schaltete den Rasierer aus und stellte ihn wieder ins Ladegerät, beugte mich übers Waschbecken und bewunderte die Veränderung. Mit Hufeisenmund und unergründlichem Blick war ich weder ein unheimlicher noch ein freundlicher Clown, sondern sah mir selbst unheimlich unähnlich. Ich atmete immer noch schnell, meine Arme zitterten und der Speichel wurde dickflüssig, als wäre die Rasur unbeschreiblich schmerzhaft gewesen, der Schmerz jetzt vorüber und nichts als Wohlbefinden übrig.

Nach einigen Minuten war das Gefühl jedoch vorbei. Ich sammelte die Haare vom Boden und warf sie in die kleine Tonne am Glasschrank, nahm ein großes Handtuch heraus und hängte es über die Heizung. Ich wandte mich wieder dem Spiegel zu, fuhr mir durch den Haarkranz, der noch übrig war, und machte eine Grimasse, ohne dabei zu lachen, dann griff ich nach dem Rasierer, beugte mich nach vorne und sah die Haare sanft im Waschbecken landen, während sich die Eisenzähne über die Kopfhaut fraßen.

II.

Der Dampf aus der Dusche folgte mir bis in den Flur. Ich zog eine Jeans und den weichen, grauen Pulli an, stellte mich ans Schlafzimmerfenster und strich über die Stoppeln, während ich eine warm eingepackte Frau beobachtete, die gegenüber auf dem Bürgersteig einen scheißenden Hund beaufsichtigte. Es hatte zu schneien oder regnen angefangen. Es lag eindeutig Niederschlag in der Luft, und die Straßen waren nass, aber die Tropfen, die auf der Fensterscheibe landeten, enthielten jeweils einige Eiskristalle. Die Natur konnte sich offensichtlich nicht entscheiden, war genauso verwirrt wie ich – monatelang hatte ich geglaubt, den Weg aus meiner Situation heraus zu erkennen, sobald ich ihn sehe.

11/3 – Mittwoch

Über Nacht wurde das Leben zu einem Roman, einem amerikanischen vermutlich.
Wir wollten wieder Routine in unseren Alltag bringen und sind früh ins Bett gegangen, lange bevor wir müde oder schläfrig genug waren, um einschlafen zu können. Wir haben versucht, uns zu lieben – lieben? – wir haben uns wie Roboter bewegt, weder besonders gefühl- noch fantasievoll, und sind anschließend erschöpft genug gewesen, um die Augen einige Minuten lang geschlossen zu halten. Als ich gerade einschlief, musste Harpa auf Klo, und umgekehrt. Bis tief in die Nacht lagen wir wach und wortkarg da. Manchmal hatte ich die Augen offen, sah mir die gefrorenen Wel-

len im Vorhang oder die Tagesdecke und die Kissen an, die sich in der Dunkelheit auf der Bank abzeichneten. Ich hatte gerade die Augen offen, als Harpa plötzlich sagte: »Ich habe Angst. Ich dachte immer, dass Liebe genug ist, aber jetzt habe ich nur noch Angst.« Ich wollte etwas sagen, fand aber keine Worte, denen ich vertrauen konnte. Ich suchte, bis es in meinem Bauch kribbelte, als mir ein Satz einfiel, den ich vor ein paar Tagen im Buchladen gelesen hatte: He allowed her words to reverberate in the darkness.
Ich hatte das Buch im hinteren Teil aufgeschlagen und diese Worte am Anfang eines Abschnitts unten auf der Seite entdeckt. Ich habe sie mehrmals gelesen, und als ich das Buch weglegte, war ich so gesättigt, als hätte ich das ganze Buch gelesen. Für mich sagte dieser Satz genug, ich musste keine weitere dieser grauen Taschenbuchseiten lesen, um alles über die Situation zu wissen, und auch über den Ausgang. Immer mal wieder ist er mir eingefallen – nein, der Satz hat sich vor alles andere in meinem Kopf gedrängelt, wie in dieser Nacht, und anstatt Harpa zu antworten, ließ ich ihre Worte allein in der Dunkelheit nachhallen, schloss die Augen und versuchte zu atmen, als würde ich schlafen.

Ohne Titel Nr. 1

Sie kam nach Hause. Er blieb sitzen und las weiter in einem Buch mit gelbem Umschlag, einem aktionsarmen Text. Im Hintergrund hörte er ungewöhnlich viele und deutliche Geräusche. Sie schien sich schnell durch die Wohnung zu bewegen. Er sah sie oft im Türspalt auftauchen.

Am Ende des Kapitels legte er schließlich das Buch beiseite und ging in den Flur. Vollkommene Stille in der Wohnung. Er überlegte, ob sie wieder gegangen war und die Tür leise hinter sich zugezogen hatte, ohne sich zu verabschieden – nein, sie war noch da. Die neonpinken Reisetaschen standen nebeneinander im Flur. Die Farbe stach ins Auge. Sie selbst saß am Küchentisch. Das Gesicht halb hinter der geballten Faust. Der Verlobungsring gut sichtbar am Mittelfinger. Die Augen ruhten auf der Tischplatte. Fünf leere Einkaufstüten auf dem Boden verteilt. Der Kühlschrank randvoll. Statt ihn zu durchstöbern, machte er ihn zu und fragte nach den Reisetaschen, ob sie die aus dem Schrank geholt habe. Sie sagte »Ja« und hob den Blick, und er begriff, dass sie auf ihn gewartet hatte. Ihre Unterarme fielen auf den Tisch, zwei Fäuste lösten sich und wurden zu gefalteten Händen: »Und ich habe sie gepackt. // Verlässt du mich? // Ich muss irgendetwas tun. // Verlässt du mich? // Du bist verschwunden, Markús, irgendwo. Ich weiß absolut nicht wo. Ich habe gesucht, so viel ich kann. // Verlässt du mich? // Ich denke, ich werde einen kleinen Schritt zurückgehen. // Verlässt du mich? // Wir müssen neu anfangen. // ... // Komplett. // Aber verlässt du mich, Harpa? // Ich muss gehen, um wiederkommen zu können. // ... // Vielleicht muss ich dich neu kennenlernen! // ... // Mein Markús ist anscheinend eine Bank, die zusammengebrochen ist. // Verlässt du mich? // ... // Verlässt du mich? // ... // Verlässt du ... // Ja!«

Der Ring knallte gegen ihre Schneidezähne, als sie die Hand vor den Mund schlug. Das letzte Wort des Ge-

sprächs schlüpfte durch ihre Finger. Das Küchenlicht spielte im Diamanten und in den Tränen.
Er half ihr weder mit den Reisetaschen nach unten, noch trat er ans Wohnzimmerfenster, um zuzusehen, wie die Schwestern sie im Kofferraum verstauten und wegfuhren – erst als sie schon längst fort war, holte er Atem und konnte aufstehen. Ziellos lief er mit den Händen vorm Gesicht in der Wohnung herum. Er betete nicht, das laute Atmen schien ihn zu beruhigen. Er dachte an nichts. Er lief nur, weil er nicht stillhalten konnte, erst, als er sich an den Esszimmertisch stellte. Nach drei tiefen Atemzügen stieß er das unfertige Puzzle in alle Richtungen und schlug immer wieder mit geballten Fäusten auf die Tischplatte, wusste nicht, ob er irgendwann wieder mit dem Schlagen würde aufhören können. Die Schläge wurden noch lauter und der Rhythmus noch schneller, als die hochbeinige Kristallschale voller Zierobst erst auf den Stuhl, dann auf den Boden knallte, zerbrach und das letzte Geräusch vor einer langen Stille machte.

Ohne Titel Nr. 2

Er wachte. Ungeahnte Kraft steckte in ihm, unbegrenzte Kraft. Er wusste, dass er versuchen würde, sie zurückzugewinnen, sah unzählige Wege vor sich. Alle verlangten, dass er sie anruft – nein, nicht alle. Einige sahen vor, dass er zum Haus ihrer Eltern fährt und sich Romeo-mäßig verhält, vielleicht um Mitternacht ans Schlafzimmerfenster klopft, und wenn sie durch die Jalousie lugt, zu müde, um ängstlich zu sein, würde er etwas durch den Fensterspalt flüstern und vielleicht das Scharnier abschrauben und sie durch den Garten zum Auto bringen, aber solche Pläne waren in der Minderheit. Die Mehrheit begann mit einem Anruf und endete mit einer Einladung zu selbstgekochtem Essen bei Kerzenschein, Verlängerung nicht ausgeschlossen.

Aber selbst am dritten Tag hatte er noch nicht angerufen und auch kaum geschlafen. Da rief sie an. Er sagte nichts, hielt nur den Hörer und wünschte sich, zuerst angerufen zu haben.

»Hi. // Ich hätte dich fast nicht mehr erwischt. // Ja. Warst du im Badezimmer? // Nein, ich darf jetzt ruhig stinken. // ... // Tue es aber trotzdem nicht. // Gut. // ... // Wie geht es dir? // Ach, ich weiß nicht. // ... // ... // Ich auch nicht.« Ihre Stimme war unerträglich hell, so hell, dass er es unerträglich fand, sie durchs Telefon zu hören, zu wissen, dass sie ihren Ursprung woanders hatte als an seinem Ohr. Er schloss die Augen und nahm alle Geräusche auf, die sie machte, hatte völlig vergessen, dass er sie hatte anrufen wollen. »Ich wollte nur wissen, wie es dir geht, mein Liebster. // Aber Harpa – du bist gegangen. // ... // Zumindest bin ich hier allein in unserer Wohnung, was ganz darauf hindeutet. // Ich wollte dich nur hören. // Und ich höre dich. Wird es sich wieder einrenken? // Was? // Wenn du Interesse daran hast, mich zu hören und zu wissen, wie es mir geht, dann müsstest du auch Interesse daran haben, zurückzukommen. // Markús. // Liebes? // ... // Sag was. // ... // Harpa? // Hast du gut gegessen und so? // Ja, und du? // Ich hatte keinen großen Hunger. // Sag noch ein bisschen mehr. // Ich habe alles gesagt. // Nein. // Doch, im Moment schon. Ich rufe später

noch mal an. // Hör mal, Harpa – du bist gegangen. Du bist gegangen und erlaubst es dir jetzt, anzurufen, wann es dir passt! // Glaubst du, dass du mir jetzt ganz egal bist? // Davon bin ich zumindest ausgegangen, ja. // Dann bist du wohl verrückt geworden.«
Das Telefonat wurde nicht beendet, sondern unterbrochen. Er überlegte, später noch einmal anzurufen, nur um sich vernünftig zu verabschieden und zu entschuldigen, bezweifelte aber, dass sie drangehen würde. Deshalb stand er wortlos am Wohnzimmerfenster, sah auf die stillstehenden Autos und den spärlichen Abendverkehr und vermutete ganz richtig, dass er auch in dieser Nacht nicht viel schlafen würde.

Ohne Titel Nr. 3

Er stand vor dem offenen Kühlschrank, bis ihm endlich bewusst wurde, was sie in das zweitoberste Fach gelegt hatte: Fohlenfilet, Spinat, Rucola, süße und normale Kartoffeln, eine Dose Kokosmilch, 250 ml Sahne, eine Tüte Datteln und eine zweite mit Walnüssen ... In dem Fach lagen ausschließlich die Zutaten, die man brauchte, um ihr gemeinsames Lieblingsessen zu kochen. Das war am Morgen des siebten Tages. Das Fleisch war abgelaufen und das Gemüse schlapp. Er machte den Kühlschrank erst wieder zu, als das Fach leer und der Mülleimer vollgestopft war.
Es überkam ihn ein kalter Schauer, als er an der Balkontür stand und die Rabenvögel auf den Hausdächern beobachtete. Als sie verschwanden, machte er sich in der Küche einen süßen Kaffee und steckte sich

ab und zu einen Feigenkeks in den Mund, während er nachdachte. Es hatte in letzter Zeit viel Frost gegeben, und er sah vor seinem inneren Auge, wie abgemagert und angeschlagen die Vögel wirkten. Einige Minuten lang dachte er über ihre Flugspiele nach, und es kam ihm vor, als wären sie in letzter Zeit härter geworden und hätten auch die Federn entsprechend in Mitleidenschaft gezogen, jedenfalls sah man es Flügeln und Schwänzen deutlich an.
Er sprang auf, wusste nicht, was ihm zuerst in den Sinn gekommen war, das Fleischstück im Mülleimer oder die Idee, den Vögeln etwas zum Fressen auf den Balkon zu legen. Er wusste nicht, warum er das nicht schon viel früher getan hatte. Er holte einen Teller aus dem Schrank und das Fleisch aus dem Müll, riss die Plastikfolie auf, kippte es aus der Schale auf den Teller und schnitt es in Happen und Streifen, energisch, als würde er gegen die Zeit ankämpfen. Das Stück war groß – sie hätte nur ein Viertel davon gegessen –, und obwohl er das Fleisch gut verteilte, stapelte es sich auf dem Teller zu einem Berg. Er sah gleich, dass es so nicht gehen würde, in Anbetracht der Tatsache, dass um die zwanzig Vögel kommen dürften, und während er das längliche Silbertablett aus der Anrichte holte, sang er »Draußen krächzt 'ne Krähe ...«, erst korrekt, dann fröhlicher und mit passenden Abwandlungen.
Das Tablett war bisher wahrscheinlich nur für Baiser mit Schlagsahne und in grobe Stücke geschnittene frische Erdbeeren, Melonen, Birnen, Weintrauben genutzt worden ... Ein unentbehrlicher Nachtisch bei guten Grillfesten. Leichte Kratzer auf dem Silber zeigten, dass das Tablett viel in Gebrauch gewesen ist – jetzt waren sie unter rohen, weichen Fleischstücken

verborgen, und der Gastgeber dachte sich, dass seine Schutzbefohlenen sicher noch nie besser bewirtet worden sind. Er drehte den eiskalten Grill und schob das Tablett auf der Grillablage zum Geländer, »krächzte« ein paarmal und klatschte in die Hände – was allerdings kaum nötig war, da die Schwarzgekleideten die Einladung bereits erhalten hatten und angeschwebt kamen. Wenige Augenblicke später war er wieder drinnen, hatte die schneenassen Strümpfe ausgezogen und verfolgte am offenen Fenster das Fest dort draußen, das Krächzen, Flügelschlagen und die krummen Krallen auf dem Silber.

20/3 – Freitag

Ich war es, der heute mit den Euro und Pfund zur Bank gegangen ist. Die wenigen Scheine, die ich in der Schublade zwischen den kleinen Souvenirs und Reiseunterlagen der letzten Jahre gefunden habe, verwandelten sich in 9347 Isländische Kronen. Und auch ich war es, der dem Straßenmusikanten auf dem Rückweg 347 Kronen in den Gitarrenkoffer geworfen hat, ich konnte nicht anders. Obwohl sich die Temperatur der Frostgrenze näherte und die Sonne schon hinter den Gebäuden verschwunden war, versuchte er sich an einem Santana-Solo. Mit so steifgefrorenen Fingern misslang es natürlich gründlich – aber es waren die Fehler, die mich dazu brachten, bei ihm stehen zu bleiben, ich fand sie gut, geradezu schön. Ich blieb eine gute Minute lang stehen und hörte zu, dachte erst, dass er ein deutsches Schlaflied spielt, für eine schlecht

gestimmte Gitarre komponiert, bis ein lächelnder Tourist meinte, dass das wohl die Frostausgabe von Santana sei.
Ich weiß, was in den letzten Tagen passiert ist, kann diese Ereignisse aber nicht als Teil meines Lebens bezeichnen. Als ob ich nur geistig anwesend gewesen wäre, als Zuschauer. Auch jetzt, hier im Café. Die Umgebung ist mir bekannt, und doch fern. Ich habe das Gefühl, durch ein umgedrehtes Fernglas zu gucken, alles so weit weg, ich winzig klein und ohne jeglichen Anschluss. So bin ich aufgewacht, so betäubt – wie mit Federn ausgestopft. Die drei alten Freundinnen, die am Nachbartisch lachen und ihre lange Freundschaft genießen, könnten einen qualvollen Vergiftungstod sterben, ohne dass ich reagieren würde. Wahrscheinlich würde ich aufstehen, sobald es still wird, zu ihrem Tisch gehen und die aufgerissenen Augen und klaffenden Münder schließen, und vielleicht noch mit einer Serviette die sahnigen Kuchenkrümel von den runzligen Kinnen wischen.
Im Moment trompetet und singt Chet Baker über den Gästen. Noch nicht einmal ihm, diesem Fleischklopfer im Seelenleben von Menschen mit Liebeskummer, gelingt es, mich zu berühren. Totale Gefühllosigkeit, eigentlich ein gutes Gefühl.

22/3 – Sonntag

Jetzt schreibe ich schwarz. Das muss nicht unbedingt symbolisch sein. Der blaue Pentel-Füller ist gestern leer geworden, und da ist mir dieser vorzügliche Goldfüller eingefallen, den ich vor einigen Tagen beim Kramen in der Kleingeldschale wiederentdeckt hatte. Ich weiß nicht, wie er dort gelandet ist, inmitten von wertlosem Metall, dieser Klunker, den ich im letzten oder eher im vorletzten Jahr in London gekauft hatte – ja, wahrscheinlich war es 2007. Die Reisen Nr. 50–80 fließen in meiner Erinnerung zusammen, aber ich weiß noch, dass wir zu viert waren und einen wunderbar frühlingshaften freien Nachmittag hatten: Sonnenbrille, Hitze und die Jacke über der Schulter. Diejenigen, die mit mir unterwegs waren, sind nicht mehr zu erkennen, neblige Gespenster in der Erinnerung. Wir sind auf der Sonnenseite die Kensington entlanggeschlendert, in eine schattige, kühle Seitenstraße eingebogen und haben uns in einem altehrwürdigen Schmuckgeschäft umgesehen. Einer wollte sich eine teure Uhr kaufen, und als wir das Geschäft kurz darauf verließen, war ich der Einzige, der keine neue Uhr am Arm und die alte in der Tasche trug. Meine richtige Uhr lag zu Hause in Island im Regal, ich trug sie so gut wie nie und meine Gewissensbisse reichten aus, um mir keine neue zu kaufen. »Mensch, du musst dich accessoirisieren«, sagte da eines der Gespenster, während es einen mächtigen Uhrbrocken anprobierte. Ich konnte nicht widersprechen und verließ das Geschäft mit diesem edlen Füller in der Brusttasche, kein Silber-, sondern ein Goldfüller, weil ich einen braunen Anzug trug.

Wir kamen wieder auf die Kensington zurück und schlenderten im Frühlingswetter – für uns natürlich nichts Geringeres als ein strahlender Sommertag – weiter, bogen zum Hyde Park ab, breiteten unsere Jacken aus und setzten uns an eine jahrhundertealte

Eiche, deren Äste sich in der warmen Brise hin- und herwiegten. Während wir uns an einer Imbissbude am Parkrand einen Snack holten, sprachen wir über die Früchte des Wohlstands. Die glatten Stirnen glänzten über den Sonnenbrillen, in denen sich meine eigene schwitzige, sorglose Stirn spiegelte.

Das sind meine Erinnerungen zu diesem dicken Goldfüller mit schwarzer Tinte.

Und da der Füller aus London stammt, ist es nur angebracht, ihn zu verwenden, um von Valentine zu erzählen, in meiner Erinnerung wird sie immer mit London verknüpft sein.

Das erste Mal haben wir uns im Gesundheits-Fastfood-Imbiss Pret a Manger im Bankenviertel getroffen. Sie steckte in einem dunkelblauen Kostüm und hatte eine altbackene Frisur, trug das pechschwarze Haar in einem Lehrerinnendutt im Nacken. Ich hatte sofort den Eindruck, dass sie bei einer großen, altehrwürdigen Bank arbeitet, obwohl ihr fruchtbarer Körper nicht zu übersehen war. Die Schlüsselwörter waren: fleischig, figurbetont und fest, von der fast unsichtbaren Strumpfhose unterm Rock bis hoch zu den Lippen und dem lockigen Haar, das sich durch solch einen Dutt nicht zähmen lassen wollte, es war augenscheinlich von Natur aus wild, und einigen Locken war die Flucht schon gelungen.

Irgendwie sind wir ins Gespräch gekommen. Island hatte sie neugierig gemacht, und ich versuchte, ihr etwas beizubringen. Als wir beide unsere Sandwichs gegessen, den Gemüsesaft getrunken und lächelnd die Essensreste aus den Zähnen gelutscht hatten, zeigte sich, dass sie so interessiert an Island war, dass wir in eine nahe gelegene Bar gehen mussten, um uns dort weiter unterhalten zu können. Ich glaube, es ging nicht die ganze Zeit um mich und mein Heimatland. Jedenfalls habe ich auch viel über Valentine erfahren, wie sie als Vierjährige mit ihrer Familie von Albanien nach Italien gegangen ist und sich trotz Armut zu einer guten Ausbildung durchgeschlagen hat, wie sie in dem Dorf, in dem sie als Lehrerin gearbeitet hat, einen reisenden Briten kennengelernt und ihn ein Jahr später geheiratet hat, dass sie sich nach kurzer Ehe getrennt haben, sie alleinstehend ist und selbstständig im Bankenviertel arbeitet. Ich habe mich nach ihrem Job erkundigt, aber sie wollte nichts sagen, nur dass sie persönliche Dienste anbiete. Ich hatte schon ein paarmal kurz daran gedacht, bekam die Bestätigung, dass sie eine Prostituierte sei, aber erst, als ich mich nach zwei Cocktails mit großen Gesten zur Verabschiedung anschicken wollte. Ich war wahnsinnig erleichtert, und es fiel mir leicht, sie mit aufs Zimmer zu nehmen. Geld macht aus den dreckigsten Handlungen blitzsaubere Geschäfte.

Die erste Nacht hat vierhundert Pfund gekostet, aber dafür bekam man ihre Visitenkarte. Die nächsten Male zweihundertfünfzig. Ich habe sie fast immer angerufen, wenn ich in der Stadt war, bei längeren Aufenthalten mehr als einmal. Wenige Male war sie beschäftigt, generell ist sie aber zum Glück ans Telefon gegangen und noch vor Mitternacht in meinem Zimmer eingetroffen. Valentine war auf ganze Nächte spezialisiert, verschwand erst am Morgen, mucksmäuschenstill, und in jenen Nächten offenbarte sich ihr Spezialistentum insofern, als dass ich nie an Harpa denken musste. Einmal habe ich sie gefragt, ob sie kein Zuhause habe und nie in ihrem eigenen Bett schlafe, worauf sie nicht antworten wollte. Da meinte ich, dass das selbstverständlich nicht meine Sache sei, und bat um Entschuldigung und fügte hinzu, dass es mir auch ganz egal sei, ob sie wirklich Valentine heißt, das Wichtigste sei, dass sie komme, wenn ich rufe, mein Herz würde nämlich lachen, wenn sie bei mir ist, sie sei mein Lieblingskunstwerk in ganz London und dürfe auch bezüglich ihres Aussehens nichts ändern, es sei denn, es mache ihr nichts aus, wenn ich nie wieder anriefe.

Ich fand zweihundertfünfzig Pfund nie genug für eine ganze Nacht, und ich versuchte immer, ein kleines Abschiedsgeschenk für sie bereitzuhalten. Ich weiß nicht, ob es ihr wichtig war, und das war mir auch ganz egal, ich glaube, dass die meisten Kunden so etwas gemacht haben in der Hoffnung, von ihr als etwas Besonderes angesehen und beim nächsten Mal besonders freigiebig behandelt zu werden. Ich habe es nur für mich selbst getan. Je größer die Summe ist, umso größer und dichter ist der Schatten, den sie wirft, man muss sich keine Mühe machen, die Taten zu verstecken, sie verschwinden von allein – ja, und es könnte sogar sein, dass ich zusammen mit dem Goldfüller auch ein Fußkettchen mit blutroten Steinen für Valentine gekauft habe. Wenn, dann ist es so gut im Schatten der Geschäfte versteckt, dass ich es aus der Erinnerung schälen müsste.

Später

Ich habe darüber nachgedacht, ob ich eine interessantere Persönlichkeit wäre, wenn Valentine wirklich existiert hätte, nicht nur als verschriftlichte Kopfgeburt.

Und es ist komisch – naja, nicht wirklich, aber zumindest ein bisschen – und auf einmal bitter, zugeben zu müssen, dass es für mich das Größte war, nach dem Meeting des Tages auf einer Bank im St. James's Park zu sitzen, die seltenen Vögel auf dem Teich zu beobachten und wie sich die Grauweide am anderen Ufer der Wasseroberfläche entgegenreckt oder alte Männer sich mit Eichhörnchen unterhalten und sie für ein bisschen Gesellschaft mit Nüssen füttern, dass ich es großartig fand, dort auf einer der vielen einfachen Bänke am Teichufer zu sitzen und darauf zu warten, nach Hause zu kommen.

24/3 – Dienstag

Ich konnte erst schlafen, nachdem ich Harpas Kissen und Decke genommen, zusammengeknüllt und in den halbleeren Kleiderschrank gestopft hatte. Anstatt zu verfliegen, ist ihr Duft im Bettzeug mit der Zeit stärker geworden. Er hat meine Gedanken auf unangenehme Bahnen gelenkt und mich wach gehalten. Deshalb konnte ich in dieser Nacht wie ein Seestern mitten auf dem Bett liegen, schön müde, nachdem ich ein halbes Buch gelesen hatte und darauf wartete, zu verschwinden. Zwischen Schlaf und Wachen, in diesem fieberhaften Limbus, hatte ich plötzlich einen weit zurückliegenden Morgen vor Augen: Ich war nicht älter als neun Jahre, als ich in meiner Thundercats-Bettwäsche aufwachte, auf den Knien zum Fenster kroch, den Vorhang anhob und mir die Sonne wie ein heißer Windstoß ins Gesicht strahlte: ein ruhiger und freundlicher Sommermorgen am Fjord. Ich sprang aus dem Bett und zog den Liverpool-Trainingsanzug an, grasgrün an den Knien und vorne an den Ärmeln. Ich lief aus dem Zimmer und rutschte auf Socken in die Küche und in Mamas Arme. Sie hat Brot getoastet und für mich bestrichen, eins mit Schokoladencreme, das andere mit Käse und Kaviar aus der Tube. Ich machte immer wieder das Milchglas voll. Wir haben uns unterhalten, aber meine Erinnerung war lautlos, ich sah nur die Lippen, die sich bewegten, und manchmal ein Lächeln. Es dauerte damals lange, bis ich satt wurde, aber als ich es an diesem Morgen endlich war, lief ich in den Flur, zog im Sitzen die Schuhe an und klemmte den Fußball unter den Arm, rief »Tschüss«, bevor ich die Tür hinter mir zuknallte, ich musste nicht sagen, dass ich runter zum Schmiedegelände laufe. Aber als die Tür zufiel, war nicht mehr Sommer draußen, sondern tiefer Winter, und ich war nicht mehr neun, sondern dreizehn. Statt des Balls hatte ich das Snowboard unterm Arm und war auf dem Weg auf den Berg, stand still und schien Mut zu sammeln. Wegen des Wetters, Schneetreiben. Das Dasein völlig farblos, nur Licht und Schatten, Schnee und graue Formen an den Stellen, wo Bäume, Häuser und Fahrzeuge unter Schneewehen verschwunden waren. Der Wind blies mir Eiskristalle ins Gesicht. Sie schmolzen, taten sich zusammen und liefen über meine Wangen, ich erschrak und setzte mich hellwach auf. Ich rieb mir übers Gesicht und wunderte mich über die Umgebung, hatte das Gefühl, aus einem langen Schlaf aufzuwachen, genauer gesagt aus einem sechzehnjährigen, und konnte kaum glauben, dass ich mich in der Wohnung befand, die ich mit Harpa gekauft hatte, konnte nicht glauben, frisch verlassen worden und allein zu sein, es gab nichts, das mir Gewissheit verschaffte, und ich dachte, alles nur geträumt zu haben – ich wollte alles in seiner ganzen Tragweite bezweifeln, bis ich schließlich aufstand und den Kleiderschrank öffnete, der eigentlich Harpas sein müsste, und mich dieser tückische Duft umschlang, wie eine Umarmung.

Ich beschloss, das Einschlafen gar nicht erst zu versuchen, und zog mich an. 04:48 Uhr stand in leuchtend roten Ziffern auf der Backofenuhr. Ich zog Schuhe und Mantel an, setzte Harpas Pelzmütze auf, rannte die Treppe runter, als würde das Haus lichterloh brennen, und lief durch die Eiseskälte in Richtung Süden.

Eine knappe halbe Stunde später war ich im Studentenviertel angekommen. Trotz der Dunkelheit und des rötlichen Laternenlichts war ich mir sicher, dass die Wohnhäuser mit den flachen Dächern so aussahen, wie ich sie in Erinnerung hatte, noch fast genauso wie früher: Die Dachvorsprünge noch strahlend weiß, die steilen Dächer rot ... Die einfachen, kniehohen Lattenzäune waren noch an ihrem Platz und lugten blau aus den Schneehaufen auf den Rasenflächen hervor, und mein altes Wohnzimmerfenster im Erdgeschoss war zwischen den Glasscheiben immer noch beschlagen. Ich guckte eine Weile durch dieses Fenster und versuchte, mich selbst beim Rausschauen zu entdecken, vielleicht als ich im Hemd an einem Wintermorgen über die Zukunft nachdachte, herauszufinden versuchte, ob ich mich in einen Masterstudiengang stürzen oder das Studium ausklingen lassen und einen Job als Fußsoldat bei der Bank annehmen sollte.

Ich stand dort am selben Ort zu verschiedenen Zeit-

punkten, und schnell wurde mir eigenartig zumute – das Wort Zeitschleife ging mir durch den Sinn. Ich lief zur Eingangstür. Alles war so bekannt, dass mir schwindelig wurde. Ich sah Bilder von Gesichtern, die ich lange nicht gesehen hatte, und spürte den Frieden, der von den Erinnerungen auf der anderen Seite der Tür ausging, fühlte eine unerwartete Wärme in der Magengrube und war überzeugt, dass jetzt nicht März 2009 sein konnte, gemessen daran, dass ich im Dezember 2003 zuletzt dort gewesen bin, gut fünf Jahre konnten nicht einfach so verfliegen – oder doch, natürlich mussten sie verfliegen, aber sie dürften nicht einfach so ins Blaue wehen und jeglichen Bezug eines Menschen zu seinem eigenen Leben kappen.
Als ich zur Tür ging, flog ich weder, noch wehte ich, sondern ich bewegte mich krampfhaft, die Kälte war wie ein Widerstand in der bewegungslosen Luft. Unter großer Anstrengung zwang ich meine Hand aus der Manteltasche, und als es gelungen war, fühlte sich die Türklinke geradezu warm an. Ich drückte sie leicht, bis ich merkte, dass die Tür abgeschlossen war, versuchte es trotzdem einige Male. In der anderen Hand, die noch in der Tasche steckte, hielt ich die Haustürschlüssel. In meiner Gedankenlosigkeit probierte ich sie aus, aber sie gehörten einer völlig anderen Generation an und blieben schon nach wenigen Millimetern stecken.

Bevor ich in den ersten Stock gegangen bin und meinen alten Tisch gefunden habe, stand ich eine Weile draußen. Wahrscheinlich war ich zu feige, um gleich reinzugehen, aber es kann auch sein, dass mich das Wetter festgehalten hat. Ich könnte es auch mit dem bisschen Sonnenwärme rechtfertigen, die durch die kühle Luft kam, jedenfalls hat sich mein gesamter Körper entspannt, als ich die Augen geschlossen, das Gesicht zur Sonne gedreht und etwas gespürt habe, etwas, das mich den Mantel aufknöpfen und an den Frühlingsanfang denken ließ. Das ist wahnsinnig gefährlich im März, eine Anzahlung auf schmerzliche Enttäuschung und Verärgerung.
Plötzlich war ein Vogel im Wasserbecken an der Nationalbibliothek. Er badete im flachen Becken bei mir in der Ecke, plantschte kurz, bevor er den Kopf hob, sich umsah, ein tiefes, künstlerisches Zwitschern von sich gab und mit den Flügeln weiter im klaren Wasser rührte. Einen solchen Vogel hatte ich noch nie gesehen oder gehört, und so habe ich mich dümmlich interessiert auf das Mäuerchen gestützt und ihn beobachtet. Es war ein schlanker, schwarzer, spatzartiger Vogel mit gelbem Schnabel. Er sah aus wie ein Star, war aber viel größer und hatte mattere Federn, und weil er so kohlschwarz war, überlegte ich gleich, ob es eine Schwarzdrossel sein könnte. Ich kannte den Namen und vermutete, dass der Vogel dieser Art angehört, aber der Schnabel war so auffällig gelb, dieses satte Sonnenblumengelb hat sich derart in mein Gedächtnis eingebrannt, dass ich im Nachhinein nicht ausschließen kann, dass der Vogel seinerzeit einen

passenden Namen zu seiner Schnabelfarbe bekommen hatte und ich vorhin vielleicht tatsächlich einer Sonnendrossel beim Baden zugesehen habe.
Sie ist unzählige Male untergetaucht und hat ihre Flügel geschüttelt, ohne loszufliegen. Das Wasser perlte glitzernd von ihr ab, und je mehr dieser Perlen ins Wasser tropften, desto unruhiger wurde ich. Ich fand, dass sie sich unnötig viel Zeit nahm, unerträglich viel Zeit, und ich fing an, mich umzusehen. Falls sie gerade nach einer langen Reise gelandet war und nichts von Reykjavíks großem Katzenbestand wusste, war nichts Gutes zu hoffen. Sie badete weiter, unaufmerksam, obwohl sie manchmal den Kopf hob. Einmal legte sie eine Pause ein und zwitscherte vorbeifliegenden Rotdrosseln zu, doch die verstanden sie nicht und scherten sich auch nicht weiter darum, rasten einfach weiter durch schlafende Pappelzweige. Die Sonnendrossel badete weiter, und ich hielt nach Katzen Ausschau, hatte meine Augen ganz auf Katzen eingestellt und war bereit, loszuschreien, sobald sich ein Schwanz oder ein Katzenauge blicken lassen würde. Ich musste es allerdings nicht, denn genauso plötzlich, wie er gekommen war, verschwand der Vogel auf einmal im nahen Kieferngebüsch. Ich war erleichtert, vermisste ihn aber auch – fühlte mich seltsam allein.
Die Bibliothek ist ein guter Ort, um auf Gedankenjagd zu gehen, finde ich. Im Vergleich zu meinem Körper schien sich mein Geist an nichts zu erinnern. Als ich die Treppe hoch und über die Glasbrücke ging, überkam mich eine ganz eigene Ruhe, ganz losgelöst von meinen Gedanken. Mein Körper tat so, als würde er nach unerträglich langer Abwesenheit nach Hause kommen, und da er es sich erlaubte, alle Muskeln zu

entspannen, musste ich gleich in die Cafeteria gehen. Wir saßen zu viert dort, da es weder Mittags- noch Kaffeezeit, sondern bloß eine Zwischenzeit war. Ich schloss mit dem Mädchen an der Theke einen sofort wirksamen Vertrag ab, kaufte eine Zehnerkaffeekarte. Ich fühlte mich unglaublich wohl, so warm und ruhig, und das Sonnenlicht schien so hell durch die Fensterscheiben, man konnte es fast schon spüren, und ich musste an den kommenden Sommer denken. Da war es vielleicht zwanzig Minuten her, dass ich draußen in der Sonne gestanden und mich dem Frühling geöffnet hatte. So schnell kann es gehen.
Ich habe mir einen weiteren Kaffee geholt und bin mit dem randvollen Becher langsam zurück zum Tisch gegangen. Bevor ich mich nach vorne beugte und den ersten Schluck trank, sah ich durchs Fenster ein blondes Mädchen von hinten. Sie stand am Eingang und sprach mit einem rauchenden Kerl. Ganze vier Sekunden lang war ich sicher, dass dort Harpa stand, von dem Augenblick an, in dem ich sie dort stehen sah, bis sie das Gewicht von einem auf den anderen Fuß verlagerte, war ich mir sicher. Es war keine große Bewegung, nur eine winzige Bewegung mit der Hüfte und einem Fuß, aber groß genug, um zu erkennen, dass es keineswegs Harpa war, dieses Mädchen hätte genauso gut schwarze Haare und dicke Waden haben können, so unähnlich war es Harpa nach der Gewichtsverlagerung.
Langsam drückt der Kaffee auf die Blase. Ich werde auf die nächste Toilette gehen, gleich hier um die Ecke. Es wird sicher ein besonderes Gefühl sein, dort allein auf den weißen Fliesen zu stehen und in den Spiegel zu sehen. Ich weiß nicht, wann Harpa und ich das dort

zuletzt gemacht haben – das gemacht haben? Harpa und ich haben ein paarmal auf dieser Toilette gefickt, anders kann man es nicht nennen, vor allem nicht »das«. Anfangs haben wir noch vor Lust gestöhnt und uns im Spiegel in die Augen gesehen, die Lippen wie zugetackert und die Nasenflügel weit aufgebläht, aber als die Spannung sank und der Sex immer länger wurde, haben wir beschlossen, unsere Toilettenausflüge in der Bibliothek eine gewisse Zeit ruhen zu lassen. Die Pause dauert bis heute an.

29/3 – Sonntag

Das war wohl das Aus fürs Café Mokka. Ich kann mich dort erst wieder blicken lassen, wenn ich durchs Alter unkenntlich geworden bin.

Ich war fest davon überzeugt, dass Harpa zur gewohnten Zeit eintreffen würde. Als sie nicht auftauchen wollte, ist mir klar geworden, dass wir in letzter Zeit ziemlich unpünktlich waren und in den letzten Wochen absolut keine feste Zeit mehr gehabt hatten. Mit der leeren Tasse vor mir fiel mir die Entscheidung schwer, ob ich einen zweiten Kaffee nehmen und und weiter warten oder mich damit zufriedengeben sollte, dass sie auch später nicht mehr kommen würde. Ich fühlte mich dort ganz gut aufgehoben, einige unterhaltsame Gespräche waren im Gange und niemand schien mich dort allein auf der langen Bank zu bemerken.

Am Tisch genau gegenüber saßen vier Männer, die ich schon ein paarmal gesehen hatte. Sie waren immer laut

und kritisierten alles. Ich stellte mich auf ihre Wellenlänge ein, hörte ihnen zu und fühlte mich nach einer Weile unglaublich schlecht. Zuerst dachte ich, dass sie einfach nur alles falsch verstehen, aber schnell wurde ihre Dummheit unverzeihlich, und es war schlimm, mir vorzustellen, dass auch noch andere ihnen zuhören könnten. Es spielte keine Rolle, welchen Unsinn sie am Anfang von sich gegeben hatten, deswegen bin ich nicht aufgestanden, das tat ich erst, als ich den Mann, der am nächsten bei mir saß, sagen hörte: »Richtig, genau. Aber habt ihr schon das Neuste gehört, Jungs? Ich habe es diese Woche gehört, und es ist teuflisch gut, gut und wahr. Ihr kennt sicher das Wort Gangster, oder, dieses gute alte? Aber habt ihr auch schon mal was vom Bankster gehört? Nein? Jæja, das bedeutet natürlich genau dasselbe. Teuflisch gut! Dieser ganze maßlose Irrsinn, Jungs ...«
Ich stand so ruhig wie möglich auf, um nicht das Tischchen vor mir umzustoßen oder meinen Sitznachbarn beim Kaffeetrinken zu stören. Das gelang mir auch, aber meine Wut hatte sich in Bewegung gesetzt, und die beiden kurzen Schritte bis zu diesem Mann konnten nicht verhindern, dass sie ausbrach, sie reichten nicht, um mich zur Besinnung zu bringen. Seine Hände lagen auf dem Tisch, und seine Finger deuteten immer noch zwei Pistolen rechts und links neben der Kaffeetasse an, als ich neben ihm stand, ohne zu wissen, was ich tun wollte. Aber als er mich ansah, bevor das Gespräch am Tisch richtig zum Erliegen gekommen war, als seine schäbigen Augen die meinen trafen, schlug ich ihm die Brille von der Nase, nicht mit der Faust, ich scheuerte ihm eher eine, und seine Haut war so fettig, dass die gekrümmten Finger

abglitten und ihn kaum verletzten. Der Mann warf sich an seinen Sitznachbarn, hielt seine Wange und schrie protestierend auf. Ich beugte mich nach vorne und drückte ihn mit beiden Händen zurück auf seinen Platz, schubste ihn gegen den Kerl, der gerade etwas sagte – der wie sie alle irgendetwas brabbelte –, befahl ihnen, die Klappe zu halten und brüllte demjenigen, den ich geschlagen hatte, ins Gesicht: »So machen es die Gangster, du Scheiß Labermaul, bevor sie dir die Kehle durchschneiden, die Zunge durch den Schnitt ziehen und sie an deine Eier binden. Du solltest froh sein, dass ich nur ein Bankster bin.«
Es herrschte Aufbruchstimmung, Grabesstille, bis einer derjenigen, die auf der anderen Seite des Tisches saßen, fragte, ob ich eines dieser armen Schweine sei, die Island in den Bankrott geführt hätten. Im Gegensatz zur Frage war die Antwort sehr undeutlich, es sei denn, dass die Frage auch undeutlich oder unklar gewesen ist, sie war auf jeden Fall irgendetwas genug, um mich dazu zu bewegen, alles vom Tisch in seine Arme zu fegen. In diesem tosenden Krach hörte ich jemanden schreien und nach Jesus rufen. Ich schaute kurz auf und sah die Kellnerdamen hinter der Kaffeemaschine die Köpfe recken, schaute zur Tür und sah Leute, die nicht mehr reingekommen waren, durchs Fenster gafften. Die Männer am Tisch fingen wieder an zu labern: »Hey! Hallihallo! Hör mal! Was soll das eigentlich? Bist du argumentativ schon bankrott, du Schläger? Was glaubst du, tust du hier?« Der, der dem Geschlagenen gegenübersaß, war halb aufgestanden und fragte in den Raum hinein, ob schon jemand die Polizei gerufen habe. Ich schubste ihn zurück auf seinen Platz. Da forderte er, dass sofort die Polizei ge-

rufen und »dieser Mann entfernt« werde, aber da schlug »dieser Mann« ihm mit der flachen Hand direkt auf den glänzenden Schädel, ich schlug ihn wieder und wieder, aber nur beim ersten Mal hat es richtig schön geknallt, die anderen Schläge waren dadurch gedämpft, dass er meinen Arm gepackt hatte und auf der Bank hin- und herrutschte, während er weiter behauptete, dass ich völlig verrückt geworden sei. Ich aber war durch meine Wut so stark, dass ich mich spielend leicht losriss, am Tischende stand und die Männer ansah, den Blick zwischen den Gesichtern hin- und herwandern ließ, jedes eine eigene Version von Angstgesicht.
Wieder Stille im Mokka. Meine Wut ließ langsam nach. Dafür fing ich an zu zweifeln, und mit einem Mal verstand ich nicht, warum sie mich noch nicht gemeinsam unter Kontrolle gebracht, mich auf den blutroten Teppich gezwungen und mich dort mit einem guten alten Knebelgriff festgehalten hatten, und genauso wenig konnte ich meine Furchtlosigkeit vor einer solchen möglichen Reaktion verstehen. Ich strich mir über den fast kahlgeschorenen Kopf, ohne die Männer aus den Augen zu lassen. Ihre offensichtliche Angst war unglaublich bekräftigend, geradezu anspornend. Ich muss wahnsinnig ausgesehen haben. Der Kerl, der über und über mit Sahne und Kaffee bespritzt war, versuchte, das Hemd anzuheben, von der Haut fernzuhalten, aber mit dem ganzen Geschirr auf dem Schoß und einem Teller unterm Arm war das schwierig.
Die Lampe über dem Tisch schaukelte. Ich konnte mich nicht erinnern, sie angestoßen zu haben, aber jetzt nahm ich sie und richtete den Lichtstrahl auf die Gesichter der Männer, leuchtete langsam zwischen diesen erschreckten, mittelalten Visagen hin und her,

obwohl ich mir am heißen Lampenschirm die Finger verbrannte. Durch den Schmerz wurden meine Kaumuskeln fester und die Luftröhre enger, er veränderte meine Stimme, ließ sie ernsthafter klingen, als ich sagte: »Beim nächsten Mal, meine Herren, vielleicht bin ich beim nächsten Mal ein großer Junge geworden, der gelernt hat, die Fäuste zu ballen.«
Mantel und Pelzmütze lagen noch auf der Bank, auf der ich gesessen hatte. Ich beugte mich über das Tischchen. Die Leute lehnten sich zur Seite und vermieden es, mir in die Augen zu sehen. Ich versuchte, mich so langsam wie möglich anzuziehen, knöpfte sogar den Mantel zu und knotete die Mütze unterm Kinn. Auf dem Weg nach draußen fühlte sich das Tuscheln hinter meinem Rücken wie Jubel an. Ich schloss sorgfältig die Tür und lief die Straße hinauf. Meine Finger schmerzten, und ich nahm Schnee von einer Mülltonne, um die Verbrennungen zu kühlen. Erst am alten Gefängnis fing ich an zu rennen, nachdem ich plötzlich unangenehm zu zittern begonnen hatte.

31/3 – Dienstag

Als ich eine wochenalte Tageszeitung durchgeblättert habe, bin ich bei den Kleinanzeigen hängen geblieben, bei einer Anzeige auf rosa Hintergrund: »Größerer Penis, besserer Penis«. Gewissenhaft habe ich alles über dieses Produkt gelesen, das nun endlich auf dem Markt sei und mir dauerhafte Vergrößerung garantiere, sowohl in der Länge als auch im Umfang. Darunter war mehr ein flehender Aufruf als eine Anzeige vom Hilfs-

werk der Kirche, Wasser zu spenden, ohne nähere Erläuterung, und daneben, in der Rubrik »Kaufgesuche«, eine schwarz-weiße Anzeige von jemandem, der gegen Bargeld »Gemälde von anerkannten Künstlern und hochwertiges Mobiliar« kaufen wollte. Ich hielt inne, sah mich im Wohnzimmer um und zählte vier, fünf anerkannte Künstler an den Wänden und lauter Möbel, die alle in der oberen Liga spielten. Im meinem Kopf war plötzlich alles klar und ich hatte das Gefühl, einen gangbaren Weg in die nahe Zukunft zu sehen, rief aber erst an, nachdem ich wie bei einer Gemäldeausstellung durchs Wohnzimmer geschritten war, mir übers Kinn gestrichen und alle Bilder so gründlich wie seit dem Kauf nicht mehr angesehen hatte.
Es ging niemand dran. Ich ließ es lange klingeln, war immer kurz davor, aufzulegen, wartete aber doch immer noch ein Klingeln ab, bis die Verbindung von allein beendet wurde. Bei einem Glas Cola fühlte ich, wie bereit ich innerlich dazu war, mich von diesen Bildern an der Wand und am liebsten auch von ein paar Möbeln zu trennen. Als ich das zweite Colaglas leerte, klingelte das Telefon: unterdrückte Nummer. Ein Mann mit schwächlicher Stimme, die nicht auf das Alter schließen ließ, fragte unumwunden, ob ich etwas zu verkaufen hätte. Ich erwiderte, dass ich etwas besäße, das ich gerne gegen Bargeld eintauschen würde. Er sagte, dass er bar bezahle, und bat mich, die Namen zu nennen. Ich verstand nicht. »Welche Maler hast du?« Um sicher zu sein, ging ich ins Wohnzimmer, las aus allen Ecken vor. Er fragte, wo ich wohne, und ich antwortete ihm ganz korrekt. Er könne in einer Stunde bei mir sein, um sich die Bilder anzusehen, wenn das in Ordnung sei. »Gerne.«

Ich beschloss, die Wohnung aufzuräumen, bevor er kommen würde, zumindest das Puzzle, das Zierobst und die Kristallsplitter aufzuheben und vielleicht auch Staub zu saugen, das Wohnzimmer ein bisschen ordentlicher zu machen und den Dekokram zu ordnen. Es dauerte, die Puzzleteile und das Zierobst mit Besen und Kehrblech einzufangen, aber die Kristallscherben lagen fast auf einem Haufen unterm Esszimmertisch. Als ich alles in den Mülleimer entsorgt hatte, fand ich es mehr als ausreichend ordentlich für einen unbekannten Mann, der schöne Bilder von anerkannten Künstlern für wenig Geld bei mir abholen wollte, und beschloss, zu duschen und mich in Ruhe umzuziehen.

Kaum eine Minute nachdem ich den Türöffner an der Gegensprechanlage gedrückt hatte, klopfte es an der Wohnungstür. Müde Augen sahen mich aus einem schmalen Gesicht an, das in einem Pelzkapuzenkragen steckte. Wir begrüßten uns, ohne unsere Namen zu sagen. Die Hand war kalt und knochig, und die Jacke durchs viele Tragen ausgeblichen. Erst als ich die Tür geschlossen hatte, nahm der Mann seine Kopfbedeckung ab. Da kamen eine stumpfe Glatze und ein Haarkranz zum Vorschein, der wie ein vertrockneter Lorbeerkranz aussah. Er drohte gleich, die Schuhe auszuziehen, legte schon die Schuhspitze des einen an die Ferse des anderen Schuhs, aber ich bat ihn, sie auf jeden Fall anzubehalten, sagte, dass unglaublich lange nicht mehr geputzt worden sei, und malte mir aus, was für Stinkefüße er wohl aus diesen alten Wanderschuhen ziehen würde. Er sagte nichts, machte nur die Jacke auf und wartete auf ein Zeichen. Auf seinem rotkarierten Hemd entdeckte ich eine weiße Feder, und ich fand es wahrscheinlicher, dass er Tauben züchtet, als dass seine Jacke Federn ließ. Ich dirigierte ihn ins Wohnzimmer.

»Das alles hier.« Einen Moment lang dachte ich, ich müsste mein Zuhause rechtfertigen, schwieg dann aber doch. »Und du willst die meisten davon loswerden, ja? // Ich weiß nicht. Das hängt wohl vom Preis ab.« Er ging von einem Bild zum anderen, trat kurz ganz nah heran, prüfte den Namen und ließ die Augen oberflächlich über das Bild huschen. Ich stand am Esstisch und bereute schon, dass ich ihn angerufen hatte. »Das ist erniedrigend, wie du die Bilder ansiehst. // Was? // Ich meine – nichts. // Entschuldige.« Die Entschuldigung war vollkommen inhaltslos, er ließ ihr ein kurzes Lachen folgen. Mir war es ganz egal. Es war aus mir herausgerutscht, und ich glaubte es selbst kaum, als die Worte im Wohnzimmer nachhallten.

Ich stand immer noch am Tisch und bekam einen heißen Kopf, als der Mann die Augen zusammenkniff und den Mund öffnete, einen Moment bevor das erste Wort herauskam: »Also – ich habe durchaus Interesse an alldem, und da sind wir gleich beim springenden Punkt – Preisvorstellungen. // Ich weiß, was ich bezahlt habe. // Das Geld wirst du in den nächsten Jahren wohl nicht wiedersehen. // ... // Ich nehme an, dass du zum Beispiel für Kristján Davíðsson eine Million bezahlt hast. Richtig? // Plusminus. // Heute reden wir über tausend Euro. // Was? Hundertsechzigtausend Kronen? // Fast dreihundert. Ich wickle meine Geschäfte in der Realität ab, wirst schon sehen. // Ah so. // Ja. // Und du zahlst in Euro? // Pfund, Dollar, Euro. // Ließe sich Kristján dann nicht auf tausend

Pfund bringen? // Keine Chance. Heute bezahle ich in Euro. Pfund und Dollar kommen mehr im Sommer und Herbst rein. // ... // Kristján steht in meinen Unterlagen bei tausend Euro. // ... // Aber das von Eggert Pétursson bringt zweitausend, obwohl es so klein ist. // Weiter. // Also – Eiríkur Smith liegt bei tausend, Karl Kvaran und Birgir Andrésson nur bei fünfhundert, obwohl die Gesegneten schon tot sind. Dieses hier und das hinter dir konnte ich nicht erkennen. // Kristín Sowieso hier und Hrafnkell Sowieso da. // Ja, schönschön. Also – mit denen kenne ich mich nicht aus, und das hat seinen Grund. Wenn ich dich von ihnen befreien soll, gebe ich dir zweihundert für das Paar. // Das kommt überhaupt nicht in Frage, das sind gute Bilder. // Das spielt keine Rolle, nicht hier und jetzt, ich bin weder als Kunstliebhaber hier, noch werde ich diese Bilder in nächster Zeit ohne Verlust verkaufen können, wenn ich mehr als hundert pro Stück zahle. So ist es halt. // Weil wir in der Realität dealen? // Genau. // Und dir gegenüber ist die Realität in dieser Saison anscheinend gnädig? // Das sind Gelegenheiten.«
Ich wollte diesem Aasgeier so wenig wie möglich verkaufen, am liebsten nichts, aber da ich ihn nicht ausrauben, umbringen und seine Leiche in Krísuvík loswerden konnte: »Können wir das in Raten machen? // Raten? // Ich brauche ja offensichtlich Geld, Scheine, will aber nicht alles auf einmal verkaufen. Könnten wir nicht heute über ein oder zwei Bilder verhandeln und dann vielleicht später noch einmal? // Klar, heb einfach die Nummer auf. Welche Bilder bist du denn bereit abzugeben? Naja, oder der Sessel da, ich darf auch solche Möbelstücke kaufen.« Als er sagte, dass er

»kaufen darf«, wirkte er verlegen, und ich stellte mir sofort einen fetten, Zigarren rauchenden Boss in einem düsteren Büro vor, aber vermutlich saß er sowohl schlank als auch gesund, gebräunt in einer sonnigen Lagerhalle in Garðabær, und statt einer Zigarre hielt er sicher ein Porzellantässchen mit Kräutertee in der Hand. »Der steht nicht zum Verkauf, gehört quasi zur Aussicht. Da könnte ich auch gleich versuchen, dir die Aussicht zu verkaufen.« Er warf einen Blick über die Schulter und ließ ihn kostenlos einige Sekunden lang schweifen. »Die Häuserblocks stören, und auch die Pappeln, wenn sie Blätter kriegen – aber trotzdem, bei dieser Aussicht brauchst du natürlich keine Bilder an den Wänden. // Kann sein. Aber meine Frau hängt an ihnen, besonders an Eggert und Eiríkur, und Kristín hat sie ganz allein gekauft, daher kommt ihr Bild absolut nicht in Frage. Wir reden hier eigentlich nur über Kristján und Hrafnkell Sowieso. // Und Kvaran. // Nicht jetzt. // Um die Frau milde zu stimmen? // Ja. // Ja. Bemerkenswert, normalerweise haut eher der Mann ab, und die Frau verkauft die halbe Wohnung. // Ist das so? // In neun von zehn Fällen. // Dann bin ich wohl besonders. // Einzigartig, Markús. // ... // ... // Nimm Kristján und gib mir fünfzehnhundert. // Ausgeschlossen. // ... // Ich könnte Kristján und Hrafnkell für elfhundert nehmen. // Blödsinn!« Er sah mich kurz an, wirkte so gefühllos, dass ich Lust bekam, ihm einen richtigen Schrecken einzujagen, musste aber schmunzeln über das, was ich ihm sagen wollte: Dass die Wohnblocks beim Sturz aus dem Fenster nicht stören und ich ihm das kostenlos anbieten könne. Je länger ich lächelte, desto ratloser wurde der Aasgeier. Er zog ein altes Handy aus der Jackentasche, lief zum

Fenster und rief jemanden an, sagte ein paar unverständliche Worte und guckte nach draußen, auch noch als er das Handy wieder in die Tasche gesteckt hatte, drehte sich noch nicht einmal um, als es zweimal leicht an der Tür klopfte, sagte nur: »Lass ihn rein.« Ich musste wieder an den Boss denken, jetzt würde ich vielleicht dahinterkommen, ob er dick oder dünn war, blass oder braun. Draußen wartete aber keineswegs der Boss, sondern ein Laufbursche mit Entenfüßen, ein kräftiger Kerl in meinem Alter, eher fett als muskulös und mit hochrotem Gesicht wie das Hinterteil einer läufigen Schimpansendame nach der morgendlichen Sonnenbankeinheit. Er hatte eine weite, schwarze Wildledertrainingshose an, recht schick, und aus seinem Kragen baumelten kleine weiße Kopfhörer. Wir begrüßten uns, und ich zeigte ihm den Weg ins Wohnzimmer. Meine Hand hatte er so fest gedrückt, dass ich froh war, seinem Vorgesetzten keinen Schrecken eingejagt zu haben.

Die Kollegen wechselten kein Wort. Der Jüngere zog ein mit goldener Büroklammer zusammengehaltenes Geldbündel aus der Tasche und zupfte ein paar Scheine heraus, zählte mit leiser Stimme elfhundert Euro auf den Couchtisch. Als er fertig war, riss sich der andere endlich von der scheißmittelprächtigen Aussicht los, zeigte auf die beiden Bilder, setzte die Kapuze auf, steckte die Hände in die Taschen und ging, ohne sich zu verabschieden oder die Tür zu schließen. Da wurde der Laufbursche plötzlich gesprächig. Seine Stimme klang vorsichtig und ein bisschen heiser: »Musst du irgendwas klarmachen lassen? // Klarmachen? // Ja, irgendwas, das erledigt werden muss, worum du aber niemanden bitten kannst. // Zum Beispiel? // Wenn da was wäre, wüsstest du's. // Meinst du, jemanden verprügeln zu lassen, oder was? // Vielleicht. Vielleicht auch nicht. Lieber nicht. // Umbringen? // Immer mit der Ruhe! Nein, ich meine, wenn du zum Beispiel ein Auto hast, das wenig mit Schulden belastet ist, und du Cashmo brauchst. // Cashmo? // Cash money. // Du meinst Kohle. // Ist das Gleiche. // Und du kümmerst dich um alte Autos? // Sagen wir, ich könnte dafür sorgen, dass deine Autoversicherung zum Tragen kommt. // Gegen Cashmo? // Ja. // ... // Fünfzig Prozent der Nettosumme. // Ich denke, ich sollte es für den Moment genug sein lassen.« Da hatte er schon die Bilder vom Nagel genommen und hantierte vor meinen Augen mit ihnen herum. Sie waren offensichtlich schwer – seine Gesichtsfarbe wechselte von rot zu blau.

2/4 – Donnerstag

Gewollte Einsamkeit ist ein unglaublich einfacher Zustand. Auf niemanden Rücksicht nehmen zu müssen außer auf sich selbst vereinfacht alles, und einfach kein Bedürfnis zu haben, Rücksicht auf ein anderes Individuum zu nehmen, ist eine Anzahlung auf den inneren Frieden.

Und dann kommt jemand wie das Mädel eben vorbei und macht alles zunichte.

Ich habe vorhin ein Absatzklappern gehört, bei dem ich einfach von meiner Zeitung aufschauen musste. Und dann wollte ich nicht mehr aufhören, mir das, was ich da sah, anzusehen, und so schielte ich in ihre

Richtung, während ich in meinem Becher rührte, sie einen Tee und Sahnetorte bestellte und bezahlte. Sie trug einen Islandwollpulli und schwarze Cowboystiefel über einer engen Jeans. Das dicke, glatte Haar war honiggelb oder wirklich golden, schwer, die Farbtöne auseinanderzuhalten, wenn man nur so flüchtig hinsieht, aber dass das zart geschminkte Gesicht freundlich aussah, das habe ich gleich erkannt, als ich zum ersten Mal hingeguckt habe, dass ihr Gesichtsausdruck fast ermutigend war, obwohl Augen und Mund »Herzensbrecher auf wohlgeformten Beinen« und ihr Gang »London-Paris-Rom« sagten. Sonst hätte ich sie wohl nicht eine halbe Minute lang an der Theke beobachtet, bevor ich aufhörte, neben dem Becher in der Luft zu rühren, den Löffel vorsichtig ablegte und Buch und Stift aus dem Mantel zog. Offensichtlich ist vorhin ihre Freundin eingetroffen. Jetzt sitzen sie auf den gepolsterten Stühlen in der Ecke. Ich sehe sie nicht wirklich gut, eigentlich nur ihren Stiefel, den sie manchmal übers Knie schwingt, und trotzdem ist ihre Anwesenheit wie ein Scheinwerfer, der schonungslos auf meine Sehnsucht nach Nähe gerichtet ist.

4/4 – Samstag

Wenn mich niemand ansieht, existiere ich nicht, insbesondere, wenn ich niemanden sehe, der mich ansieht. Deshalb habe ich lange einfach vor mich hin gestarrt, bis ich bemerkte, dass das kleine Mädchen, das mit seiner Mutter neben mir saß, mit mir sprach. Ich sah sie an, ihre Augen waren klug und konzentriert, sie wollte wissen, was ich hier eigentlich mache. Ihre Mutter antwortete für mich, nahm die Hände ihrer Tochter, beugte sich über sie und raunte ihr zu, dass ich lese und sie mich nicht stören solle.

Sie war wahrscheinlich vier oder fünf Jahre alt, und ihren unruhigen Füßen und ihren Pausbäckchen zufolge hatte sie sich gerade ein Stück Schokotorte in den Mund geschoben. Sie schleckte und schmatzte, sah sich die Leute an, die überall saßen und standen, bevor sie wieder zu mir sah und fragte, wie ich heiße. Die Mutter lächelte. »Markús. Und du? // Alda, wie die Oma. // Schön. Ich bin nach niemandem benannt, den ich kenne. // Echt? // Ja. Wahnsinn, was für ein schönes Kleid du da anhast. Hat Oma Alda es genäht? // Sie heißt Oma Addí. // Okay. Hat Oma Addí das Kleid genäht? // Nein, meine Mama. // Wow. Ist es wohl eher violett oder pink?« Sie guckte ihr geringeltes Kleid an und streckte einen Finger aus, sah, dass er ganz schokoladig war und passte daher auf, beim Zeigen nichts zu berühren: »Das ist pflaumenrot, das ist lila, das ist weinrot und das ist tauweiß. Weißt du denn gar nichts?« Sie fragte das weder sauer noch irritiert, sondern mitleidig, sie sah mich an, als wäre ich ein Lamm mit zwei Köpfen. »Doch, ein bisschen vielleicht. Mein Pulli ist zum Beispiel dunkelgrau, nicht schwarz. // Dein Pulli ist koksgrau.«

Vielleicht habe ich die Kellnerin zu lange angeguckt? In diesen Tagen bezahle ich auch für den Kontakt zu Menschen, Dienstleistungen der simpelsten Art, und dabei möchte ich für mich natürlich das meiste rausholen. Es hat mir erbärmlich viel gegeben, der Kellnerin dabei zuzusehen, wie sie nach dem Gebrauch die Aufschäumdüse der Kaffeemaschine mit einem Tuch abgewischt hat. Ich sage nicht, dass ich im gleichen Rhythmus den Stift auf- und zugemacht habe, aber ich hielt ihn in der Hand und rieb mit dem Daumen fest über das glatte Gold.

Da hörte ich einen unterdrückten Aufschrei. Ich hatte sie gerade nicht beobachtet, sondern in einer Zeitschrift gelesen, blickte aber sofort auf und sah die Kellnerin ein großes Messer von sich werfen und ihren Finger anstarren, und als ich glänzende Blutstropfen aus dem Nagel quellen sah, steckte sie den Finger in den Mund und kniff die Augen zu. Während sie an ihm lutschte, sogen sich ihre Wangen ein, und unbewusst fing auch ich an zu saugen, bis sich plötzlich Blutgeschmack auf meiner Zunge ausbreitete und vom Mund in die Nase stieg, und auch jetzt noch schmeckt es in meinem Mund nach Eisen, obwohl ich ihn mit einer zweiten Tasse Kaffee ausgespült habe und sie ins Hinterzimmer gegangen ist und ein gelbes Micky-Maus-Pflaster auf die Wunde geklebt hat. Deshalb habe ich vorhin überlegt, ob ich sie vielleicht zu oft und zu starr angeguckt habe, wenn dadurch schon die Grenzen zwischen den Individuen angefangen haben, sich aufzulösen.

Gegen Mittag hat Vésteinn angerufen, um nachzufragen, ob der vorgestrige Abend ein paar Zeilen im Buch abbekommen hat. Ich meinte ja. Er ruft fast wöchentlich an, um sich zu erkundigen, wie es mit dem Werk vorangeht, und ich frage dann ohne zu antworten zurück, wie es mit seinem Leben vorangeht, um mir dann anzuhören, wie er gewissenhaft von seiner Doktorarbeit, vom Unterricht oder seiner Freundin in Edinburgh und der Sehnsucht erzählt, die manchmal jeden Quadratmeter zwischen ihnen ausfüllt, oft aber auch unangenehm wenig präsent ist.
Nach langer Funkstille habe ich vorgestern eingewilligt, ihn zu treffen, wir haben vereinbart, etwas Leichtes zu essen und zu trinken, und ich wollte ihm endlich von Harpa erzählen. Obwohl es schon sieben Uhr war, war es noch hell, als ich die Straße entlanglief. Früher hatte ich immer das Gefühl, dass der Frühling ausgebrochen ist, wenn ich im Hellen ausgegangen bin, und auf dem Weg musste ich daran denken, wie ich vor einigen Jahren im Hochsommer eine Bar verlassen hatte. Es war sechs Uhr morgens gewesen, und die finstersten Lokale machten gerade zu. Wir waren die letzten beiden von der Gruppe, die fast einen halben Tag vorher losgezogen war, und hatten schon stundenlang in dieser Bar über unseren Biergläsern geschwafelt, als wir in die gleißende Helligkeit aus dem Norden gescheucht wurden. Und als die Sonne mich fast umhaute, wurde ich nüchtern und dachte intensiv über Vampire nach. Leute strömten nach und nach lautstark aus den umliegenden Lokalen und fanden sich auf den Straßen in verstreuten

Grüppchen zusammen. Wir Kumpanen hatten uns auf einmal nichts mehr zu sagen. Man gewöhnt sich nicht daran, den Schatten in Richtung Süden fallen zu sehen.

Vésteinn saß ganz hinten im Lokal. Ich sah ihn nicht sofort, aber als ich ihn entdeckte, sah ich gleich, dass er neben einer Frau saß und über etwas lachte, das sie gesagt hatte. Ich vermutete sofort, dass es seine Freundin ist, dass sie über Ostern im Land ist und Vésteinn mich überraschen und uns bekannt machen wollte. Mitten in meiner Entschuldigung für die Verspätung geriet ich ins Stocken, als eine seltsame Wut in mir hochkochte und ich große Lust hatte, meinen Freund anzuschnauzen, aber da ich nicht wusste, was ich sagen sollte, schwieg ich, stand vor ihnen und schwieg so lange mit zwei unbeantworteten Begrüßungen auf meiner Rechnung, bis ich behauptete, dass ich nur gekommen sei, um ihnen mitzuteilen, dass etwas ganz Wichtiges dazwischengekommen sei und ich mich sofort darum kümmern müsse. Ich wartete keine Reaktion ab, sondern drehte mich vor ihren ratlosen Gesichtern um, und auf dem Weg nach draußen merkte ich, wie sehr ich Vésteinn dafür verachtete, mich so überrumpelt zu haben.

Ich wusste nicht wohin, lief einfach mit geballter Faust die Straße runter, bis ich mich ins Hressó setzte und etwas zu essen und zu trinken bestellte. Meine ungezügelten Gedanken wurden schnell so ermüdend, dass ich zur Ablenkung ein neues Bier bestellte. Irgendwann zwischen dem dritten und fünften rief Vésteinn an. Ich wies ihn ab, schrieb ihm lieber in einer Nachricht, dass ich nicht drangehen könne. Da fragte er zurück, ob alles »ok« sei. Ich meinte, dass sich das Problem schon lösen würde, es sei nicht so ernst gewesen wie gedacht. »Super! Wir hören uns.«

Ich saß da und beobachtete unruhig Gäste und Angestellte, bis ich den mir bekannten Kellnerinnen Blicke zuwarf und erfolglos versuchte, sie dazu zu bringen, mit mir zu plaudern oder sich zu mir zu setzen. Da knallte ich das Geld auf den Tisch und rauschte nach draußen, und auf dem Weg die Straße entlang beschimpfte ich mich selbst.

In der Ölstofa trank ich einen alten Whisky. Während der ersten beiden Gläser kam mir der Ort ruhig vor, aber das sollte sich schnell ändern. Plötzlich wurde die Bar von Leuten umzingelt und belagert, jeder Platz besetzt, an den Tischecken gestanden und die Musik vom lauten Stimmengewirr übertönt. Endlich war es draußen ganz dunkel und dämmrig in der Ecke, in der ich saß und mich nicht darum scherte, ob meine Augen offen oder geschlossen waren.

Dann tauchte Vésteinn neben mir auf der Bank auf. Ich inspizierte sein Gesicht, versuchte, von seinen Lippen zu lesen. Trotz des Rausches fühlte ich mich lächerlich, strich mir durch den Bart und nickte ununterbrochen. Dann saß ich plötzlich vor einer kalten Flasche Malzbier an einem Tisch am anderen Ende der Bar. Ich trank sie in einem Zug aus und erholte mich ein wenig. Vésteinn saß neben mir auf einem Stuhl, seiner Freundin gegenüber. Es saßen auch noch fünf andere am Tisch, die ich nicht kannte. Die meisten von ihnen lebten im Ausland, ich weiß nicht mehr wo, aber sie waren offensichtlich da, um das Heimatland zu besuchen, diesen krisengeplagten, abgelegenen Ort.

»Ich habe andere Zeiten erlebt!«, war das Einzige, was ich zu sagen hatte, stieß die Wörter in unregelmäßigen Abständen aus mir hervor und brachte damit das Gespräch aus dem Gleichgewicht. Als das Malzbier schon längst leer war und ich die Kälte spürte, die von meinen Tischgenossen ausging, stürzte ich an die Bar. Dort wurde ich in ein Gespräch mit Ausländern verwickelt, die ein paar isländische Schnäpse mit mir kippen wollten. Das Gespräch war sehr positiv, ich weiß nur nicht mehr, worum es ging. Und ich weiß auch nicht mehr, ob ich mit ihnen zum nächsten Ort gezogen bin, tendiere aber dazu, obwohl ich dort allein und verlassen auf der Tanzfläche stand und das Gespenst neben mir fragte, ob es tanzt oder heiße Scheiße durch sein Hosenbein schüttelt. Ein Bruchstück, und an die Reaktion erinnere ich mich nicht. Beim nächsten Bruchstück stehe ich auf einem wenig vertrauenerweckenden Balkon unter Rauchern und schnorre mir eine Zigarette, beim darauffolgenden hat sich die Anordnung auf dem Balkon geändert, ich stehe dort mit einem glühenden Zigarillo und versuche, die Zitronenscheibe in meinem Glas zu fokussieren, während ich mich mit dem Mann unterhalte, der vor mir steht. Ich kann mich erstaunlich gut an ihn erinnern, an diesen bärtigen, steifen Kerl mit buschigen Augenbrauen in einem schwarzen Mantel, der mehr wie eine Kutte aussah, vielleicht, weil ich mich schlagartig nüchtern fühlte, als er sagte, dass er Theologe sei. Zumindest in Gedanken sehe ich sein Gesicht schärfer werden, als er mir von seiner Ausbildung erzählt, dieses unheimlich große, schwarz behaarte Gesicht, und ich sehe, wie es einen Zug vom Zigarillo nimmt und den undurchsichtigen Rauch zu mir runter pustet, und auch ich nahm einen Zug vom Zigarillo, das ich vermutlich kurz vorher von ihm bekommen hatte. Da-

nach zerfällt meine Erinnerung zu Bruchstücken, zu bunt schimmerndem Glasstaub.
Gestern war ich dann krank, wachte in einem Schwindelanfall auf und hörte die Musik und das Gerede in meinem Kopf nachhallen. Die Finger der rechten Hand hielten ein unsichtbares Glas, und sie fallen immer noch in diese Position zurück.
Im Moment läuft hier ungewöhnliche Musik, eine dieser russischen Belagerungssinfonien, eindeutig Schlussszenenstimmung im Kaffeehaus, ein Alles-oder-nichts-Moment, Leben oder Tod, und ich habe den Drang, noch bevor die Musik aufhört und die Credit-Liste über den Bildschirm läuft, etwas tun zu müssen, um sie zu verdienen, irgendwas Entscheidendes, vielleicht das Buch in die Luft und den Stift auf den Boden zu pfeffern und dabei etwas über Freiheit und Solidarität zu rufen, bevor ich wieder nach draußen in den Nieselregen gehe.

Karfreitag

Helden sollten meiner Meinung nach nicht über Selbstbefriedigung reden. Ich werde es trotzdem tun, obwohl ich sicher der Held in diesem Buch bin, zumindest »der Held«. Es sei denn, Harpa ist der Held? Sie spielt jedenfalls die Hauptrolle, alles scheint sich um sie zu drehen. Wer oder was ist dann der Drache? Ich spüre, dass es einen Drachen gibt, den der Held besiegen muss. In jedem Buch gibt es einen Drachen, auch in dem, das ich im Winter gelesen und von dem ich nur noch die Masturbationsszene im Kopf habe:

Mitten im Verlauf des Abendessens hat der Ehemann auf der Toilette alles um sich herum vergessen, seine Eier in die Nachtcreme seiner Frau getunkt und zufrieden gewichst, bevor er zurück zu den Gästen gegangen ist. Er war ein Held wie ich, nur dass ich allein war, als ich gegen zwei Uhr unter der Morgendusche stand und überlegte, gegen die Wandfliesen zu spritzen. Bevor ich Hand anlegte, dachte ich an Harpa – an ihre Abwesenheit – und fand plötzlich jegliches Wichsen zwecklos, denn es ging nicht darum, abends länger durchhalten zu können – höchstens vielleicht mich selbst.
Und trotzdem habe ich losgelegt – mir einen runtergeholt. Es war außergewöhnlich gut. Danach stand ich unter dem breiten Wasserstrahl und habe tief eingeatmet, tiefer, als ich es gefühlt seit Ewigkeiten konnte. Auf einmal habe ich mich an eine Nacht hier im Schlafzimmer erinnert, hier im Bett. Es ist eine Erinnerung ohne Datum, es war recht hell im Zimmer, natürliche Helligkeit – ja, ganz sicher waren die Lampen und der Kronleuchter aus, es muss eine Sommernacht gewesen sein. Harpa war kurz davor, von hinten zu kommen, ließ die Arme auf der Matratze liegen und zog die Schultern zurück, die Schulterblätter und Rückenmuskeln traten hervor, der Rücken immer durchgedrückter, das Kreuz tiefer, anspornende Laute, sie warf ihren Kopf zurück, ließ ihn zwischen die Schultern fallen, legte ihre Hände aufs Kopfende und drückte sich höher, lange weiße Arme, dieser Körper, und plötzlich durchzuckte es uns ... Diese Erinnerungsschleife habe ich immer wieder durch meinen Kopf gejagt, bis ich mit dem körperwarmen Strahl zusammenfloss.

Bei meinem Tarzankater vor ein paar Tagen habe ich mich nach einem Wassereis gesehnt. An kein anderes Nahrungsmittel konnte ich denken, ohne dass mir kalter Schweiß ausbrach, mir einige Minuten lang schwindelig wurde und ich Galle ins Klo würgte. Daher suchte ich in der Tiefkühltruhe, wühlte lange herum, ohne ein entwischtes Eis vom letzten Sommer zu finden, selbst als ich das Fach komplett ausgeräumt und alles auf den Tisch gelegt hatte – aber die Kälte, die dort herausquoll und mir um die Beine strich, tat gut, und da sie nur bis zu den Knien kam, setzte ich mich auf den Boden. Am liebsten wäre ich ins unterste Fach der Tiefkühltruhe gekrochen und hätte dort geschlafen. Ich sah es mir eine Weile in leerem Zustand an, bis ich mich damit zufriedengab, nicht reinzupassen, noch schlechter als das ganze Essen auf dem Tisch. Es schien sich ausgedehnt zu haben, und als die Tiefkühltruhe bis oben vollgestopft war, lagen immer noch drei Tüten mit Mamas Blutwürsten auf dem Tisch.

Und sie sind bis heute Morgen dort liegen geblieben. Ich bin durch ein Krächzen draußen auf dem Balkon aufgewacht, wenn ich nicht schon wach war – wahrscheinlich, denn der Ruf war nicht laut genug, um jemanden zu wecken. Ich stand schnell auf und ging ins Bücherzimmer, lugte zwischen den Vorhängen durch. Da stand ein Schwarzer auf dem Silbertablett. Er drehte den Kopf, sah zum Fenster. Als er mich bemerkte, schob er den Kopf nach vorne, schwenkte ihn hoch und runter und gab einen eleganteren Laut als ein Krächzen von sich. Ich verstand.

Es kam mir vor, als hätte ich das Fohlen erst in der letzten Woche verfüttert, nicht schon vor einem knappen Monat. In den ersten Tagen danach haben sie regelmäßig auf dem Balkon vorbeigeschaut, und ich wollte ihnen ein paarmal etwas Gutes kaufen, habe es aber immer vergessen. Deshalb wusste ich genau, dass der Kühlschrank leer war, als ich ihn heute Morgen öffnete, aber als ich ihn gerade wieder schließen wollte, fiel mein Blick auf die in Magenhaut eingenähten Blutwürste. Die Pfütze, die sich darunter gebildet hatte, war schon eingedickt und Luft in die Tüten eingedrungen. Ich nahm sie trotzdem mit auf den Balkon. Der Rabe war nicht mehr da. Dem Tablett sah man das Draußensein an, angelaufen, zerkratzt und an einer Stelle ein schwarz-weißer Scheißfleck. Ich riss die Tüte auf und ließ die prallen Häute aufs Tablett gleiten. Sechs Stück, alle voll mit Blutwurst und vergammelter Luft. Sie lagen in zwei Reihen, mit genügend Platz dazwischen. Ich schaute zum Himmel, gab ein Jaulen von mir und ging wieder rein.
Der, der das Essen bestellt hatte, tauchte schnell auf. Er sah sich die Würste flüchtig an, bevor er sich auf eine von ihnen stellte, sie mit dem Schnabel aufpickte und die grobe, schwärzliche Blutwurst in sich hinein schlang, die aus der Pelle quoll. Doch der Wurstschwall ließ schnell nach. Geschickt vergrößerte der Gast das Loch und steckte den Schnabel tief hinein. Er war hungrig. Von den Winterkadavern waren sicher längst nichts als Knochen übrig, Haut und Hufe, Klauen oder Krallen. Ich fing schon an zu glauben, dass nur noch er in diesem Revier übrig geblieben ist, die anderen die Stadt schon gegen eine tiefe Schlucht mit vielen Felsvorsprüngen eingetauscht hatten, als sie

plötzlich wie späte Hochzeitsgäste auftauchten, unsanft auf dem Grill landeten, auf den Balkonboden oder das Tablett stürzten und sich sofort über die Würste hermachten. Sie zu zählen war kaum möglich, aber als keiner mehr dazukam, meinte ich, neun verschmierte Schnäbel zu sehen, kurz bevor auf der anderen Seite des Balkons eine Möwe mit harten Flügelschlägen auf dem Geländer landete. Die Spannung in mir wuchs, und ich sah instinktiv zum Himmel. Als mir klar wurde, dass das Gewimmel dort weder aus Papiermüll noch aus Plastikabfällen, sondern aus Möwen bestand, wurde ich richtig aufgeregt.

Der Pionier bewegte sich sofort in Richtung Festschmaus. Die Raben würdigten ihn keines Blickes, hatten die Bedrohung aber sicher schon lange vor mir bemerkt. Als die Möwe den halben Weg zurückgelegt hatte, stieß ich mit der Nasenspitze gegen die eiskalte Fensterscheibe. Sie zögerte, bewegte sich nicht von der Stelle, während sie unentschlossen den Raben beim Fressen zusah, vielleicht versuchte sie auch, die Nahrungsmenge abzuschätzen. Sie wurde weniger, aber nicht mehr so schnell wie vorher. Da reckte sie den weißen Hals, öffnete den Schnabel und gab ein aufforderndes Lachen von sich. Bevor sie sich näher heranpirschte, wartete sie, bis ihre Kameraden im Sturzflug auf die Raben losgingen, die noch dichter zusammenrückten und weiterfraßen. Die Sturzflüge wurden immer temperamentvoller und herausfordernder. Sie kamen von links angeflogen, segelten auf das Tablett zu, zogen scharf nach oben, sobald sie daran vorbei waren, und verschwanden als lärmende Möwenmasse hinter dem Dachvorsprung. Die Möwe auf dem Geländer war noch eine Flügellänge vom Tablett entfernt, als sich der Rabe,

der ihr am nächsten war, blitzschnell umdrehte, Anlauf nahm, mit heiserem Kampfesschrei losflog und die Möwe mit sich vom Balkon riss. Ich stellte mich auf die Zehenspitzen und wartete darauf, sie weiter unten im Flug zu sehen, konnte aber wegen des Möwenhilfstrupps, der jetzt auf dem Geländer landete, nichts erkennen. Die Raben hörten auf zu fressen, koordinierten sich in Sekundenschnelle und griffen an. Die Möwen versuchten auszuweichen, mussten aber Federn lassen, bis sich mit einem dumpfen Knall und halbersticktem Geschrei Verstärkung vom Himmel aufs Schlachtfeld stürzte. Die Raben drehten sich mit ihren scharfen Schnäbeln um, und binnen weniger Augenblicke war der Luftraum vor dem Fenster von wildem Gekreische und schwarz-weißem Flügelschlagen erfüllt, aber nur einen kurzen Moment lang, dann hatten die Möwen gewonnen, die sich mit einem stotternden Geheule ereiferten, bevor sie sich als wilde Meute über das Tablett hermachten.
Kurz darauf beobachtete ich zwei, die gemeinsam die letzte Pelle zerrissen und im Flug verschlangen. Fünf Unglücksvögel schleppten sich auf der Suche nach ein paar Resten vom Tablett über den Balkon. Sie waren zu spät gekommen, und ich konnte ihnen den wahnsinnigen Hunger an den Augen ablesen.

Ostermontag

Ich dachte immer, dass von jedem Baum ein Blatt zuletzt fallen würde – aber da stand ich unter dieser großen Eberesche, die noch nirgendwo Knospen hatte,

nur das Moos auf der Rinde leuchtete schon, und überlegte, wo wohl das letzte Blatt gefallen ist. Die Äste wirkten leblos, selbst vor dem steingrauen Himmel.
Und dann sah ich dieses eine, das übrig war, ein schwarzes zerfleddertes Blatt vom letzten Sommer. Es hing dicht am Stamm an einem armseligen, knorrigen Ast, bewegungslos, und ich musste meine Theorie zum letzten Blatt erweitern, musste die Ausnahme der Überwinterung an einem missratenen Stängel im Schutz eines breiten Stamms hinzufügen, und auch den Appell, dass jedem Blatt, das an seinem Stiel verrottet, runtergeholfen werden sollte.

20/4 – Montag

In letzter Zeit habe ich nichts gelesen, außer mich selbst. Einen der ungeöffneten Fensterumschläge habe ich als Lesezeichen und für Anmerkungen benutzt, wollte meine Eindrücke ganz am Ende in einem gut durchdachten Eintrag offenlegen, in diesem Eintrag – aber jetzt bin ich nicht mehr sicher, auf einmal möchte ich das Buch in der Zukunft lesen und es ganz unabhängig von mir selbst im Hier und Jetzt erleben können.

Später

In letzter Zeit habe ich kaum etwas anderes getan, als mich selbst zu suchen, irgendwo auf der Grenze zwischen Realität und Dichtung, wo sich mein Leben in den letzten Jahren abgespielt hatte. Und wahrscheinlich wird es sich auch weiterhin auf diesem Grad bewegen, das Leben – man versucht, sich eine prächtige Zukunft zu zimmern, tut aber nichts anderes, als seine marode Vergangenheit niederzureißen und alle Nägel rauszuziehen.

Später

Was ich am deutlichsten herausgelesen habe, war vieles von dem, was ich nicht aufgeschrieben, nicht getan habe. Das Bedauern ist weder edel noch aufbauend, es bezeugt eher kriminelle Unreife. Ich hätte mich zum Beispiel gerne an das Weihnachtsgeschenk hinterm Schlafsofa erinnert, als Harpa und ich im Bücherzimmer abwechselnd gepoppt und uns geliebt haben. Als ich auf dem kalten Boden saß und sie nackt auf dem ausgezogenen Sofa vor mir sah, die Landschaft auf dem blassen Körper und die Schatten, die er warf, in mich aufsog, da hätte ich mich an den Mantel erinnern müssen, ihn Harpa anziehen und sie bitten müssen, liegen zu bleiben.

Trotzdem sehe ich das schwarze, gelockte Lamm auf ihrer Haut ganz deutlich vor mir. Dieses Bild ist sogar erschreckend scharf, ich habe es genossen, meine Hand auszustrecken und Harpa im Mantel zu streicheln, die Hand über das Schafsfell und weiter nach unten, über die schlanke Hüfte und die Pobacke, das Bein entlang übers angewinkelte Knie und die Wade gleiten zu lassen, so weit, wie ich von meinem Sitzplatz aus konnte, und in Gedanken kann ich aufstehen und sie bis runter zum Fuß streicheln, beide Füße, und ihre leicht salzigen Zehen und Fußsohlen küssen – aber das ist alles gelogen. Gelogen! Hätte ich mich an den Mantel erinnert, hätte ich unverfälschte Bilder.

23/4 – Erster Sommertag

Ich glaube, es war ein Fehler, das Buch zu lesen. Das Freiheitsgefühl, das ich mit dem Stift in der Hand gehabt hatte, ist verschwunden. Ich habe angefangen, mich zu zensieren, glaube, dass ich zu Ergebnissen kommen muss, zu einem guten Ende, bevor die leeren Seiten ausgehen.
Wie kann ich Ergebnisse von mir verlangen, wenn ich noch nicht einmal weiß, was die Aufgabe war? Das Einzige, was ich als Ergebnis bezeichnen könnte – auch wenn es das natürlich nicht ist –, ist ein heimtückisches Gefühl, ein Gefühl der Leichtigkeit, als wäre ich einer großen Gefahr mit einem Kratzer entkommen, hätte überlebt – oder als hätte ich zumindest eine langweilige Versammlung überstanden.

Später

Ich traue mir eher zu, die Sätze nach Harpa als nach Ergebnissen duften zu lassen.
Plötzlich musste ich an die Postkarte denken, auf die ich vor ein paar Tagen in der Schublade mit den Reiseunterlagen gestoßen war – wahrscheinlich lag sie bis zu dem Moment tief in meinem Gedächtnis vergraben, in dem ich frisch aufgewacht im Bett lag und zum ersten Mal wirklich optimistisch, ja hoffnungs-

froh war. Ich dachte gerade über die Wechsel zwischen den Jahreszeiten nach, den ersten Sommertag, und fand, dass sie so real sind, dass sie eine wirkliche Auswirkung auf das Leben haben und der Jahreswechsel im Vergleich dazu nur ein inhaltsleeres Ereignis auf dem Kalender ist, als plötzlich die Postkarte vor meinem inneren Auge auftauchte und ich aufstand. Sie lag an ihrem Platz in der Schublade, und noch ein bisschen tiefer in der Schublade fand ich einen Fünfzig-Euro-Schein, den ich neulich nicht zusammen mit dem anderen ausländischen Geld umtauschen wollte. Ich nahm beides mit ins Bett. Der Regen draußen leistete mir indirekt Gesellschaft, das tut er auch jetzt noch.

»Danke für die Nacht, Baby« steht auf dem Schein. Die Buchstaben sind breit, aber weiblich. Harpa könnte nie unförmig schreiben wie ein Mann mit fetten Fingern, Wampe und hohem Blutdruck. Dabei hat sie jenen Satz mit schwarzem Kajal geschrieben, bevor sie allein in einen hellen Herbstmorgen in Paris getreten ist. Ich habe das Geld auf ihrem Kissen erst bemerkt, als sie wieder im Hotel war und mich darauf aufmerksam machte. Sie roch nach Draußensein.

Es war nicht ungewöhnlich, dass sie auf unseren Städtereisen morgens für ein oder zwei Stunden verschwand und mir eine Nachricht auf dem Kissen hinterließ. Beim Mittagessen hat sie mir dann immer erzählt, wo sie gewesen war und was sie gesehen hatte. Eine Szene, in der Harpa von ihrem morgendlichen Ausflug erzählt, habe ich noch ganz genau in Erinnerung: Wir sitzen an einem Tisch mit weißer Tischdecke unter einem hellen Sonnenschirm, der den Sonnenstrahlen die größte Schärfe nimmt, und warten auf das Essen.

Ich weiß nicht, in welcher Stadt das Restaurant ist – die Gebäude rings um den Platz hinter Harpa könnten sich in jeder südeuropäischen Stadt befinden. Harpa lehnt sich auf ihrem Stuhl nach vorne, mit geradem Rücken, schneidet beim Erzählen ein Brötchen auf, sieht sich den Schnitt an, schmiert Butter darauf und erzählt weiter ihre Geschichte, bis sie wegen irgendetwas lächelt. Roter Lippenstift – Lippen wie ein Paradiesvogel im Tiefflug in meiner Erinnerung. Am besten erinnere ich mich an Dinge, die ich nicht gesehen, sondern von denen Harpa mir erzählt hat.
Die Postkarte habe ich selbst mit grünem Kugelschreiber geschrieben und hierhin nach Hause geschickt. Wir hatten uns in Barcelona verirrt, nachdem wir den ganzen Tag in der Stadt unterwegs gewesen waren. Ich wollte nicht auf den Stadtplan gucken, den Harpa in der Tasche hatte, zeigte die ganze Zeit auf Kirchtürme, Balkons und Verzierungen an Häusern, blühende Kletterpflanzen und Brunnen und fragte Harpa, ob sie sich wirklich nicht daran erinnern könne. Als sie sagte, dass sie das nicht wirklich tue, meinte ich, dass sie sich bald wieder orientieren werde, es seien nur noch ein paar Ecken bis zum Hotel. Ich bezweifle, dass Harpa mir aus Vertrauen in mein Orientierungsvermögen gefolgt ist. Die Häuser wurden moderner und höher, und als wir an der Stelle, an der ganz sicher das Hotel hätte sein müssen, auf dem Bürgersteig standen und ich in einen Maschendrahtzaun vor einer Autovermietung fasste, musste ich zugeben, dass wir wohl doch die Karte brauchten. Harpa war nicht sicher, ob sie jetzt noch ausreichen würde, meinte, dass wir besser eine Buchhandlung finden und einen Weltatlas oder zumindest eine gute Europakarte kaufen müssten.

Die Sonnenhitze hatte den ganzen Tag wie eine zu enge Badekappe gedrückt, und wir beschlossen, bei nächster Gelegenheit irgendwo einzukehren, in ein einfaches Café, um unsere Route zu rekonstruieren. Wir waren so gut wie nie auf dem richtigen Weg gewesen. Mit den Fingern auf der Karte vor uns sagte ich zu Harpa, dass trotzdem eigentlich nur sie sich eine gute Stunde lang verlaufen hätte, weil ich immer geglaubt hatte, auf dem richtigen Weg zu sein, bis ich vor einer knappen Viertelstunde die Wahrheit herausgefunden hatte. Harpa triezte mich und machte Fotos, bat den Entdeckungsreisenden zu lächeln, was ich auch tat, erschöpft und verschwitzt in einem weißen Poloshirt an diesem schattigen Ort. Irgendwann fragte ich sie nach einer der Postkarten, die wir früher an diesem Tag gekauft hatten, und organisierte mir einen Stift aus der Brusttasche des Kellners:

»Liebe Liebende, jetzt habt ihr euch verlaufen, aber dafür wisst ihr, dass Barcelona nicht nur Rambla und Gaudí-Museum ist, sondern auch all das andere, bis dorthin, wo euch jemand in Empfang nimmt und sagt: Willkommen in x (x ≠ Barcelona). Aber da wollt ihr nicht hin. Es geht euch gut in diesem Café, obwohl die Gegend zwielichtig ist und es abends sicher düster wird. Es waren eine gebratene Schweinebacke und frittierte Eier im Angebot, aber ihr wolltet nur Vanilleeis im Espressobad. Bald werdet ihr in ein Taxi steigen und den Namen eures Hotels nennen. Es wird schon dunkel, und hier sind weit und breit keine Laternen zu sehen. M. und H.«

Später – Entwürfe für die unbeschriebenen Barcelona-Postkarten

»Meine Liebe, hier in Reykjavík geht es mir gut und ich hoffe, dass es dir in Hafnarfjörður mindestens genauso gut geht. Ich freue mich, dir erzählen zu können, dass ich jetzt von der Kunst lebe. Ja, es ist schnell so weit gewesen. In letzter Zeit habe ich von Kristján Davíðsson gelebt und ich hoffe, dass er noch bis zum Sommer reicht, dann wird Hrafnkell Sowieso übernehmen und für ein oder zwei Wochen meinen Lebensunterhalt aufbringen müssen. Jæja, viel zu wenig Platz auf dieser Karte für so eine künstlerische Niederschrift, also verabschiede ich mich fürs Erste, M.«

»Meine Harpa, jetzt ist schon seit einem knappen Monat keine Milchtüte mehr in unserem Kühlschrank. Mir ist es nie gelungen, sie seitlich so zuzufalten, wie du es immer machst, und ich habe es so vermisst, deine Falte zu sehen, dass ich mich von jeglicher Milch losgesagt habe und meinen Kaffee jetzt schwarz trinke, in letzter Zeit mit ein wenig Zucker. Ich vermisse auch, dich nach dem Zähneputzen beim Zunge-Schrubben über dem Waschbecken so herzallerliebst würgen zu hören, das war Musik unter den Dingen, die ich so wahnsinnig vermisse – aber keine Angst: Ich habe nicht aus Respekt vor diesen Erinnerungen aufgehört, mir die Zähne zu putzen. M.«

»Harpa, jetzt können wir nicht mehr zusammen ins Mokka gehen. Ich wurde in eine Art Streiterei mit ein paar ›Großmäulern‹ verwickelt. Ging eher schlecht aus. Ich habe sie besiegt und bin dafür jetzt eine Persona non grata, tröste mich aber damit, dass du mit diesem Zwischenfall zufrieden gewesen wärst – denn immerhin habe ich mal wieder eine Reaktion gezeigt –

insgeheim zufrieden, denn pro forma hättest du bestimmt mit mir geschimpft. Ich habe alles gewissenhaft im schrecklichen Tagebuch festgehalten, und wenn du willst, biete ich dir hiermit eine Lesung in deiner Wohnung an. Datum und Verköstigung: 29. März und Filterkaffee mit einem Extraschuss Captain Morgan. M.«

»Liebste Beste, Anfang des Monats stand ich auf einem Weg bei einem nicht umzäunten Gärtchen. Nachts hatte es geschneit, genug, um das Fleckchen Gras mit einer halb durchscheinenden Lage zu bedecken, und die Frühlingszwiebeln, die rund um die Wäschestange gesprossen waren, sahen so zauberhaft aus, dass ich stehen bleiben musste. Aus den meisten guckten schon Blüten raus – die klaren Farben waren so auffällig rein, und die matten Blätter wirkten so unglaublich zart in dieser Umgebung, die nach dem Winter noch ganz heruntergekommen aussah. Dieser Kontrast hat einen Kurzschluss in meinem Gehirn verursacht und die Worte ›Das Bedauern ist eine vom Menschen geschaffene Privathölle‹ an der Innenseite meiner Schädeldecke eingebrannt. M.«

»Liebe Liebste, jetzt haben wir uns verlaufen, aber dafür wissen wir, dass das Leben nicht nur Rambla und Gaudí-Museum ist, sondern auch all das andere, bis dahin, wo uns jemand in Empfang nimmt und sagt: Willkommen im Tod, aber da wollen wir nicht hin. Im Angebot ist, dass jeder für sich bleibt, aber ich glaube, wir sollten uns noch einmal für Vanilleeis im Kaffeebad entscheiden und darüber reden, wie ich mich so verirren konnte. Es macht nichts, dass keine Taxis dorthin fahren, wo wir hinwollen, es bleibt jetzt lange hell, und zur Sicherheit gibt es ja auch noch Laternen – falls die Sonne verglühen sollte. M.«